新潮文庫

寒椿

宮尾登美子著

目次

寒椿

一章　小奴《こやっこ》の澄子

高知の町がまだ戦火で焼けなかった昔、浦戸町の芸妓子方屋《げいぎこかたや》の松崎には入口の表格子《おもてごうし》から玄関まで五間ばかりのあいだ、飛石わきの芝のなかに、互い違いに椿《つばき》の木が六本植えられてあった。

椿は肉厚の白や斑《まだら》の八重や素っ気ない一重の藪椿《やぶつばき》などそれぞれ種類が違っていて、寒の入りから春先まで長い期間替り合っては咲き、ひと頃、松崎に住込んでいた澄子以下四人の仕込みっ子とこの家の娘悦子との、楽しい遊び道具のひとつになっていた事もある。

ふつう玄人《くろうと》衆の習慣では、花模様の衣裳《いしょう》を「素人柄《しろうと》」などと云《い》って着ないものとしており、とくに椿は着物ばかりでなく一輪差しに挿すさえ不吉花として忌《い》むのに、松崎の家に格別その斟酌《しんしゃく》がないのは、子方屋はここのお父さんの道楽、本職は芸娼妓《げいしょうぎ》の紹介で、それにお母さんも素人出と云う変った家風のせいなのであろう。椿はぽたりと首から捥《も》げると云われるが必ずしも全部がそうではなく、木のままに茶色の錆《さび》が来たのを千切っても松崎のお母さんは別に咎《とが》めはしなかったから、五人の子の皆が首輪を作りたいときは地に落ちている分では足りず、木に首を突っ込んでは、

「花、ないかないか」

「椿、ないかないか」

と勝手な節をつけて唄《うた》い乍《なが》ら、革のようにきっぱりと堅い葉のあいだを掻《か》き分けて捜した情景は、いまの澄子の瞼《まぶた》の裏に、墨で隈《くま》取《ど》りした塗り絵のように幼な顔のままで泛《う》び上って来る。隣は浄土宗の寺で、高い屋根が日を遮る午後になると日おもてと日かげの木とでは花の色がかっきりと違って見え、それも葉裏にうつむいて咲く赤い花と来たらまるで血のように濃く生々しかったのを、その遠い記憶が何故《なぜ》こんなに鮮やかに頭に刻み込まれていたのか、あの大怪我《おおけが》の日からずっとこうして寝た儘《まま》の姿になっている澄子は、それをなつかしみ乍らも不思議な事としてときどき思い返す。

怪我をしたのは今年の元日、三、四人でお燗《かん》始《し》に招《よ》ばれていた小唄仲間の芳子《よしこ》の家の二階で、そう飲んでもいなかったのに、ふと便所に立とうとしたとき、背骨を下からぐいと引っ張られる感じがあってぐらりとよろめき、はっと支えた手の下とたたらを踏んだ後足の裏は全くの空で、澄子の躰《からだ》は忽《たち》ち《ま》家中を揺がせ乍ら大きな音響ととも

に狭い階段を転がり落ちた。上で見ていた芳子は、自分から階段へ躰をぶちつけて行ったみたいでしたよ」

「姐《ねえ》さんちょうど身投げでもするときのように、自分から階段へ躰をぶちつけて行ったみたいでしたよ」

と云い、澄子の正月着の裾《すそ》が半開きのまま幾度か弾み上って落ちてゆくのを見て、てっきり、

「姐さんもうあかん。躰が毀《こわ》れた、骨が砕けた」

と思い込み、腰が抜けて暫《しばら》くはその場を動けなかったと云う。

芳子にそう聞くと澄子には確かに思い当るふしもあって、昔からずっと世話になっている溝上の足がこのところ暫く遠のいている不安のために、暮以来夜の寝つきが悪くなって了《しま》い、不本意乍ら睡眠薬を使っているその名残りの頭のなかで、ひょっともう死んで了いたいと云う気がほんきで動いていたかも知れぬ、と思った。毎度旦那《だんな》を待つだけの、二号と云われる暮しも一見気楽そうでいいけれど、飽かれれば来なくなり、来なくなればそれが切れ目と云うおぼつかなさがあるだけに、相手の思惑以外、行末安泰の保証と云っては何ひとつない。とくに向うが家庭に手も足も取られている正月往来は、間違ってもこちらに現れる例《ため》しはないだけに、胸に風穴でも空いたように小寒い気になり、毎年の事乍ら春の明けるのを待ち兼ねる思いがする。

ときどき澄子の気が立って来ると溝上は、

「お前は聞き分けのええ子や。それだけが取り柄や。無理云うて儂《わし》を困らせたりはせん」

と先廻りして釘《くぎ》を差すのを忘れないだけに、拗《す》ねも怒りも出来ないが、長い年月のあいだにはこちらも機嫌のいい顔ばかり作ってもいられず、音沙汰《おとさた》なしで正月休みに入って了ったこの年などはいらいらが昂《こう》じて、

「生きると云うのもめんどくさいもんや」

と投げやりに呟《つぶや》いた事も確かに二、三度はあった。

それでも芳子の家の階段から落ちたとき、意識を無くしていたのはほんの一分間ともまた何時間ともその感じは澄子には判《わか》らなかったものの、ちょうど瀬戸物の罅割《ひびわ》れに似た走りかたで痛みが頭の後から額へと伝わって来て目が明いたとき、その目のすぐ真上に薙刀箒《なぎなたぼうき》が埃《ほこり》をくっつけたままぶら下っているのが見え、

「あ、目はまだ生きちょる」

と驚き、それから、

「あ痛っ」

と声を出してみて、

「口も助かった」

と思い、廻りに人声も聞え、

「耳もある」

と安堵《あんど》の大きな息をした事を思い出す。

ただ、気のついた途端、躰はもうとうに千切れて無くなっているものと思い込んでいて、傍でうろたえている正月の相客たちに、

「うちはもう首から上しか無いのやからねえ。首だけそーっと抱えてお医者へ連れて行《い》て頂戴《ちょうだい》」としきりに繰返していたのを憶《おぼ》えているし、芳子たちはそれを大怪我で惑乱のための譫言《うわごと》と取り、「頭、冷やそうか」「目、瞑らせて」「えらい逆上《のぼせ》ちょる。顔が真赧《まつか》や」などとうわずって云い合っていた声もまだ耳の底に残っている。

あの日、救急車で運ばれて来たこの高知赤十字病院でのさまざまな検査の結果、脊《せ》椎《つい》の強打によって首から下は麻痺《まひ》して了っており、いまのところマッサージと投薬で様子を見る以外当分恢復《かいふく》の見込みと云っては立たないのを、医者は無論本人には聞かさないが、死んで了った躰を頭だけで支えている澄子自身には誰よりも一番それがよく判る。それでも入院直後は、ともかく首は胴体についていて血は一滴も流れなかったのだから、とじき癒《なお》る望みも繋《つな》ぎ、回診の医師に明るい顔で、

「先生いつになったら起上れます？　一週間？　十日？　はっきり日を教えて頂戴。うち家の中を片付けに帰る都合もありますきに」

　などと問い詰めようとしていたのに、そのうち躰はいっかな動こうとせず、倉庫の中にでも置き忘れられた荷物のように誰かが手を触れない限り、寝間着に小皺《こじわ》ひとつ出来ないしぶとさでいるのを見て、ときどき大声挙げて狂い廻りたいほどの口惜《くや》しさに駆られるときもあった。

　首の軸も廻らないのだから自分の手先さえ眺めるのも叶《かな》わないが、毎朝看護婦が脈を取りに来てくれるとき目をやってみれば、右手は人差し指だけきゅっと伸ばし、あとの四本は半開きのままに固まっていて、それはちょうど、何かに縋《すが》りつこうとするときのような形に見える。若い陽気なマッサージ師はその指を一本一本伸ばして、

「ほうら、これは寒さに悴《かじか》んでおっただけじゃ。こすって暖めりゃあすぐ癒る癒る」

　と軽口を叩《たた》き乍ら揉《も》みほぐしてくれるものの、マッサージが終ればまたもとのように助けを求める形に曲って了うのを見て、澄子はやっぱり、一時的にも死にたいと考えたのはあれは本心じゃなかった、と思った。

　これまで生きて来た五十三年という長い月日には、たくさんの運命の変化があったけれど、どんなどん底の暮しに落ちても死にたいとまで自分を追詰めた事のない澄子

にしてみれば、この如何《いか》にも恵まれた囲われ者の境涯くらいでくたびれた、などと考えるのは贅沢《ぜいたく》と云うより他なかったと今更に思い、それもうこんな躰になって了っては溝上から即時縁切りを申し渡されてもいたしかたない事、と云う悲しい弁《わきま》えはある。もともと気の早い性質で、それに長い療養と云う気持をまだしっかりと据えていないうちは、入院後暫くのあいだ気分にとても出入りがあって、一日はすっかり了簡《りようけん》して自分を宥《なだ》めていても一日はそれが悉《ことごと》く覆《くつがえ》され、あのとき打ち所が悪くていっそ死んでいればよかった、と胸のうちが猛《たけ》り狂い、目まで赧《あか》く充血するときだってある。

それと云うのも、死んでいる筈《はず》の躰がその実決して死んで了っているのではなく、大きな息をすれば蒲団《ふとん》を載せたまま胸も盛上るし、それに食べれば食べただけ下を汚す仕掛けになっているのが澄子にとってどれだけ辛《つら》いか、一日にいく度か衝立《ついた》てで寝台を囲い廻し、蒲団を下からたくしあげられるたび、感覚はなくても匂《にお》いでその内容が判り、判れば付添婦の顔を見るのが空恐しくていつも先に固く目を閉じて了う。入院直後から泊り込んで貰《もら》っている年配の付添婦は、これまでどんな人生を経て来た人やら笑顔のひとつ、優しい言葉の一言知らない人で、朝、この大部屋の寝台脇《わき》の床に茣蓙《ござ》を敷いて寝ていた蒲団からのろのろと起上ると、機嫌のいい日は澄子の首を横に向けて洗面器を支え、口を漱《すす》がせてくれたあと、患者食を少しずつ差入れてくれる。

歯も舌も生きているのだから味はよく判り、食欲もふつうにあるのを、風向きの悪い日の付添婦ときたら眉間《みけん》に深く竪皺《たてじわ》を刻んで口もきかず、まるでスコップでゴミでも投捨てるように山盛りのスプーンの手をやけに急がせ、

「ちょっと待って。咽喉《のど》へ詰まる」

とでも止めようものなら今度は長い時間手を休めて窓の外を眺めるばかり、その意地悪さもまだ金を払ってこちらが雇っていると思うだけ、ほんの僅《わず》かばかり澄子のほうに救いがある。

躰はこのままでもせめて手だけは欲しい、と澄子はどれだけ思ったか、手さえあれば自分で茶碗《ちゃわん》を持ち、大好物のらっきょうを載せて白い御飯も好きなだけ掻き込める、と思うのは夢だとしても、下の始末のあと、せめて枕許《まくらもと》のパウダーや匂い消しのスプレーくらい取り次いでやれるのに、と手抜きされたときなどは沁々《しみじみ》と歯痒《はがゆ》い。年寄だけに労を惜しむ気持も強いのか、澄子の躰の調子で紙おしめをたくさん使う日など、それはそれは邪慳《じゃけん》に丸太ン棒でも転がすように音を立てて躰を扱うのを見て、澄子はこれが地獄、と嘆こうとする自分を抑え、まだ口汚なく罵《のの》られないだけましだといつも胸を鎮《しず》めようとする。若い頃には人に娼妓、と唾《つば》を吐きかけられるような呼ばれかたをした事もあったし、商売女と見縊《みくび》られ蔑《さげす》まれたのも忘れるほどたくさんあった事

を思えば、付添婦に手荒くされるくらいで泣いてたまるものか、とじっと奥歯を嚙《か》み締める思いがあった。

この病院は国鉄高知駅の真裏にあり、田圃《たんぼ》のなかの敷地に小刻みに病室を継ぎ足して拡張してあって、一階の澄子の寝台からは前の病棟と渡り廊下が窓越しに見える。首の固定された澄子の視線は右から左へ、左から右へいつも扇の七分開きの形に限られ、その扇のなかには古びた「スト決行」のビラが貼《は》られてある入口の扉や、地図のような染《し》みのある天井、点《つ》いていないときには汚れの目立つ蛍光灯があり、枕を高くして貰えばそれに同室五人のそれぞれに病み臥《ふ》す姿も入って来る。

入院以来澄子の目は殆《ほと》ど一日中、その渡り廊下のほうにばかり注がれていたのは、どの見舞客にも増して肝腎《かんじん》の溝上の現れるのをひそかに待ち焦《こ》がれているためで、澄子は毎朝の目覚めに必ず、頭のなかで小さな象牙《ぞうげ》の賽《さい》を二つからからと振ってその日を占う事にしてあった。占いの意味には二た通りあって、溝上がこれっきり自分を捨てるかどうかと、捨てるにしても病院へ来るか来ないか、で、土佐には珍しく粉雪の舞ったその日も、澄子の望んでいる大吉のぴんぞろは出ず、一三とか三四とかのスカばかり、頭のなかで自分勝手に描く事とは云い乍ら、この年になって男に捨てられ、一生をこの病院で飼い殺しの自分の行末を目に見るように思って心沈んでいたところ、夜が更《ふ》けて渡り廊下の方角からよく耳に馴染《なじ》んでいる特徴のある小さな嚔《くさめ》が三つ、続けざまに聞えた。

病院は九時になると看護婦が来て窓に白木綿のカーテンを引き、室内の灯りを消して行くが、人目を憚《はばか》る溝上は予《あらかじ》め芳子からそう云う按配《あんばい》を聞いておいてからこの時間にやって来たものであろう。

足音を忍ばせた溝上が枕許のスタンドの灯りの輪のなかに入って来るなり、澄子は持前の早口で、

「何故早うに来てくれなんだ？　暮からこっちずっと背中見せっ放しやないの。ええひとでも出来たのと違う？」

と詰《なじ》ると、付添婦の前では怺《こら》えている涙がたちまち盛上り、それを見た溝上はさも可笑《おか》しそうに、

「何やお前、人並みに悋気《りんき》云《い》うのか。裏返しの亀《かめ》になったくせに」

と云われた途端、澄子もふっと誘い込まれ、入院以来殆どひと月振りで初めて歯を見せて小さく笑った。

「そんでもねえ、おっさん」

となつかしく呼んで甘え、

「亀の裏返しはまだ手も足もバタバタさせられるけどねえ、うちはこらこの通り」

と視線だけ廻して蒲団の上に揃《そろ》えて投げ出してある手を指し、

「お茶飲むのも髪梳《す》くのも着物着るのも皆人の手や。その人の手も思うように動いてくれん。機嫌の悪い日は半日も放って置かれるし」

と涙の玉を耳の穴に垂らし乍ら、子供が云い上げするときのように下唇を突出して訴えると、面倒な話の嫌いな溝上は手を振って、

「お前に泣き顔は似合わんと前から云うてある。目を明けたままで泣かれると、こっちは狐《きつね》にでも化かされちょるような妙な気分になるが。なに、賃さえ弾めば付添婦もええのが来てくれるよ。今月からその分入れて、十五万」

と封筒を枕の下に敷いて立上り、冷たくなった澄子の手を蒲団の中へ入れてから、

「金の事は心配せんとゆっくり養生しいや。癒るまで儂が見るきに」

と帰ろうとする背中へ澄子は霑《うる》んだ声で、

「有難う済まんねえ、おっさん」

と礼を云い、つぎ足して、

「うちが三十七の年からもう十六年の古女房やもんねえ。怪我《けが》くらいで切れるおっさんやないとうち信じちょったよ」

と嬉《うれ》しさの余り全部云って了うと、溝上は振返ってこらっ、と澄子のおでこを軽く叩き、

「病人のくせに口の立つやつ。病人らしゅうちっとは殊勝に黙っちょったらどうや。ほんなら、また来る」

と、湿った様子もないいつもの調子、いつもの口調で暗い扉の外へ消えて行った。

澄子はそのあと暫くはたとえようもなく心がうきうきし、これを云うと必ず溝上が相好を崩して喜ぶ、

「おっさん、まあ顔の光沢《つや》のええ事、二十代の若い衆みたいや」

と、もうひとつ、

「おっさんの白髪の少ない事。却《かえ》って日に日に黒うなって行くみたいや」

との言葉を云い忘れたのを思い出し、今度来たら念入りに普段の何倍も云って喜ばせてあげようと思ったりしている。

澄子がひたすら溝上を待っていた心の内をめくれば、逢《あ》いたい頼りたい気持の他に、やはり一番気掛かりな金の問題があった。

表向き小唄《こうた》の師匠の看板は掲げていても、いつ何どき旦那《だんな》が現れるか知れぬ囲われ者の暮しでは素人《しろうと》の弟子は取れず、僅かに昔馴染みが遊び半分に通って来る程度では

収入とはならない故《ゆえ》に、ここでは医療保護の措置を取って貰っているものの、しかし付添婦の賃金だけは自分の財布から支払わねばならないのであった。東京などに較《くら》べると地方は人件費もいくらか安いが、それはまた金取りの高も低いと云う因果があって、一日三千円の付添料は聞いた人がのけぞるほどいい値段ではあった。それもこの節は人手不足だから、高いを承知で泣く泣く雇った人でもいつやめられるか判らず、そうなれば相場の値をさらに吊上《つりあ》げても付添いだけは押さえなければならなくなり、金だけが頼りなのは躰《からだ》が動かないだけに今が一番澄子の身に沁みて感じられる。

昔から澄子はつましい暮しには馴れているし、あのまま溝上がここに現れなかったときには、これまで心掛けて貯《た》めて来た金を当てに、当分この状態でやって行けない事はなかったが、通帳の金を引出して使うばかりなのは自分の命を食べているような心細さがある。躰は相変らずの丸太ン棒のまま帳尻《ちょうじり》はゼロとなった日の困りようを想像すると、それは昔、満州で吹雪に閉じ込められたときの、死を前に見ていた恐怖以上のものがあるだけに、入院以来金の問題を考えただけで額に冷汗の滲《にじ》んで来る事さえあった。溝上は癒るまでは責任持つと、こともなげに云ったけれど、あれは宴会帰りの軽い酔いの上の空手形ではなかったかとあとで澄子はふと疑い、そう云えば息の尾に微《かす》かな酒の香があったような気がするのも、まだ夢のようなこの吉報を一方では信じ兼ねている嬉しさのためでもあったろうか。

もう長い付合いだから溝上の実のあるのはよく判《わか》っていても、十五万と云う、付添婦の賃金を払ってもまだ貯金の出来る金を、この先ずっと手当てして貰えるなど考えてもいなかっただけに、澄子のその夜の気の伸びようは云い知れぬほど深いものがあり、朝の来るのを待ち兼ねて付添婦に頼み、入院以来恐しくて覗《のぞ》けなかった鏡を澄子は初めて見せて貰った。

鏡のなかの顔は、これがあるため溝上がよくからかって、

「お前の顔は悲しいときでも笑いよる」

と指差される口許のいやし靨《えくぼ》は、こんな大怪我のあとでも消えずにもとのまま刻まれてあり、そのせいか、さぞかし手負いの獣のように険しい目をしていると思ったのに、顔は死んだ胴体についているとも見えぬ明るさなのを見て、澄子は一瞬これをどう取ればいいかと迷った。

もう五十の坂を越していても、まだ鬼歯は白くてちびてもおらず、頰はまるで湯上りの、石鹼《せっけん》でも匂いそうなつややかさを見せていて、こう云う自分を溝上がどれだけいとしんでくれたか、ほんのひと月余り前までずっと住みついていた菜園場町裏の家での暮しが鏡のなかに泛《うか》び上って来る。明るい昼間、表戸を閉め切って敷いた寝床の

なかの溝上の濡《ぬ》れ身はまるで膃肭臍《おっとせい》のように若く弾力に充《み》ちていて、その溝上を躰ごと吸い取って了《しま》いそうな澄子の餅肌《もちはだ》も、障子の明りに底光りした光沢を放っていたのを思い出す。長い妾勤《めかけ》めのあいだにはお互い心に隙間《すきま》風《かぜ》の吹いた事もなかったとは云い切れないが、着物を脱げば二人とも不思議とぴったり閉じ合うものがあって、汗まろげのなかでややこしい悶着《もんちゃく》はいつの間にか忘れ去っている例《ため》しも多かっただけに、澄子はただの一回も「これが月々の手当ての代償」などと考え付合った憶《おぼ》えはない。

　そのまたとない躰の幸せも、もう再び戻る日もないと思えば口惜《くや》しさがまた頭のなかを駆け廻るけれど、せめて金の蔓《つる》の切れもせず枯れもしなかった嬉しさに替えて心を鎮めれば、眉《まゆ》の辺りがすうーっと展《ひら》いて気分もようやく落着いて来る。不思議なもので、気分が落着けば頭のなかもしんと澄み、これまでもの事を深くつきつめて考えるのがとても苦手だった澄子の頭も、活動をやめた胴体のぶんまで働き始めるのか、もうとっくの昔忘れ去っていたさまざまな場面や出来事が、つい目の前にあるように詳しく見えて来る事があった。

　長い一日の時間、自分でする事は何もないだけに、繰返し頭のなかで手繰っている情景は何故《なぜ》か松崎の頃が多く、ときどきふと聞えて来るのはあの頃、仔猫《こねこ》でもじゃれるように繋《つな》がり合って遊んだ女の子五人の歓声で、年嵩《としかさ》の澄子はそれを昔のように、

「やかましいよ。静かにしなさい」

と制しなければならぬ、とうつつに考えたりしている。

浦戸町とはつい目と鼻の先の、唐人町の端の散髪屋の子だった澄子が松崎の家に売られて来たのは小学校五年十三の年で、そのときの身代金《みのしろきん》が三百円だったとはずっとのちに澄子が知った話であった。澄子は父玄八、母政代の長女として大正十一年十二月生れ、澄子三つの年に政代は腸チフスで亡《な》くなり、そのあと三月と経《た》たないうち手不足から後妻の岩を迎えたと云うのも、これも松崎へ売られる段になって澄子が初めて知った事実ではあった。

玄八は腕のいい職人だったが世辞のひとつ云えない偏屈で、従って弟子も取らず店は岩が手伝ったり、澄子も小学校へ上る時分から、白いカップのなかの石鹸を葱坊主《ねぎぼうず》のような柔かい刷毛《はけ》で溶く手助けくらいはした覚えもある。子供の頃を振返って、母が継母《ままはは》と知らなかった日々の、整髪料のいい匂いが充ち充ちていた店のなかや、剃刀《かみそり》を磨《と》ぐときの磨ぎ皮のたったたっと鳴る威勢のいい音や、コトンと音がして客の頭を載せたまま後に倒れる椅子《いす》などなつかしく目に泛び、なかでも、夏になれば入口の青赤だんだら棒の看板の脇《わき》からもうゴムの水泳帽を被《かぶ》り、すぐ前の鏡川へ走り下りて行った思い出は強く蘇《よみがえ》って来る。家は川下の潮江橋に近かったから、潮が干《ひ》て川に殆ど水が無くなっているときでも、丸いコンクリートの橋桁《はしげた》の廻りにだけは青い水が深々と湛《たた》えられていて、頭を下に足をひらひらさせ乍ら潜《なが》って行ったときの感じは、いま、この病院で眠りに入る前などの陥《お》ち込んで行くような感じによく似ていると思う事があった。

夏の遊び盛りには、足の裏とてのひらにだけ白さを残してあとは真黒に灼《や》け、ボートが川岸に腹を干す季節になってもなかなか水から離れなかったが、こんな澄子にとって無口でぶっきらぼうな父親との唯一《ゆいいつ》の接触と云えば、ほんのときたま商売道具でもって額の際剃《きわぞ》りをして貰《もら》う折で、擽《くすぐ》ったさにふと目を明けると、すぐ前にマスクを掛けた玄八の目玉が異様な大きさで光っていた事や、顔を支えている太い指の腹がふんわりと柔かく温かったのを思い出す。いまでも澄子は、秋の陽差しのなかでつい転《うた》寝《ね》したあと、肘《ひじ》やふくらはぎに陽の温《ぬく》もりがやさしくまつわって残っているのを感じたときなど突然、この昔の父親の指のあとを思い出す日があった。

岩は子に恵まれなかったせいか、澄子八つの年によそから二つになる男の赤ん坊を貰い子し、義理の寄合い乍ら親子四人、事なく過していたその頃から澄子はときどき、

「うちのお母ちゃん、何故こんなにうちを怒るのかしらん」

と考えた事もあったが、その時分はどの家の親でも子を怒鳴ったり叩《たた》いたりするのはさして珍しくもなかったから、深くは気にも留めなかった。

その岩の仕打ちをやはり継母のせい、と悉《ことごと》く裏返して見、憎むようになったのは玄八が肺炎で死んだあと岩の裁量により、この店にずっと頭を預けていた松崎の親方を頼って澄子が身売りさせられてのちの事で、何と云っても他人の家の飯を初めて口にしたのと、それに仕込みっ子四人の最年長者と云う立場から、澄子は自分乍らその頃から急にしっかりと知恵づいて来たように思える。

播磨屋《はりまや》橋から南、鏡川にかけての界隈《かいわい》には山海楼、巴楼《ともえろう》、蓼乃家《たでのや》、末広亭などの大きな料理屋と高知検番があって、そのあいだを埋めるように大小の子方屋が軒を並べているが、松崎は家の造りからして素人家だったたし、万事が緩くて澄子は仕込み時代身を詰めるような辛《つら》さを殆ど味わう事なく、思い返して、それは、親戚《しんせき》にでも長期滞在して従姉妹《いとこ》たちと暮しているような気楽さがあった。

澄子が岩に連れられて初めてこの家の敷居を跨《また》いだとき、もう貞子《さだこ》と云う先客が一人いて、大人たちの話半ばでとても嬉しそうに躁《はしや》ぎ乍ら悦子と二人、両方から澄子の肩を抱え上げるようにして二階の子供たちの部屋に連れて行ってくれた事を思い出す。

澄子に続いて、半年ばかりのあいだに二人の女の子が続いてやって来ると、小学六年の澄子を先頭に四年の貞子、三年の民江、妙子《たえこ》、それに二年の悦子と小さいのばかり揃い、つい先頃まで親方夫婦に悦子、女中二人と云う家のなかはたちまちむんむんするほど賑《にぎ》やかになった。松崎の跡取りには悦子と十八も隔たっている兄の勇太郎がいて、この家のすぐ裏に女房美佐子と二人の子供との家を構えていたが、家業の紹介業を手伝うかたわら、仕込みっ子の束ねを引受けていたから、子供たちは皆「勇ちゃん兄さん」と長たらしく呼び、勇太郎は五人を「混成部隊」、澄子を「おい、部隊長」などと呼んでふだんはともかく、身の振りかたなど大事な問題に就《つ》いてはまず相談を持ちかけていた仕込みっ子たちの習慣は、あれから四十年後の今日も未《いま》だにずっと続いている。

子方屋の老舗《しにせ》と云うのは、筋金の入った胴欲な親方に玄人《くろうと》上りのお内儀《かみ》、無駄な諸費用はきっちりと詰めて女中の一人置かず、抱えの妓たちの監視も取り分け厳しいが、こちらはお母さんが玄人嫌いの上に病い持ちで年中顳顬《こめかみ》に頭痛膏《こう》を貼《は》っては長火鉢の前にじっと坐《すわ》っているばかり、小むつかしい事は云わなかったし、それに懐《ふところ》の深いお父さんは四人の子と実の娘悦子とを分け隔てなく扱ってくれたのを澄子ははっきりとよく覚えている。どう云うわけか澄子は、

「お父さんはひょっとすると、悦ちゃんよりうちの事を可愛《かわい》がっているのじゃないか

しらん」

　とときどき考えた事もあるのは、

「お前ら五人は姉妹」

　と口癖のように云うお父さんの、

「何事もまず年の順」

　と云う考えかたのせいでもあったろうか。洋服も着物も澄子に新調してもあとはお下りとか、一家揃ってすき焼きなど食べに行っても、

「さあどんどん食った、食った」

　と勧めるのは、思い返して主に自分に対してばかりだったような気もする。

　のちになって、子供たちのあいだを廻り廻った見覚えのあるワンピースを悦子が着ているのを見たときなどふと姉妹以上の親しみが戻り、あの頃、五人の統領として子供乍らきっと踏ん張って暮していた自分の晴れがましさを思い出す。仕込みの子たちは、二階の簞笥《たんす》二棹《ふたさお》の曳出《ひきだ》しを等分に分けて貰ってそれぞれ自分の名札を貼り、そこに下着洋服の類《たぐい》を蔵《しま》う習慣になっていたが、よその子方屋では盆暮と云えどもくれはせぬ小遣いを、松崎では一日一人五銭ずつ渡され、それで自由に買い食いしたり、貯金する者はその貯金箱までこの簞笥に入れたりするのは、悦子も全く同じであった。

悦子と仕込みの子たちとの違いと云《い》えば、仕込みっ子は一に稽古《けいこ》、悦子は勉強と定められている事で、澄子たちは近くの第一小学校から年中早退扱いでもって昼までで戻ると、お母さんに長袖《ながそで》の着物を出して貰って毎日舞と三味線の稽古に通う。四人の子が二階でいっせいに三味線のお浚《さら》いなど始めると、一人ぼっちの嫌いな悦子が寄って来て触ったり声を出したりして邪魔をするとき、四人は四人とも威張って、

「こらっ、悦子」

と頭からけんたいで怒鳴り、それでも止《や》めないときは澄子が代表で、

「お母さあん」

と大声を挙げ、

「悦ちゃんがうちらの稽古の邪魔するもの。怒って頂戴《ちょうだい》」

と云い上げに駈《か》け出してゆく。

まだ弁《わき》えもない子供同士の事だから、物の奪《と》り合いや、思い違いや、言葉の足りなさなどでしょっちゅう小さな喧嘩《けんか》はあるものの、澄子はあの当時、よその子方屋から松崎の素人商売、と笑われるほど五人が仲睦《むつ》まじかったのは、お父さんお母さんの鷹揚《おう よう》さもさる事乍ら、小さい自分が一所懸命皆を宰領したその功もあったのではないか、と自惚《うぬぼれ》も混えて考えたりする。思い返せばちょっと鉤《かぎ》の手《て》の癖があってだらしない貞

子、飛び抜けて体格はよくても頭が八分目の民江、しんねりむっつりで扱い難《にく》い妙子、この三人の子たちには、芸事の判らぬお母さんに替って稽古を怠けぬよう上達するよう、年中決めつけていなければならなかったし、それに何と云っても澄子が一番気に掛けていたのは、やはり自分たちとは全く立場の違う悦子の存在であったと云えようか。

お父さんは五人平等、と云うけれど、お母さんは女だけに澄子たちの目から見ても悦子だけは特別扱いしており、女中たちもまた、お嬢ちゃんと呼んで大事にしていたが、肝腎《かんじん》の悦子自身は一人娘でおっとり育っているせいか万事に晩稲《おくて》で、すぐ人の云いなりになる素直さもある替り、ちょっと苛《いじ》めてみたくなるような頼りなさもあった。日曜日など、澄子が全員引き連れ、電車に乗って鳳館《おおとりかん》へ活劇映画を見に行き、戻ってから座敷に一列に腹這《はらば》い、飴《あめ》など嘗《な》め乍ら、

「みんな、いまの活動で誰が一番好きか、はい、下のもんから順に云いなさい」

とおませな澄子が命令すると、端の悦子はきょとんとした目をして、

「うち？　うーんと、うーんと、あの片岡千恵蔵」

と云うなり澄子がたちどころに、

「いかん。片岡千恵蔵はうちが嫁さんになると決めちゅう人やから、他の人に替えな

いかん」

と年長者の権利を押しつけると、悦子はその意味が判ったか判らないのか、それっきり、

「ほんなら、他の人は知らん」

とあっさり引き退《さが》る。

これが判らずやの民江なら、

「片岡千恵蔵はうちが先に云うたのや。あんたこそ阿部九州男《あべくすお》で我慢したらええやんか」

と頑固に云い張り、摑《つか》み合いにまでなり兼ねまじいところを、悦子は澄子の云う事なら何でも聞き、澄子の行くところなら、今は弟の義高《よしたか》とふたり裏町に二階借りしている継母の岩の家までも、のこのことついて来るようなところがあった。

それでも、仕込みの子たちはいつのまにか自分たちの運命はちゃんと知っていて、水泳から戻って皆昼寝したいときなど、二階の縁側にある一つの籐椅子《とういす》を目指して、

「うちが先」

「うちが先」

と互いに階段を駈け上り乍らも、つまりは悦子に譲るだけの分別はあった。

あの頃、四人の誰も実の親の話をせず、まして家に帰りたいなどと云う者が一人もいなかったのは、四人とも松崎に来てからのちいっそう自分の生家の貧しさが判《わか》って来たものでもあったろうか。

澄子は度重なる岩からの要請もあって、小学校卒業と同時に座敷に出る事になったが、素人《しろうと》出の松崎のお母さんでは面倒なこの世界の仕切りがよく判らず、三味線師匠の小蝶《こちょう》に身柄を引受けて貰い、松崎抱えの小蝶預けと云う変則的なかたちのまま、源氏名「小奴《こやっこ》」で山海楼の半玉《はんぎょく》となった。その日澄子は初めて塗った固煉白粉《かたねりおしろい》、初めて結った桃割れをまず誰よりも松崎で見せびらかしたく、明るい納戸地《なんどじ》に珊瑚《さんご》の模様を染めた新調の座敷着の褄《つま》を取り乍ら、夕暮れ前の町を自己流のしなを作り作り晴々と歩いて行ったのを思い出す。

小柄ではあっても鏡川の素潜りに馴《な》れた緊《し》まった躰《からだ》つき、色白のとろとろ肌にくっきりとした生え際もよく、それに靨《えくぼ》のある愛嬌《あいきょう》よしの丸顔はこうして作れば花の満開のようにあでやかで、それに引換えまだむさ苦しい松崎の四人の子は澄子をかごめの鬼のように真中に置き、ぐるぐると廻って触り乍らさまざま云っては喜んだ。そのとき民江が、落ちていた椿《つばき》の花を逆さに持って牡丹刷毛《ぼたんばけ》に見立て、

「白粉、こうやってつける？　ぽんぽん」

と自分の顔を叩いたとき、黄色い花粉が鼻の先にくっついて皆どっと笑った光景を思い出す。

松崎から座敷へ出した妓は澄子が最初で家中珍しかったし、澄子もここが自分の家と云う感じから抜け切れなかったから、一日一度は必ず戻り、山海楼が看板のあと午前二時を廻っていても飢《ひも》じいときには表戸を叩いて開けて貰い、お茶漬けを掻《か》き込んだりうどん代をねだったりした。暫《しばら》くののち、数えで十四、満でならまだ十二と云う年で澄子が初めての客を取らされ、そのあと金欲しさに住替えを頼んで来ているのも、すべて継母の差し金によるものだと知ったとき、澄子は岩に向って半ば震え乍らもきっぱりと云い渡した言葉を未だによく覚えている。

「うちは松崎へ来たときからもう心の中であんたとは親子の縁は切っちょる。うちの親は松崎のお父さんお母さんや。何の血の繋《つな》がりもないうちを、もうこれ以上食いものにせんといて頂戴」

父親が死んで家を畳み、これも血縁はないものの小さい義高を育てるために松崎の三百円が必要と思えばこそおとなしく売られて来たのに、その後の岩にはいつの間にか若い男が出来ていて、それを澄子に知られたのちは居直った態度に変り、澄子の前でも岩は平気で土井が、土井がと惚《のろ》けるようになっているのであった。昔澄子は、こ

の人の唇の脇《わき》の毛の生えた大きな黒子《ほくろ》を見て、

「うちのお母ちゃんの顔は滑稽《こっけい》な顔や」

と子供心に思った事があったが、いまはその黒子さえ面憎《つらにく》く、

「あんた、住替えするうちの前でようもそんな嬉《うれ》しそうな顔が出来るねえ」

と打ち下しても、岩は却《かえ》って逆襲し、

「嬉しそうに見えるかは知らんが、顔はあて生得《しょうとく》のもんでねえ。お前こそ年中翳で愛想振《ふりま》撒いて、ちっとも苦労しよる顔とは見えんやないか。大体お前はあてを継母《ままはは》継母と悪《あ》しざまに云うけんど、あてがお前を育てたのはまだ襁褓《しめし》かけた三つのときからじゃと云う事をよう覚えておきなはれ」

三つの、と指を立てて鼻先に突きつけられると澄子は呪文《じゅもん》を掛けられたように退引《のっぴき》ならない思いになり、この人との切っても切れぬ腐れ縁を考えさせられる。

松崎のお父さんは、たとえ養母であっても親の恩を忘れるのは犬畜生に劣ると云うが、岩はそれを嵩《かさ》にきて、

「義高と二人食べて行くのに、あてに何の手職があると云うぞね。あてやって、三十も若けりゃとうに芸妓《げいぎ》になっちゅうよ。芸妓になってお前と義高を文句のつけようにないほど立派に養うて見せるがねえ」

と云われると、義高にはなまじ姉弟としての情もあるだけ見知らぬよその土地への住替えも仕方なし、と諦《あきら》めざるを得なくなる。それに、十四、五の世間知らずの小娘の身で大人たちに抗《あら》がい、どんなにきつく口返事したところで、自分で自分の身の振りかたのつけられぬ事は判っており、その諦めは山海楼で最初の客を取らされたときから既にもう自分のうちに根ざしていたのかも知れなかった。

医者だと云う客に初めて身を任せたその晩、どう云うわけか澄子はずっとうつつに白い子供の手袋が大きなトラックの下に轢《ひ》かれている夢を見ていたように思った。以前悦子の持っていた、手首にふわふわした毛のついた真っ白い手袋を自分も欲しい、とちらと思った事があったけれど、それがどこか頭の隅にでもこびりついていたものだったろうか。舗道の上で、轢かれた手袋はひしゃげて指を開いたまま無残に汚れて了《しま》ったが、不思議にこの手袋の幻はその後も澄子について廻り、次の住替え先の巽楼《たつみろう》でも客を取り疲れた晩など、白手袋が軍手のようにぼろぼろになってゆく姿をぼんやりと目に泛《うか》べたりする事があった。

澄子の住替え先が巽楼と決まり、小さな風呂敷《ふろしき》包みひとつの身軽な姿のまま、勇太郎に連れられて高知を発《た》つとき、松崎のお父さんは、

「儂《わし》はお前を、できるならこの山海楼へずっと置いて芸で身を立てさせてやりたかっ

たが、母親が是非ない金が要ると云うので已《や》むを得ん次第になった。ついては、これを蔵《しも》うておいたままではお前も寝覚めが悪かろうきに、元金の三百円だけ戻して貰《もろ》うてここで破る事にする」

と澄子の身代金《みのしろきん》三百円の貸金証文を取出して見せ、目の前でちりぢりに引裂いて傍の火鉢にくべた。

そのとき澄子は、まだ十五の自分に向ってまるで大人同士のように打明けた金の話をするお父さんの心の温かさを思い、

「さ、これでお前は儂に一文の借金もない身になった。あとあと気兼ねは要らん」

と云う言葉とともに、鼻の奥がきゅんと痛くなり目の前の火鉢の炎がぼうーっと滲《にじ》んだのを憶《おぼ》えている。

巽楼に行ってのち、澄子にもこの世界の仕組みが次第に判って来るにしたがい、山出しの仕込みっ子に一年余りも小遣いを与えて養い、舞三味線の手をつけ、座敷に出してもまだ半玉では衣裳《いしょう》その他出る一方だった澄子の借金を、利息も取らず証文破ってくれたお父さんの好意はまたとない有難さで身に沁《し》みてくる。これが並みの子方屋なら、貸金に対しては相場の年利一割五分をつけ、食費稽古料衣裳貸料、それに出したものはたとえ風邪薬一服であろうと上乗せし、住替えの際ごっそりと差引く建前と

なっている為《ため》、親渡しの金は極く僅《わず》かなものとなる。親がこれこれの額欲しいと云えば、逆算して身代金の高を増やす他なく、お父さんは澄子の母親の欲しい金額はそのままに、それでいて澄子の借金を少しでも低くおさえるために元金だけで一切ご破算にしてくれたものであろう。澄子がのちのち、何かにつけ松崎を心のよりどころとするようになったのも、単に子供五人が姉妹同様に睦み合っていたと云うだけの理由でなく、こう云うお父さんの親身な金の手当て故《ゆえ》の事でもあった。

お父さんはまた、出てゆく澄子に遺言のようにしっかりと、

「どこへ行ってもうちで憶えた芸は必ず捨てんよう、それがお前の値打ちとなるきに」

と云い聞かしてくれたが、当座はまだ意味がよく呑《の》み込めず、その言葉が息吹き返して来たのはずっと後の、溝上と出逢《であ》うきっかけとなってからであった。

と云うのは、巽楼に入ってみれば芸よりも躰を売るのが先で、ここでは十五と云う年の斟酌《しんしゃく》など抱え主はむろん朋輩《ほうばい》にさえありはせず、却って、

「ほら、客があんた名指しや。泊りの花つけてくれるそうや。毎晩稼げて羨《うらや》ましいよ」

などと露骨な金の話を聞くたび山海楼の、たとえ泊り客でも一度は芸妓舞妓《まいこ》の芸を

見、皆して座敷遊びを楽しんだ粋《いき》な雰囲気をせつなく思い出したりする。

この須崎《すさき》の町は高知から西へ汽車で一時間半、海沿いの漁師町だけに家の者も客もすべて荒っぽく、ものを云うにも嚙《か》みつくような大声なのが住替えの当時、澄子にはひどく怖かった。巽楼はこの町一の大きな料理屋とは云い乍《なが》ら、千坪の庭、百五十人の芸妓を抱えていた山海楼に較《くら》べれば、建物も抱え妓もその三分の一以下と規模も小さく、それに何より女将《おかみ》を始め帳場のえげつなさは、もの判りのよい山海楼の客たちに甘やかされていた澄子にとっては耐え難いほどのものであった。

高い堤防のすぐ内側にある巽楼では、昼となく夜となく家のどこに居ても海鳴りが聞え、裏の物干台に上れば瓦《かわら》の光る町並の向うに、日によって青くも黒くもまた銀いろともとれる海が、鉋《かんな》を掛けた一枚板のようになめらかに長く横たわっているのが見えた。澄子がここにたびたび上ったのは、海を見るよりも隅の植木鉢のかげでそっと涙を拭《ふ》くためで、あの頃は朝目覚めると、また夜の来るのがどれほど厭《いと》わしかった事だろうか。

貸してくれる衣裳も田舎好みで品もぐっと落ち、それに芸名も、姐《ねえ》さん方にはタンク、ヒコーキ、だんご、ぼた餅《もち》、などとふざけたものが多く、澄子は自分の貰ったダリヤ」もその花の毒々しさからして終《しま》いまでとうとう好きにはなれなかった。が、衣裳や芸名や朋輩の露骨さなどにも増して、澄子が毎度涙を怺《こら》え切れなかったのは、月のものの日でさえ休ませては貰えぬ客取りのきつさで、腰痛を訴えて客を振った晩など、女将の前に引き据えられ足の裏に焼け火箸《ひばし》を当てられた事もある。遊廓《ゆうかく》の折檻《せっかん》部屋《べや》の怖さはかねて聞いていても、それは昔話、と思っていただけに、

「この土地の商売に、お前のような町の者の気儘《きまま》が通るもんかどうか、判らせてやろ」

と云《い》う怒声とともに、足裏の土踏まずに赤く灼《や》けた火箸がいきなり当てられ、肉の灼ける匂《にお》いと一緒に白煙が立ち上ったとき、澄子は痛さよりももっと恐しさが先立ち、色青ざめ歯の根も合わず震えた事はいまもなお記憶に新しい。

折檻は、女将の命令で追廻しの男衆たちが手を貸す慣わしだが、売物の顔と躰には決して傷をつけぬようとても巧妙に効果的に、足の裏とか爪《つめ》とかの目立たぬ個所を狙《ねら》うのだとあとで聞き、それからはたとえ客の取り過ぎで下腹が疼《うず》こうとガニ股《また》で歩こうと、意地でも文句の一言こぼすまい、と心に誓った。それでも、もう嫌や、ここに居《お》ったら殺される、とつくづく思う日も月のうち何度かはあり、そう云うときは決心して帳場で小遣いを借り、頼む先はただひとつ、松崎へ向けて、

〈ムカエタノム」シンボウデキヌ〉

の電報を打つだけが澄子に叶《かな》う思案ではあった。

電報を受取る松崎では、前借のある澄子を受け出すには次の住替え先を捜してからでなければならず、それに便乗して母親の欲しがる金を上乗せすれば一千二百円と云う高額になり、当時内地ではこれだけの金の取引きの出来る先はおいそれと見つかる筈《はず》がなかった。松崎は已むなく、お父さんの幼な友達のやっている満州新京市の一力楼に頼み込み、契約を済ましてから勇太郎が澄子を連れ出しに行ったが、澄子は行先満州と聞いて一瞬、小学校の地歴室の壁に掛かっていた大きな世界地図を思い泛べ、目まいのするような心細さを覚えたものの、巽楼の地獄から抜け出せるならどんな遠いところでもええ、と子供心に踏ん切りをつけた。

考えてみれば、この巽楼の一年と云う月日がなかったら、その後の満州での流浪《るろう》に澄子の心と躰が保《も》ちこたえられていたかどうか、苦界《くがい》の辛《つら》さをここでたっぷり覚えさせられただけに、これに較べれば何でも出来る、と了簡《りょうけん》を固めたところにその後の澄子の世渡りがあった。満州でいく度か挫《くじ》けそうになったとき、そっと足袋を脱いで右足の土踏まずの、引攣《ひきつ》れた火傷《やけど》のあとを見ると、澄子はその都度自分で自分を慰める事が出来、それなりにまた勇気も湧《わ》いて来たものであった。

ただ、十四の春、山海楼でお目見得してからこっち、僅か二年のあいだに松崎の三百円が一千二百円もの大金に肥《ふと》っているその内訳は大半岩の懐《ふところ》に入った為であって、岩はまたその金を土井に貢《みつ》いでいるらしい、と勇太郎に聞いたときには怒りが躰中を駆けめぐり、澄子は自分の決心に武者震いし乍らも、

「よし、もう一生涙なんか流すもんか」

と思った。

山海楼の勤めではまだこの世界の東西さえ呑み込めなかったが、巽楼で揉《も》まれるうちには前借と稼ぎの関わりも身に沁みて判《わか》ってくれば、一千二百円と云う高がどれほど重い荷となるか、その辛さは悉《ことごと》く岩への憎しみに振り向けられて来る。これから先、見知らぬ国でこの前借と悪戦苦闘せねばならぬと思うと、巽楼の物干台に上って泣いた弱い自分はもう無いものと考え、きっぱりと、

「勇ちゃん兄さん、うちの家はもう木下やない、松崎やからねえ。満州へ発つまでのあいだ、うちは悦ちゃんらとずっと一緒に居るよ。お母ちゃんには絶対会わん。お金は云う通り渡してやって頂戴《ちょうだい》。うちからの手切れ金やと云うて」

と澄子は云い切った。

澄子が風呂敷包みひとつで巽楼から松崎へ戻ってみると、ひと頃渦でも巻いているようだった家のなかは埃《ほこり》も立たぬ静けさに変っており、貞子は花勇《はなゆう》、民江は久千代、

妙子は染弥《そめや》としてやはり小蝶預けで山海楼に出ていたし、五年生になった悦子は見違えるほど背丈が伸びて、連日受験勉強のため机に向っているのであった。女中の一人も新顔に変っていて、お母さんだけは相変らず長火鉢の前で振出しの中将湯を飲んではいるものの、こんなにひっそりした雰囲気では以前のように誰彼なしに活動館にも誘えず、澄子は所在なさに裏の勇太郎の子供を連れて来て相手してやったりしたが、それでも決して岩には会おうとしなかった。

松崎のお父さんも勇太郎も、遠くても満州はもう外国じゃない、と云い、今は新京、奉天、大連など開けた都市はおおかたの住民が日本人ばかり、高知から働きに行っている芸妓たちも大勢居る、すぐ友達も出来る、と慰めてくれ、また、

「今度こそ満州ですっぱりと借金を抜いて戻れよ。満州の借金を背負うて内地へ戻ったらそれこそ一生稼ぎ続けんならんきに」

と背を叩《たた》くようにして澄子を励ましてくれた。

昭和十二年の四月半ば、満十四歳と五カ月の澄子は勇太郎に連れられ、土佐からは三泊四日と云う新京への長い旅に上った。高知港を出るときにはこれが見納めかと思うばかりの心細さで、それに釜山《ふざん》から北上の途、車窓からは夜が明けても日が暮れても澄子がこれまで見た事もない広い広い野原、赤い低い禿山《はげやま》がどこまでも続いている

のを眺めて怺え切れず淋《さび》しくなり、つい涙が溢《あふ》れ出ようとするとき、澄子は決して泣かないと心に誓った通り、まっすぐ仰向《あおむ》いては大きな瞬《まばた》きをいくつかした。そうすると睫毛《まつげ》が涙の玉をこまかく弾《はじ》いて了い、目も赤くならず泣き顔を人に見せなくて済む事になる。のちに澄子が溝上から、

「お前は目を明けて泣く特技を持っちょる」

と笑われたのも、そもそもの始まりはこの頃からで、悲しい顔は人にも自分にも見せたくないと云う勝気さからでもあった。

大邱《たいきゅう》で停車したとき、勇太郎はホームに下りて網袋に入った赤い林檎《りんご》をたくさん買ってくれ、

「鴨緑江《おうりよっこう》を渡ったらいよいよ満州やからね」

と教えたが、土佐では珍しいはずの林檎を食べる気にもならず、ずっと両手のなかに温め続けていたのは、やはり変った風物を見てゆくての不安に心ふるえ、気力もすっかり萎《な》えていたせいでもあったろう。

澄子はさらに、その鴨緑江を渡った安東の駅から乗込んで来た人たちの顔を見て、覚悟の上とは云い乍ら、一瞬躰《からだ》の芯《しん》まで凍るような感じを持った。どの人も皆、土埃にまみれたようなしたたかな顔をしていて、その表情の下はどんな心を持っているの

か得体の知れぬものがあり、それに、厚い綿入れの長衫《ちょうさん》から立ち上る強烈な体臭は顳《こめ》顬《かみ》へ響いて来るほど凄《すご》いものがあった。その頃日本人は朝鮮韓国人をすべて鮮人、満州に住む中国人を満人と呼んでいたが、同じ体臭でも朝鮮人は主に芥子《からし》、満州人は大蒜《にんにく》から来るものだけに、安東からの汽車の箱のなかは目も明けていられない感じで、ハンカチで鼻を掩《おお》って俯《うつむ》いている澄子に較べ、この旅に馴《な》れている勇太郎は、

「すぐに平気になるよ。この匂いを嫌いよったら満州には住めん」

と気にもしない顔で新聞など読んでいる。

もっとも、当時の満鉄には下層の満州人のために苦力《クーリー》専用車がついていて日本人との同車は許されていなかったから、この箱に乗って来るのは満州人でも中層以上か、或《あるい》は満州の暮しにすっかり融《と》け込んでいる日本人だったかも知れず、見馴れぬ澄子の目には皆一様に異形の満州人、と映ったのかも知れなかった。

長い旅の果て、やっと新京の駅に下り立ったとき、春だと云うのに足許《あしもと》からしんしんと冷え込んで来る寒さに澄子は首を竦《すく》め、それに昼間なのにまるで夕方のように天地が暗い事に何やら不安を持った。この大陸性の寒さと垂れ込めた長い冬の灰色の空とは、年中暖かく明るい土佐に育った澄子にとって一番の苦手だったが、馴れとは有難いもので、そのうち次第に苦にならなくなった。

一力楼は駅前のヤマトホテルの真裏の三笠町《みかさ》にあり、お父さん直々駅まで出迎えてくれ駅頭で男ふたり、「勇ちゃん」「小父《おじ》さん」となつかしそうに肩を叩き合うのを見た途端に、自身勇太郎の妹と思っている澄子はずい分と気が楽になったのを憶えている。勇太郎が一力楼に滞在の一週間のあいだ、お父さんは澄子を座敷に出さずずっと遊ばせてくれたが、いよいよその帰りの日が来て新京駅に送って行った戻り道澄子を励まして、

「さあこれから勤めやで。お前は小さくて可愛《かわい》いから、どうや、やっぱり初めの小奴と云う名でいこか。今晩から早速初店《はつみせ》としよう」

と云った言葉は何故《なぜ》かとても親身に胸に沁み、澄子はふっと、「このお父さんなら、うちの心が添うていける」と思った。

これが悪賢い楼主なら、妓《ぎ》の引率者が帰ったと見れば忽《たちま》ち掌《てのひら》を返したように辛く当るものなのだけれど、一力楼のお父さんの態度は少しも変らないばかりか、小奴と云う芸名が自分でも気に入っていた澄子の胸の内まで見抜き、その気持を迎えてくれた事で、遠い満州まではるばるやって来た澄子の心許なさはいっぺんに掻《か》き消されたように思った。

松崎で聞かされたように、この一力楼の抱え妓三十人の中では何と云っても土佐出

身者が断然多くて、日常土佐弁も通じ、食べ物着る物暮し全般家のなかではちっとも外国ではなかったが、一歩外に出ればやはり内地では見かけぬ赤煉瓦《あかれんが》の建物ばかり、満州人朝鮮人それに白系ロシア人も入り混って言葉もさまざまであった。始めはこわごわ、馴れると町へ出るのも面白く、そのうち簡単な満州語が出来るようになれば一人で電車や洋車《ヤンチョ》に乗って大同街まで行き、三中井百貨店で買物などして戻れるようになった。

澄子はまだ年が足りない為、一力楼へは芸妓だけの一枚鑑札で入っているが、ここまで来て客は取りませんなどのごたくが通るとはもうつゆ思っておらず、それに枕代《まくらだい》には等級があって芸妓は娼妓《しょうぎ》よりも割高だったから、帳場の云う通り毎晩客を取り乍ら澄子はそう辛いとは思わなかった。客はやはり日本の軍人が一番多く、稀《まれ》に満州人が登楼する事もあり、馴染《なじ》んでくると不思議なもので満州人と云えどもそれほど嫌とは思わなくなってくる。あの安東の駅で、一目見るなり〝けだもの染みた人間〟と思った人たちも、住み馴れるとこちらの目の感覚も麻痺《まひ》するのか日本人と全く区別がつかなくなり、それに日本人ばかりのこの三笠町にまで遊びに来るのはかなり富裕な層の満州人でもあって、のちには澄子も「李《リー》さん」「王《ワン》さん」などの馴染みも出来るようになった。

内地の噂《うわさ》通り、こちらは何と云っても景気がよくて金が舞い、夜、三笠町界隈《かいわい》に灯が入ると、土佐の山海楼でも見られなかった異国らしい活気がこの一力楼全体に漲《みなぎ》って来る。仲居の呼び声、人のざわめき、そのうち広間でお囃子《はやし》が聞えて来ると、あれは大金持った大陸成功者か高級将校たちの豪勢な振舞いだと知れ、帳場に云われなくとも皆して広間へ駈《か》けつけてゆく。内地では百円札と云えば神棚に祀《まつ》るほどの値打ちがあるのに、ここでは十円札と同じ程度にたやすくやり取りされ、そのせいかどうか人間も全体に何となくおおらかで慢慢的《マンマンデー》となり、少しの事にこせこせしないのは有難く暮しやすかった。

それでも朋輩《ほうばい》たちはやはり、生れ故郷の事はよく口にし、親姉妹からの便りを箱に溜《た》めてはなつかしがっている人もいたけれど、澄子は岩と義高の上に思いが及ぶとすぐ拭き消し、いつも自分に肉親は一人もないもの、と云い聞かせて過す。そのかわり、帳場に行けばお父さんの口から始終松崎の消息は知れ、ときには鉛筆を借りて悦子宛《あ》てに、

「元気で働いております。こちらは小豆がとてもおいしいです。黒ダイヤも安く手に入ります。今度、小豆のなかに黒ダイヤを入れて送ってあげましょう」

などと書き送り、悦子からは折返し山海楼に勤めている貞子たち三人の様子を知ら

せて貰《もら》うとさすがになつかしく、いっとき胸に灯りの点《とも》ったような思いになる。

内地の借金も満州なら抜き易《やす》いと云うのはほんとうで澄子は昭和十七年の春、病気もせず無事五年の年季を勤めあげ、千二百円の借金は綺麗《きれい》に払い終えたが、再び内地へ帰りたいとは思わなかった。もう太平洋戦争も始まっており、空襲だの配給だの窮屈な話ばかり聞えてくれば、こちらではまだまだ物資も多く暮しいい事が思われ、それにどうせ独り身の、どう生きて行こうと構う人もない境涯なら、ずっと身に馴染んだ事がいっそ楽だと云う思いにもなって来る。

幸い、お父さんはこの儘の居稼《いかせ》ぎを許してくれ、衣裳《いしよう》鏡台向う持ちの半自前で自由な勤めを続けていたとき、元奉天の警察署長だったという古谷恒人にめぐり会った。

一力楼五年のあいだには、互いに深間になったり切れたりまた縒《より》が戻ったり、数え切れないほどの客たち相手に色模様もないではなかったけれど、どんなに焦《あせ》ったところで借金で足止めされている身にはいつの場合も男の沙汰《さた》を待つ以外なく、その挙句には相手の不実をつくづく思い知らされる羽目となる事も多い。その点、古谷は元の職業柄、八字髭《ひげ》の風貌《ふうぼう》からして違っていて嘘《うそ》の吐《つ》ける気配ではない事が最初から知れ、馴染みを重ねるうち澄子も身の上話をとっくり聞いて貰えば向うもいつも長々と説教を垂れ、

「君はこう云《い》う場所でいつまでも働いていてはいけない。半自前なら一日も早くやめて真人間になれ」

と勧めて澄子の首途《かどで》のために三百円の金を出してくれた上、南広場に近い浪花《なにわ》洋行と云う商社のネクタイ売場の売子の職を斡旋《あっせん》してくれた。このとき古谷がいま少し若ければ澄子を囲っただろうけれど、もうそんな冒険の出来る年でもなかったし、云わば慈善行為のひとつほどの思いで澄子の鎖を断ち切ってくれたものであろう。

古谷から「もとの素人《しろうと》に戻してあげよう」と云われたとき、正直のところ澄子は嬉《うれ》しさよりも戸惑いが勝ち、一時は思案の上で、ありがたい事乍《なが》らこの話はやっぱり断ろうかしらんと思ったほどであった。十三の年に身を売って以来、全く自由を奪われている身の上とは云え、縛られ馴れと云うか縛られ呆《ぼ》けと云うか、いまさら広い世間に一人で放り出される事の大きな不安がある。古谷は澄子の落籍を祝って黒いエボナイトの万年筆を贈り、

「さあこれからは君もこれで日記やら家計簿やらをつけなさい。そうしていい相手を見つけて普通の結婚をするんだ」

と励ましてくれたが、澄子にとって日記も家計簿もまだまだ縁遠く、まして普通の結婚などはよその世界の話としか思えなかった。

これが澄子二十一歳の夏で、事実このときから澄子はかげろうのなかをゆらゆら飛び廻る蝶《ちょう》のようにゆくて定まらぬ思いになり、終戦の年、ハルピンで久保治喜《はるき》と結婚するまではほとんどうつつない日々だったように思える。

浪花洋行の給料は六十五円、近くの東四条に月十五円のアパートを借り、外目には素人娘の勤めとは見えても、一旦《いったん》泥水に足をつけた身は男に対して隙間《すきま》だらけだったのか、新京のどの月日を振返ってもあてのない独り暮しでいた事はなく、あるときは若い少尉《しょうい》がアパートへ通って来、あるときはシナ料理店の支配人だった男と二人、馬車に乗って霧の夜道を走っていた姿をぼんやりと目に泛《うか》べることが出来る。澄子自身の気持を思い返しても、ネクタイ売場と云う、男相手の職場だったせいもあり、まだ一力楼の勤めのような思いを持ち続けていて、誘われれば断りもせずまた好き嫌いも云わず、ごく素直に男に従ったふしもあった。この頃は僅《わず》か乍ら貯金も出来ていたからべつに金が欲しかったわけでもなく、まして高嶺《たかね》の花とも思っている結婚目的でもなく、一種の習性のようなものでもあったろうか。澄子も若かったし、それに何より満州の水に合っていて、内地の暮しや知人や松崎でさえも心の内でだんだん遠ざかってゆくばかりであった。

新京からさらに北のハルピンまで流れて行ったのは、満鉄勤めの兼国との結婚話が毀《こわ》れたあと、もう誰も知人のいない遠い土地へ行ってみたくなり、まるで風に吹き寄せられたように頼りなく一人でふらふらと汽車に乗った。兼国との同棲《どうせい》はおよそ三カ月、結婚しようと云う熱心な誘いに浪花洋行もやめ、毎日一人で兼国の夕方の帰りを待つうち、長いあいだ叶《かな》わぬものと考えていた結婚生活とはこんなに安泰なものかと知り、二人して挙式の日や新婚旅行の日程など話し合っていた矢先、内地から突然やって来た兼国の母のあの打明話に、澄子は打ちひしがれ叩きのめされた自分のみじめな姿をいまも決して忘れていない。

母親は、兼国には大阪に本妻と二人の子供があると云い、このところいくら便りを出しても梨《なし》の礫《つぶて》ゆえ、嫁と相談の上、私がこうしてあなたに別れて貰う為《ため》やって来ました、と云うのは、満鉄社員の内地往来で兼国と澄子の噂は早くから知っていたに違いなく、その証拠に、ちょうど兼国の奉天出張中を狙《ねら》って現れ、留守のあいだに一切の始末をつけて置くつもりらしかった。一重瞼《ひとえまぶた》の気難しそうな母親は、

「あなたはどうやら万事お金で承知して下さる方のようにお見受けしましたので、ここにこれだけ用意して参りました」

と差出したのは五枚の百円札で、それを見るなり澄子は思わず口惜《くや》し涙で膝頭《ひざがしら》を濡《ぬ》らし乍らも、黙って手を突くより他ない立場であった。

云いたい事はこちらにもどっさりある、と思いつつも、権高な母親がちらと台所を覗《のぞ》いて、

「まあ、漬物桶《おけ》もないお勝手場」

とか、

「満州では鍋底《なべぞこ》を磨く習慣がないのかしら」

とか、

「こちらのお茶は不味《まず》いですねえ。お水のせいでしょうか、それとも淹《い》れ方？」

とか、ちくちくと刺されれば素人の花嫁修業の何ひとつ出来ていない澄子は既にして気負けしてしまい、自分の前身を悔んでうなだれて了《しま》う。この儘《まま》黙っていれば金欲しさに男籠絡《ろうらく》、とこちらを見ている母親に自信を持たせるだけ、と判《わか》っていても、心の片隅ではどう見られてもかまいはせぬと投げやりに頷《うなず》いている自分があった。

澄子は母親の云う通り、家財道具を即日満州人に売払ってトランク一つだけ持ち、新京駅の時刻表の下に立って暫《しば》く見上げていたが、これからもっともっと奥地の、ソ満国境の黒河と云う町へ行ってみようと思った。以前黒河から来た客の話では、ここは日本人はごく少なく、アムール河を隔てた向う岸はもうブラゴヴェシチェンスクだと聞いたのを思い出し、とりあえず切符をハルピンまで買った。もう昭和十九年の春

のことで世情次第に騒がしく、北へ行くほど治安も悪くなっていると云う噂通り、汽車の箱のなかは軍人やら憲兵らしい私服で溢《あふ》れ、何やら張り詰めた不気味な雰囲気が張っていた。

澄子は窓枠に肘《ひじ》を載せ、思うのは僅か一日のうちに急転直下した我が身の上ばかり、泣くまいと云う決心も緩んで汽車のなかでもなお涙が止まらないのは騙《だま》された口惜しさではなくて、一時とは云え弁《わきま》えを忘れていた自分の情なさでもあった。一力楼ではよく「満州やもめ」などと云い、こちらで男が独身と云う触れ込みは一応疑って掛かるがいい、などと朋輩同士話し合い、〽内地にゃ可愛い妻がある、と自分も一緒になって歌っていたのに、何をまあ目が眩《くら》んで、とひたすら己を責める。兼国もこちらの暮しがよくよく淋《さび》しかったろう、と怨《うら》みはしないけれど、あの母親の、

「うちの嫁は、それはそれは行き届いた子でしてねえ」

と云う自慢話の針にはぐさりと心臓まで突き通され、その痛みがやはりなお生々しく疼《うず》くのであった。

朝ハルピンに着いたとき、澄子は一晩中自分で自分を苛《さいな》んだ傷のためにへとへとになっており、もう乗換えて黒河まで行く力をすっかり無くして了っていた。何故かとても水を見たくなり、線路に沿ってスンガリーの鉄橋方向に歩き乍ら、新京からはお

よそひと月遅れの寒い春に思わずもんぺの上に羽織っていた防寒コートの衿《えり》を立て、しっかりと前を掻き合わせた。

埠頭《ふとう》区の波止場のあいだを縫って、まるで吸い寄せられるように岸に近づいた澄子は、とても川とは思えぬその広い濁った水面を見てふと救われたような感じがあった。折からの朝陽を受けて、川面《かわも》のあちこちで刃物のように鋭い光を放っているのは川上からの流氷で、もっと暖かくなれば氷塊がぶつかり合いきしむ音が遠く市街地まで聞えると云うのはどの客から聞いた話だったろうか。同じ川でも子供の頃泳いだ鏡川とは全く趣の違うスンガリーを目の前に見て、澄子はやはり、

「とうとうこんな遠くまで来て了った」

と云う沁々《しみじみ》した思いが胸に来、バッグから以前古谷に貰った黒い万年筆を取り出すと腕を振って思いっきり遠くへ投げた。小さな万年筆が水に落ちる音など岸にいて聞えるはずもないのに、胸のなかにぽとん、とひとしずく、何かが落ちて無くなったような気がしたのはどう云うわけだったろうか。

万年筆を捨てたのは、そのときそうはっきり意識したわけでもないのに、「もう素人ぶるのはやめよう」と心の見栄《みえ》を払い落したためで、そう覚悟を据えれば女ひとりこれから先どうでも生きてゆかれるとずんと気が楽になった。いつの時代を振返って

も澄子は死のうとまで考えた事はなく、むしろ気が陥《お》ち込むと逆に足を前に踏み出そう、踏み出そう、と自分を励まして来た事が思われる。このときも、やっと気分を引き起しともかく居食《いぐ》いでは懐《ふところ》の金はすぐ尽きる、働かなくては生きてゆけぬ、とトランクを提げた儘、盛り場の方へ向って歩き出した。

澄子は翌日、貼《は》り紙を見て中国三道街、王水ホテルのウエイトレスの職を得て住込んだが、同じ満州でもハルピンは満州人ロシア人が多く目立ち、ここが異国だと云う感慨も深い。グリルのロビーにはいつもサモワールが白い湯気をあげていて、その廻りで皮膚がピンクいろのロシア人たちが、人の背丈ほどもある厚いチョコレートの塊をハンマーで叩《たた》き割り、熱いココアやコーヒーとともに美味《おい》しそうに口にしている風景、一歩外に出れば新京の市街地ではほとんど見かけなかった纏足《てんそく》の女たちもここにはたくさんおり、自分の手で刺繡《ししゅう》した絹の履《くつ》をそれぞれに売っていたりした。職種こそ違え、接客業だった澄子にはこの仕事が合っていたのか、ホテルでの毎日は澱《よど》みなく流れ、別に辛《つら》くも苦しくもなく終戦までの一年余りを過したように思う。

八月が近づくにつれ、ホテルには日本軍人の姿がぱったりと途絶え、満州人ロシア人のあいだでは始終何かがひそひそと囁《ささや》かれていたが、澄子たちウエイトレスたちには詳しく判ろうはずもなかった。終戦の知らせは支配人から聞き、この王水ホテルはいずれソ連軍に接収されるだろうから、身寄りのある者はそこへ帰り、独り者はこのホテルの経営母体である三和商社の寮へ避難せよ、と云う通達があった。実際に澄子がその寮に避難したのは情勢待ちのため九月に入ってからだったが、澄子と似た身の上と云う朋輩とふたり、スンガリーのすぐ傍の寮へ逃げたときには寮はもう避難民でいっぱいになっており、ソ連兵の暴力から身を隠す必要もあって、独身の女たちは皆屋根裏の狭い部屋に押し込められていた。

人の心の動きとはおかしなもので、自分の母国が負け、戦勝国の人間たちに痛めつけられるとほとんどの日本人は一途《いちず》に故郷を恋うようになって来る。この寮に、芋を洗うように混み合っている幾十世帯の人たちのなかには、とうに日本を見限ったはずの成功者もいるわけなのに、寄ると触ると内地の身寄りや風物をなつかしみ、一日も早い帰国を願っているのであった。ハルピン在住の日本人はもうちりぢりで何の繋《つな》がりもなく、ニュースは全く入らず、暮しはそれぞれ売り食いで支える他なかったし、それに流言蜚語《りゅうげんひご》の飛び交うなかでのとても不安な毎日だったから、たとえ母国が混乱と窮乏のまっ只中《ただなか》であろうと、早く落着くところへ落着きたい思いが皆一様に強かった。

澄子とて例外でなく、寮の庭にやって来る満州人に、他の日本人と共に蟻《あり》のようにたかって自分の持物を買って貰《もら》い、それでまた満州人の持って来る饅頭《マントー》や包米《パオミー》や蒸した馬鈴薯《ばれいしょ》など買って飢えを充《み》たし、そのうち誰かが、

「ソ連兵が来たぞう」

と警報を発すると、娘たちは先を争って屋根裏部屋に駈《か》け上り、階段を外してじっと息を潜める。

凌辱《りょうじょく》の危険から身を守るために女たちは皆坊主《ぼうず》刈《が》りにしたり顔に鍋墨を塗ったりしていたが、その真黒い顔の満州二世の娘までが、

「私、京都にとてもやさしい叔母がいるの。引揚げて帰ったらその叔母にお茶やお花を習うつもり」

と誇らしく云い、またある娘は、

「私は東京の伯父に着物を預かって貰ってるのよ。伯父は疎開《そかい》させてくれてるから日本に帰ったらすぐ着られるわ」

と自慢し、また一人は親戚《しんせき》が農家だから帰っても食べるには困らないと披露し、また一人は兄姉が内地にいて自分をひたすら待っててくれていると云う。

屋根裏部屋の、廻りのそう云う身の上話を聞かされるせいばかりでなく、澄子も終戦の日から土佐恋しさ人恋しさが次第に心に募って来ており、仲間から聞かれると負

けずに、

「私は土佐に、たった一人の母親と弟が私の事を心配してくれているの」

と云《い》い、また実際そう云うたび、長いあいだの憎しみは水のように流れてしまったのを感じ、いまはこちらも二人の安否を気遣う思いが強い。

夜半手洗いに起き、まだ初秋だと云うのにぞっと身に沁む寒気を覚えたときなど、ここが土佐を遠く隔たった北満である事を思い、ふと心が素直になって、

「お母ちゃんと、義高に無事会えますように」

とひそかに念じたりする。この期間不思議に松崎のひとたちをそれほど切実に思わなかったのは、人間ぎりぎりの境いに生きていれば愛憎ともに濃く絡《から》まった相手に一番思いが寄るせいでもあったろうか。

この寮で全員が暫く足止めを食った儘十月二十日の初雪を迎えたあと、まもなく治安もやや落着き、夜九時までの日本人の市街地外出は自由となった。そうなると食べてゆくための仕事探しに皆外へ出、澄子も満州人の一人から教えて貰って南岸区竜行街にある大福餅《だいふくもち》の卸商に行き、ここに毎日詰めかける大勢の日本人のなかで久保治喜と顔見知りになった。

当時の日本人たちの仕事と云えば老若男女《ろうにゃくなんにょ》を問わず街頭に立ってのこんな物売りし

かなく、つい先頃まで某商社の社長だった人も、澄子のようなウエイトレスでも、同じように満州人から一個八円で卸して貰った餅を箱に入れて肩にかけ、

「大餅《ターピン》はー、大餅はー」

と一個十円で売り歩くのである。

澄子の気持が久保治喜からどうしても離れられなくなったのは忘れもしない十一月末のある日、思い返せば吹雪に閉ざされたスンガリーの鉄橋の上の光景が鮮やかに泛《うか》んで来る。

あの頃、日本人の餅売りはもう飽和状態になっていて、ときどき禁止区域にまで足を伸ばさなければなかなか捌《さば》き難《にく》かった。その日は朝から粉雪が降っていて、澄子は頭から毛糸のネッカチーフを被《かぶ》り、和服コートと交換した満服の上下に防寒靴を穿《は》いて一人で埠頭区のほうに出掛けて行った。雪のせいか餅は売れず、もう少し、もう少し、と足任せに進んでいるうち、はっと気付いたときには天地真白、見えるものは防寒靴が踏み締めている足許《あしもと》の二本のレールだけで、しかも目を凝らすと雪を厚く載せたレールのあいだからは黒い不気味な水のいろが見える。してみると、新城公園だとばかり思っていた道はいつのまにか満洲里《マンチユリー》行きの鉄道になっていて、その足でずっと見境いもなく鉄橋の上まで進んで来たものらしかった。

澄子の瞼に、以前見かけた雪の路上の凍死体が泛び上り、そのとき連れが、

「ハルピンの吹雪は神隠しとも云うからね。町のなかでも閉じ込められてこんなに凍え死ぬ事もあるのよねえ」

と云った言葉が耳に蘇《よみがえ》り、恐怖のために動悸《どうき》が咽喉《のど》もとまでせり上って来る。

ここで死にとうない、と思い、

「助けて」

の代りに、声を限りに、

「大餅はー」

と三声ばかり叫んだとき、どう云う奇蹟《きせき》か、

「おうっ」

と云う声と厚い手套《てとう》とが雪のなかから同時に現れ、

「あんた木下さん」

と思いがけなく呼ばれた声は同じ餅売りの久保治喜であった。

澄子は今でも、あのとき若《も》し久保がもう一メートル離れていたら、ふたりはたとえ声は掛け合っても抱き合う事は出来なかったろうと考えるときがある。手套の先が見えても顔のかたちさえ見えないほどの、厚い綿で幾重にも巻かれているような、命取

りの猛烈な吹雪であった。澄子は久保の手套を掴《つか》み、徐々に探り合ってふたりは鉄橋の上で向い合ったものの、危険が去ったわけではなく、むしろ、ここがきびしい禁止区域である事を久保に教えられては、見つかれば有無を云わさずに公安隊に撃ち殺される恐怖と、いつ汽車が来るかも知れぬ恐怖が重なり、絶望はだんだんと胸の内にふくれ上ってきつつあった。

雪の為《ため》に動く事は不可能だが、動かなければ凍死か汽車に轢《ひ》かれる、動けば川に落ちるか公安隊に撃ち殺される、と云う手も足も出ない状態に陥り、まもなく久保は観念したように力ない声で、

「あんたとこの雪のなかで巡り逢《あ》えたのも何かのご縁ですね。死ぬなら一緒に死にましょう」

と云い、ふたり抱き合った儘《まま》じっとその場にしゃがみ込んだ。

あのとき澄子は、まだ死にとうない、けどひょっと死ぬかも知れん、が入り乱れ、そして胸の内では一心に、

「お母ちゃん、澄子を助けて頂戴《ちょうだい》、義高、姉ちゃんを助けて頂戴」

と祈り続けていたのを思い出す。

久保と澄子の運命はこのときまだ尽きなかったのか轟々《ごうごう》とふぶいていた雪はまもな

く息をし始め、ふたりはその合い間をかいくぐって蛞蝓《なめくじ》のように鉄橋の上を這《は》い乍《なが》らようやっと元の道に戻り、互いに劬《いた》わり合いながら建物の煉瓦《れんが》の肌を伝ってひとまず久保の家に辿《たど》り着いた。生死の境を潜《くぐ》り抜けたふたりはもう因縁めいた気持で結ばれており、澄子はその夜からあの三和商社の寮に戻る事なく、その儘居ついて久保治喜の女房となった。

子供の頃、親とともに渡満してずっと農産公社に勤めていた久保はこのとき二十七歳、澄子二十四歳で、家は農産公社の狭い社宅に両親と妹二人、それにハイラル、チチハルから避難して来た母親の兄妹《きょうだい》とその子たちが同居していて、結婚生活は必ずしも楽しいものではなかったが、澄子はこうなった自分の運命を有難いものと受取った。何よりも、こんな雑居の落着かない生活のなかでは、あの兼国の母親のように躾《しつけ》のどうのと云う目で誰も澄子の前身を見なかったし、それにもうこれからは天涯孤独ではないと云うあたたかい思いが始終身を包み、少々の不満を消してもなお多くの余りがあった。

結婚とは云ってももう届け出る日本人の戸籍など満州には無くなっており、一応クリスマスイヴの夜、久保の友人などに集って貰って折目をつけたが、澄子はその夜の、蠟燭《ろうそく》の灯りに丸く泛び上った久保の紅潮した頰のいろを妙に鮮やかに憶《おぼ》えている。色白で優男の久保について、当時少々躰《からだ》が弱い、と云う以外、これといって格別難のない男と澄子が思い込んだのは、何と云ってもあの吹雪のなかの出会いに気持を金縛りにされていたふしがあった。久保は外見ばかりでなく澄子に対してやさしかったし、餅売りは仮の姿だと思っていたからこの頃の澄子はこの結婚生活の先ゆきに対し、不安など少しも感じなかった。澄子に限らず、敗戦の混乱時に外地で結婚した男女は、その後引揚げてから暮しが落着いて来ると離婚する例がとても多かったのは、当時男たちはすべて職のない乞食《こじき》同然だったため、内地のきびしい生活の場でどんな腕を見せてゆくか全く判《わか》らなかったせいもあったのではなかろうか。澄子が昔を思い返し、この頃たったひとつ久保に対して危惧《きぐ》を抱いた事があったとすれば、女姉妹のなかの男一人と云う立場から家族にずい分と大事にされて育っている事実で、それが折ふし、意志の弱さとなって現れても、澄子は継母《ままはは》に育てられた自分に引き較《くら》べ、却《かえ》って羨《うらや》ましい感じさえ持つときもあった。

ふたりはずっと餅売りを続け乍ら翌二十一年の十月、引揚船に乗って葫蘆島《ころとう》から佐世保へ上り、一家の故郷である旭川《あさひかわ》へ向ったが、澄子は岩と義高にどうしても一目会いたく、それに松崎の消息も知りたくて一人で高知へ帰った。諦《あきら》めていた結婚が出来、久保と云う伴侶《はんりょ》を得ても、外地と内地に遠く隔てられた肉親恋しさはまた別のもの欲しさとなって澄子の胸の内に蹲《うずく》まる。十六歳で高知を離れて以来、終戦まで便りもせず思い出しもしなかった頑《かたく》なさはもうすっかり解け、頭に泛ぶのは子供の頃のいい思い出ばかり、空襲ですっかり焼野原となった高知の町をあちこち歩いた挙句、やっと二人を捜し当てたときの嬉《うれ》しさを澄子は今でもほろ苦い味で思い出す。

足掛け十年のあいだにすっかり老《ふ》け込んだとは云い乍ら、岩は相変らず黒子《ほくろ》をくっつけたのんびり顔で、繰上げの徴兵検査に取られ、下関で終戦に会ったと云う義高は職もなく不良染《じ》みた恰好《かっこう》で家を出たり入ったりしており、それに、驚いた事には澄子が一時、ダニ！　とまで罵《ののし》った岩の紐《ひも》の土井が全く尾羽《おは》打ちからしたていたらくで二人の傍にやっぱりくっついているのであった。聞けば三人は人の家の焼跡に芋を作ったり、岩が煙草《たばこ》を手巻きしそれを土井と義高が売り歩くと云うふうな世過ぎで、そうなるとひとしきり両方が舐《な》め合うようになつかしがったあとは、岩のほうから擦り寄って来て、

「ねえ澄子、何ぞええ話ない？　あてらはお前だけが頼りじゃきに」

と云う昔通りの段取りになって来る。

久保が待つ北海道へ一日も早く帰らなければ、と思いつつ、目の前に老いて涙っぽくなっている岩と、戦争中は何とかその岩を養ってくれた土井と、住所不定に近いぶ

らぶら男の義高を見ては無下に振り切る事も澄子には出来兼ね、岩の云う、

「澄子には男が付く。水商売が向いちょる」

の言葉に腹を立て乍らも、焼跡に建ったバラックの飲み屋に通い仲居としての仕事を見つけるより他の手立てがなかった。

澄子は、自分の生きて来た道を振返って、自分で自分を褒めてやりたいと思う事があったとすれば、引揚げて来た昭和二十一年から三十三年まで、帰りの遅い澄子を迎えに来た久保とともに南海地震にあい、その儘二人一緒に高知で過した十二年間の自分の奮闘ぶりだったように思える。

戦後はまともな職はなかなかないとは云っても、甲斐性《かいしょう》のある男はヤミに手を出して一財産作ったり、そう大儲《おおもう》けでなくとも家族に飢《ひも》じい思いをさせぬ才覚のある人間もあるなかで、久保はいまだに満州生活の延長のようにでも思っているのか、自分から決して積極的に働こうとはしなかった。あの吹雪のなかで、久保はすぐ観念して死のうと云い、澄子は何とか助かりたいと念じた、その違いはふたりのその後にもよく現れていて、澄子が何事につけ足を前に踏み出そうとするのに較べ、久保は万事苦しい事辛《つら》い事から身を避けていようとする風が見える。この十二年のあいだには、澄子が店の客に頼んで久保を無理に就職させて貰った時計屋で貴金属の横流しをし、これ

は澄子が店で前借して支払ったものの、次に勤めた進駐軍では麻薬の密売をして挙げられ、結局二年間と云う刑務所生活を送る事になり、やっと刑を勤めたあとはまた結核で療養所入りと云う、何とも歯痒《はがゆ》い生きかたで、怺《こら》え兼ねた澄子が、

「あんたも土井とおんなじ事や。けどうちは絞り取る娘もないきに、全部自分一人であんたを背負わんならん。もっとしっかりして頂戴」

と涙まじりに悪態を吐《つ》くと、久保は女のように目の廻りを紅《あか》くさせ乍ら頭《こうべ》を垂れ、いつも同じ科白《せりふ》の、

「済まない、澄子」

と見るかげもないふうに肩を落す。

それでいて、口ほど済まなく思ってもいないらしい証拠には、澄子の留守を狙《ねら》って小曳出《こひきだ》しの金をくすねては街頭の賭《か》け五連や賭け将棋ですって了《しま》うのが癖で、一度などその現場を見つけて澄子が引っ立てて戻り、これだけは云うまいと思っていた、

「満州でこんなあんたと知っていたら」

と云う言葉がつい口から出たとき、久保の顔いろが突然変り、飛び掛かって来て両頰をしたたかに殴り据えられた。

澄子は頰の痛さを押さえ乍ら、年中のらりくらり、女房に哀願する事しか知らぬこ

の男の、どこにこんな激しい怒気が残っていたかと、暫《しばら》くはその上気した久保の顔を見つめていたものであった。男には触れられたくない個所があるとすれば、久保も世が世ならもう農産公社の係長ぐらいにはなっていたかも知れぬ自分の過去のなかに未《いま》だに思いが居据わっているものらしく、その中途半端《はんぱ》な気持のため気に染まぬ職業には身が入らず、さりとて悪党ともなり切れない苦しいところだったのでもあろう。

こんな久保はどうにも哀れで澄子の胸を強く刺し、その悔いと憐《あわ》れみと、それからあの吹雪の日の因縁とで澄子自身身動き出来ぬ思いに陥って来るのであった。今思えば、刑務所の面会日には前以《まえもつ》て暦に赤マルをつけておいて一回の休みもなく会いにゆき、遠い療養所へは有金はたいて買った滋養物を、バスを乗り継ぎ乗り継ぎ澄子はせっせと運んだものであった。あの頃は義務感ばかりでなく、まだ見栄《みば》えのする久保の容貌《ようぼう》に惚《ほ》れてもいたし、それに、これが女房と云うものの苦労、と云う了簡《りようけん》も確かにあって、折角得た結婚生活をここで打毀《うちこわ》してしまいたくない思いも強かった。澄子は金欲しさに復活したばかりの高知検番に昔なつかしい芸妓《げいぎ》として芸名「千代」で働きはじめ、合い間には岩にも義高にもせびられて、それでも精いっぱいに張り詰めて生きていたように思う。澄子のその堪忍袋《かんにんぶくろ》の緒も切れ久保ととうとう別れる決心を固めたのは、療養所から出たあと、次の勤め先の女事務員と懇《ねんご》ろになった事が澄子に知れ、

続いて療養所の看護婦との関係もずっと続いているのもすっかり暴《あば》かれたときで、澄子は久保に向って、

「あんたはうちと一緒になってからこっち人殺し以外の悪い事は全部やったわねえ。もうこれで思い残す事もないでしょう」

と云《い》いつつ、自分もまた、もう思い残す事もないほど久保に尽し果てた、と思った。が、久保は澄子と別れる事を承知せず、ずっとこの儘でいたいと子供のように云い張り、話が縺《もつ》れた挙句にまるで当てつけのように多量の睡眠薬を飲んで自殺を計った。長いあいだ女の紐で暮していればこれより楽な話はなく、今更馴《な》染《じ》みの薄い北海道に帰ったところで、待ち受けているのは艱難辛苦《かんなんしんく》だけと思えば生きてゆく望みも萎《な》えて来るのだろう、と一時は澄子も心が崩れかけたけれど、本音を吐けば結婚生活のしんどさも骨身にこたえて判りかけていた。女の男商売はいつ、どこでも手軽に働ける男の手職と同じことで、この先どう久保が立ち直ろうと、澄子の稼ぎ先が手近にある限り、こう云う状態は死ぬまで続くに決まっている。廻りを見廻しても、六十と云う年でさえ白粉《おしろい》を塗り、若い者に混って働く朋輩《ほうばい》もあり、それと云うのもこれは皆男運の悪さからで、そう考えればここで心を鬼にして久保と別れる事がお互いの為にもなる、と澄子は思った。それでも当座はあの気弱な優男の久保のこの先がしきりに思われ、

重ね着して火鉢の前に坐《すわ》り、馴れぬ土佐弁使っていた姿など目に泛《うか》び、むごくて切なくてときどき堰《せき》を切ったように大声放って泣いた夜もあった。

今の溝上に会ったのは、この別れ話がやっと片付き、久保ももうさっぱりと北海道へ帰ってからで、澄子は新規蒔直《まきなお》しの臍《ほぞ》を固めた頃であった。

以前松崎のお父さんが「芸を捨ててはいかん」と云った言葉はいま効き目を現し、芸なしの若い妓に混《こ》って三十七歳の大年増《おおどしま》乍ら、達者な三味線と愛嬌良《あいきようよ》しの靨《えくぼ》で、澄子はいつも売れっ妓の端に座を占める事になった。戦前の山海楼も、小規模乍ら息を吹き返してもとの浦戸町で商売を始めれば澄子も十四、五の年の頃の朋輩ともまた出会い、いまはちりぢりになっている松崎の妓たちのなかでは民江が戻り、澄子の千代の妹分「久千代」として並んで働き出してもいる。芸妓と云っても昔のようにもう前借もなければ客取りも強要されず自由な勤めだったし、それだけにこの世界での身過ぎ世過ぎは自分で考えなければならぬ難しさはあった。

澄子は、溝上との事はその出逢いからしてひとつひとつ丁寧に胸に畳み込んでいていまもときどき話題にするほどだが、初めての座敷のとき、溝上が運転手に持って来させた小さな車のクッションの上から一足もはみ出さず、澄子の三味線に合わせて上手にかっぽれを踊るのを見て、これはずい分遊びに年期の入った人だな、と思った。しかもこの人が、昔、南海無尽として出発した今の南海銀行の頭取を祖父の代から引継いでの三代目と知った直後、その人から直接旅館に誘われたとき、澄子はまるで生娘のように不安に震え戦《おのの》いた事を今も鮮やかに憶えている。

　この人なら地位と金に飽かせ、どんな女でも手に入れられるだろうし、また入れたに違いなかろうが、その溝上に自分が目をつけられたこの幸運をどうぞ失敗《しくじ》らぬよう、と祈るような気持があり、初めて寝床を共にしたあと、先に身繕いした澄子が後から溝上に上衣《うわぎ》を着せかけ乍《なが》ら、

「ご気分はどないです？」

　と小さな声でこわごわ伺うと、溝上は着た上衣をふっと揺すって、

「ふん、久し振りで朝の桂浜《かつらはま》を歩いた気分になったよ」

　と云い、澄子が、

「え？」

　と訊《き》き返すと、

「朝の浜辺は砂がよく緊《し》まっておるやろが」

　と晴れやかな顔で笑った。

それを聞いたとき、澄子の目に不覚にもじわじわと涙が盛上ったのは、十四の年から客を取り続け、ときには下半身毀れて了ったのではないかと思うほど激しい労働を続けて来たのに、未《ま》だ自分が男を喜ばせる事の出来る躰を持っていたと云う紛れもない嬉しさであった。

女の人生は男次第とよく云われるが、振返ってみれば澄子も歩いて来た道の由り角、曲り角には必ず男が立っていたように思える。いや、男に逢《あ》ったため道が曲ったと云ったほうがいいかも知れず、元警察署長だったあの古谷、騙《だま》された兼国、満州で結ばれて以来十三年間夫婦で過した気の弱い久保とそれからいまの溝上、それぞれの道は狭かったり暗かったり、ときには明るく陽も射《さ》したりだったけれど、曲ってよかった、と沁々《しみじみ》思える道はやはり溝上を置いてよりなく、それと云うのも財力の土台がある上に、溝上が女を扱う術《すべ》をよく心得ている事の頼もしさを持っているせいでもあった。

山海楼の帳場など以前のままでも、時代が変ればそこにやって来る客も昔のような遊びかたを知らない、流行《はや》り唄《うた》ばかり怒鳴るのが多いなかで、あのとき、クッションひとつの上の、秘芸とも云うべき飄逸《ひょういつ》な溝上のかっぽれを見て澄子はすっかり嬉しくなり、三味線を弾き乍らときどき声を挙げて笑った。芸妓が大口開けて笑うのは色気のない話だが、少々の猥談《わいだん》ならもう顔も赧《あか》らめず応酬出来る三十七と云う年にもなっ

ていたし、溝上のほうも、乙に澄ましたのは堅苦しゅうて叶《かな》わん、と云う好みだったから、澄子が折に触れ云う、

「おっさんとうちとはウマが合うのやね。ウシが合うと云うのかも知れんけど」

と云う素地は最初から既にあったのかも知れなかった。

澄子は溝上に誘われたとき、自分が男に見境いなく尻軽《しりがる》に蹤《つ》いて行ったのではない、と云う証《あか》しに、溝上の口説き文句とも云うべき、

「お前、ずっと昔、小奴と云う名でこの山海楼に出よったろう。儂《わし》はその頃からお前を見染めて焦《こが》れておったよ」

と云う言葉を、忘れず胸に固く刻みつけてあった。

そう云われたとき澄子はまあ、と胸がときめき、

「それ、頭取さんのおいくつのときの話です?」

と盃《さかずき》を返したが、男に身を任せなければ成立ち難い稼業《かぎょう》だけになおさら、二十幾年の昔からお前に惚れていたと云われるくらい胸に響く科白はなく、この一言でころり参った、と澄子は人にも自分にも繰返し云う。と云うのも、溝上のように確実な後楯《うしろだて》を得たくて焦《あせ》っている朋輩たちの嫉妬《しっと》に対し、この文句を取出して引き抜けば口封じの止どめとなり、

「うちとおっさんは、今日や昨日の仲じゃないよ」

で大きく水をあけられるのであった。

同様に、母親の岩に対してもこの一言はさまざまな効果を現し、娘の出世、と早速せびりにやって来るときには、

「うちとおっさんは銭金で結ばれたのやないからね。そんな無心は云えんよ。そこをお母ちゃんもよう心得ておって頂戴《ちょうだい》」

と追い払えるし、逆にまた小遣いを手渡すときには、

「おっさんはうちに首ったけやからね。こういう有難い事もしてくれるわね」

と、溜《た》めていた惚気話《のろけばなし》の聞き役になって貰《もら》う事もあった。

女は誰でもその傾きにあるが、長い間男商売をしていれば殊《こと》に因縁を大事なものと考えるふしがあって、澄子もこの一言から発展し、自分の遠い廻り道はすべて溝上とこうして結ばれるためにあった、などと今でも本気で信じ込んでいる。それが遊び馴れた溝上が澄子を落す手ではあっても、自分に都合よく置き換えて信じ切って了えばいつかは必ず真実となり、つまり相手も自分も幸せにすると云うのが、苦労を潜《くぐ》り抜けて来た澄子の自然に憶《おぼ》えた生きかたでもあったろうか。

世襲の銀行頭取三代目と云う溝上の家は、高知市の北郊にあってまるで城廓《じょうかく》のよう

な長大な構えを廻《めぐ》らせ、澄子はまだ溝上と無関係のとき、一度だけその前を通った記憶がある。

邸《やしき》の廻りには堀に見立てた小川がさらさら流れており、高い屋根門への出入りはそこに掛かっている厚い御影石《みかげいし》の橋を渡ると云う、澄子から見れば雲の上の暮しとも見えるその家のなかには、これもまた慎み深く美しい夫人とよく出来る息子、器量よしの娘と全く絵に描いたような円満な家庭があると世間では云う。金もあり名も足り、何ひとつ不服のない溝上にとって、たったひとつ手の届かないものがあるとすれば、その五尺一寸と云う短軀《たんく》だと云われているが、決して醜男《ぶおとこ》ではないのにその劣等感のせいか、溝上はよく五尺そこそこの澄子に向って、

「儂は小さいのが好きじゃ。大きな女は鬱陶《うっとう》しい、前が暗うなる」

と云い、そう聞かされるたび澄子はちょっぴり溝上に同情も湧《わ》き、且《か》つは自分との相性の良さを考える。

澄子が溝上の事を頭取さんからおっさんと呼び換え、溝上が澄子を、鳥の啼《な》き声のような千代、を嫌って昔の小奴、と呼び始めたのは馴れ染めからどれくらい経《た》った頃だったろうか。多分、外での逢瀬《おうせ》が二年、三年と積り、溝上も澄子に対し見極めがついたあと、今の菜園場町に一軒持たせてくれた辺りからだったように思える。ここら

が溝上の手綱捌《たづなさば》きの巧《うま》さと云うもので、惚れた故《ゆえ》すぐ囲う、の鼻の下の長さでは女にすぐ足許《あしもと》を見られ、さりとてずるずるべったり五年、十年と関係を続けるのは男の甲斐性《かいしょう》を問われる事になる。よく、客と芸妓の仲は三年までが勝負だと云うけれど、この間澄子が溝上の他は一切男断ちし、それでいてやきもちも嫉《や》かず一筋に相勤めれば、男のほうだってこれに応《こた》えるべき恰好《かっこう》をつけなければ、この世界での名が廃《すた》って了う。

溝上からいよいよ、アパートはいかん、地面のついた家を捜すよう云われたとき、澄子はよく考えてまずおっさんの肩に掛からぬ家賃の安い家を、と思い、次に、顔知れている溝上が訪ねて来るとき人目につかぬ場所を、と考え、その上、玄関の脇《わき》にでもあの松崎のような椿《つばき》の木があったらなおよい、と思った。この家に決めるまでには、澄子は自分が溝上になったつもりで幾度も路地を往き戻りし、どれだけの人に顔を見られるかを試してみたが、溝上はこういう澄子の実のある気質を充分飲み込んだ上で家捜しを任せたに違いなかった。澄子の三つの希望のうち、家賃と玄関脇の植木とは天秤《てんびん》が吊合《つりあ》わず、そうなれば実利一方の、前は形ばかりの板塀に六畳四畳半、内《うち》風呂《ぶろ》なしと云う地味な構えに落着き、澄子はそれで充分満足であった。これが忘れもしない澄子四十歳の春で、その頃の新世帯の気分をいまも娘のように胸を膨らませて、澄子は思い出す。

引越した当座、路地の前は恰度《ちょうど》工事をやっていて、大通りで車を乗り捨てた溝上が春の西風に薄い頭髪を吹き上げられ乍らやって来る姿を、澄子はこちらの板塀の隙間《すきま》から〝どうぞ工事人夫さんたちに顔を見られませんように〟と祈るようにして瞠《みつ》めていたものであった。溝上はこの家では決して泊らず、昼間、時を定めずやって来るのが常だったから、工事がなくてさえ特徴のある続けざまの嚏《くさめ》と、そのせかせかした足取りが廻りに目立ちはしないかと、澄子の気苦労はいつもつき纏《まと》った。

溝上は入って来るなり自分で表戸の錠を下ろし、

「干物で茶漬け」

とか、

「一寸《ちょっと》肩揉《も》んで貰おか」

とか、

「暑い、扇風機」

とか云い乍ら二間きりの座敷に上って来る。

云ったと同時にそれが目の前にないと気の済まない人だから、これは機転の利《き》く澄子が恰度適《あ》い、大慌《おおあわ》てに手を動かし乍ら一方では口をたたいて溝上を宥《なだ》めつけつつ、焦げて真黒になった鰺《あじ》の干物を澄子があっちっち、と手でつまんで皿へ載せると、

「こりゃ消し炭じゃ。胃薬じゃ」

とけなし乍らも満足そうにまことに旺盛《おうせい》な食欲を見せる。

馴染《なじ》みを重ねて気心は判《わか》っていても、家に溝上を迎えて口を濡《ぬ》らさせ、暑さ寒さの機嫌を伺うのはなかなかに気骨も折れるが、澄子がいつも乍ら少しも気取らず、出来ない事は即座に「ようしません」と云い、が、

「教えてくれたらやります」

と見せる気構えを溝上は好もしく思っており、それに溝上はこの妾宅《しょうたく》に上等の料理や、水も洩《も》らさぬサービスを求めているのでない証拠に、猫の額ほどの庭に鳳仙花《ほうせんか》の種など自分で播《ま》き、来るたび尻からげゴム草履姿で爪先《つまさき》を濡らし乍ら水をやったりする。澄子が、

「おっさんはすき好んでしんどい事をしたがる」

と笑うほど、ここではまめによく働き、男まる出しの姿に返る。

澄子が買って庭に転がしてある筍《たけのこ》を見つけ、

「毛深い足じゃのう」

などと云い乍ら、そのとんがりに覗《のぞ》いている黄色い柔毛《にこげ》を指先で撫《な》で撫で、

「おい、小奴」

とにやにやするのを見て、澄子はぽんとその背中を叩《たた》き、

「いやらしいおっさん。自分こそ吊《つる》し柿《がき》！」

とやり返したあとは二人とも汗塗《あせまみ》れになってふざけ合い、

「今日もまたお前の云《い》う、すき好んで大玉のしんどい事をして了《しも》うた」

と笑い乍ら服を着て帰ってゆくのであった。

家を持たせて貰って十三年もの間には、溝上の本妻、二人の子供に、自分の存在を気付かれはしないかと云う不安が澄子に全くなかったとは云い切れないが、それがさして切実なものとはならず現在に至っているのは、賢夫人だと云う世間の噂《うわさ》に加えて溝上の、

「心配するな。儂は女房に手抜きしておりはせん。悶着《もんちゃく》の起るはずがない」

の一言で胸が平らになるせいでもあった。

それに、山海楼へ二度《にど》褄取《づま》って出たときからすっかり娑婆《しゃば》っ気も抜け、小利巧に素人《しろうと》ぶるより地の儘《まま》で通そうとする心意気があって、二号は日蔭者《ひかげもの》だと云う弁《わきま》えは出来上っている。どんなに溝上が熱心に通って来てくれたとて、菜園場町の家が溝上の本宅に変るものではないし、若《も》し自分の存在が溝上の汚点となるような場合は、綺麗《きれい》に身を退《ひ》くだけの覚悟はあった。数えてみれば、亭主だった久保との仲よりももっと

長い関係だから、いざ別れがやって来ても果してこうさっぱりと巧く行くかどうかは判らないが、少なくとも妾暮《めかけぐら》しとはいつ崩れ去るか知れぬ脆《もろ》さを孕《はら》んでいるくらいは分別しており、それでいてさして不安でないのは、いざとなれば溝上の金の底力を頼んでいる気持もあったろうか。

そう云う事を溝上も考えているかどうか、毎月の手当てはいつもたっぷりと気前よく弾んでくれ、〝さあ、お前の好きなもの〟と封筒を手渡し、

「妙薬を開ければ中は小判なり。これでお前の風邪ぐらいなら癒《なお》るじゃろう」

とよくからかう。

澄子もそれには異を唱えず、

「おっさんとお金とどっちが好きと云うたら、そらお金やもんね」

と割り切り、

「但《ただ》し、髪の毛一本の違いくらいやけどね」

とつけ加えておくのを忘れず、溝上もまた澄子のその正直さを許しているのも、他にあざとい世渡りの出来ぬ性質を知っての上の事でもあった。

金を扱う商売だけに、溝上は無駄遣いせぬ澄子をもよく見定めていたらしく、

「余ったらうちの銀行へ預けておけよ」

と通帳を作って渡してくれ、澄子は云う通り本町の本店まで月一回は金を持って行くのであった。

澄子が自分乍ら「出世」の実感を持ち始めたのは、それでも菜園場町に囲われてから三、四年は経っていたろうか。それまでは「頭取さんの彼女」と小指を立てられてもまだ身の果報を信じられぬ思いと、さきゆき確かならぬ怖《おそ》れがあったけれど、家を持つと同時に検番も退き、その状態が次第に廻りに知れてくるに従って、次第に気分を煽《あお》り上げられる感があった。

溝上は澄子の事に就《つい》ては割と大胆で、毎度同じ運転手に菜園場町まで車を廻させるばかりでなく、ときには秘書を使いに寄越したりもする。溝上が月末に出張中など、代理で金を届けにやって来る若い秘書は澄子を「奥様」と呼び、澄子がきょとんとするほどに丁寧な態度で接して来る。溝上との連絡でちょっとした手違いがあったときなどまるで澄子に仕える下男のように平謝りに謝るのを見て、澄子は、

「おっさんてよっぽど偉いんやな」

と思い、それはまた、偉いおっさんの「奥様」である自分への自惚《うぬぼれ》へと繋《つな》がって行くようであった。

何がきっかけだったか一度、澄子はこの秘書に誘われ、溝上の了解も得て本店の頭

取室に白昼溝上を訪ねて行った事がある。

溝上も一寸した悪ふざけをしてみたかったものと見え、

「受付では本名を名乗れよ。間違って小奴などと云うなよ」

と教えて、そのときの訪問のために新しくワンピースとハイヒールとを買ってくれた。自分でも頭取室へ芸妓《げいぎ》ふうの女が訪ねて来た、などと云われたくなさに、澄子はジャージーの服にせい一杯ロングネックレスをし、本店入口までタクシーを奮発して訪ねたところ、かねて云い付けられていたとみえて受付、取次、案内の諸嬢のそれはそれは丁重なこと、塵《ちり》ひとつないピカピカのビルのなかをしずしずとてっぺんの頭取室まで運ばれてゆくうち、澄子は驚きと戸惑いで頭のなかがしん、と凍りついた感じになった。明るい頭取室の、柔かい動物の背に乗っているような大きな椅子《いす》に沈み込んだときにはそれがいっそうひどくなり、顔中の皮膚が突っ張り口が硬《こわ》ばって了って、素知らぬていで現れた溝上に対してろくにものも云えなかった。ビルを出たあとも凍った頭はなかなか解けず、その一点でしきりに、あの豪奢《ごうしゃ》な殿様暮しのおっさんがこの菜園場町の家まで何で黒焦《くろこ》げの干物でお茶漬け食べに来るのやろ、

「何でやろ、何でやろ」

と考え続けている。

まもなく、もの事を深く考え詰めるのが苦手な澄子は、

「そうや」

と手を叩いて自分で結末をつけ、

「つまりは相惚《あいぼ》れと云う事や」

と区切ったが、そのあと、〝可笑《おか》しゅうて怺《こら》えられぬ〟と云う顔でやって来た溝上が、

「何やお前あの顔つきは。澄まし返ってコチコチになって了うて。却《かえ》って怪しまれるやないか」

と腹を揺すって笑い転げたときも澄子はいつものようについて笑わず、却ってこの人との身分の隔たりに今更乍《なが》ら溜息《ためいき》を吐《つ》いているのであった。

澄子が溝上の職場を覗き見したのは後にも先にもこのとき限りだったが、溝上がここに働いているたくさんの会社員の、つまり澄子から見ればまともな世渡りの人たちの頂点に立っている印象は、きっかりと頭に彫り込まれてのちのち去らなかった。菜園場町に囲われた当座は、廻りの人たちがとても眩《まぶ》しく、とくにサラリーマンの奥さんたちの非難がましい目には気《き》怯《おく》れと一種の意地のようなものを感じないではなかったが、溝上がそのサラリーマンに月給を与えている立場だと思うと、何やらその垣根

はすぐに吹っ飛び、わりと気楽に近所付合いも出来るようになった。入院以来、ふと蔑《さげす》みの視線を感じるときがあっても全くこだわらずいつも涼しい態度で、病院内でも「木下さんは明るい」と云う評判があるのも、元をただせばこのときの印象からかも知れなかった。

家を持たせて貰《もら》い、そこに平穏な月日が重なって行くという事は、息を詰めて芸妓千代の幸運のなりゆきを見守っていた周囲を完全に黙らせるには効果があり、澄子自身も漸《ようや》くすぼめていた肩を張っていいほどの思いになって来る。「小唄《こうた》教授、田村つる千賀」という目立たない看板の下には、澄子の運の良さにあやかろうとする朋輩《ほうばい》たちがぼつぼつと集り、そうなれば銀行頭取を後に控えている身の格として、ときには身銭を切ってでももの事の前を明けてやらねばならぬ場合もある。奢《おご》りというではないが、溝上にふさわしく自分も振舞わねばならぬと思う自覚も出来、ときには背伸びもしたりするのを溝上が笑って見ているのは、

「どうせ小奴のすること」

という許しかたでもあったのだろう。

岩に対して要慎《ようじん》を解いたのもこの頃からで、相変らず土井とふたり、その日暮しで過している岩に僅《わず》か乍らも月々仕送りも始め、それから小さな工場に働いている義高

に対しても、姉らしく世話して嫁も貰ってやり、新世帯のアパートを借りる資金まで出してやったときは、自分乍らやっぱり姉弟《きょうだい》としての満足感があった。金というものは、いつの世の中でも凄《すご》い威力を持っているものと澄子は信じ込んでおり、その出所が確かならなおいっそう有難く、溝上のお蔭で生れついて以来とも云えるほど、岩との仲にすっかり蟠《わだかま》りが解けて来たのも幸せな事であった。昔は岩の男狂い、と憎んでいた土井も、年月離れもせず年上の女と連れ添って来ていれば岩につれて共々老《ふ》け、今では澄子の走り使いなど勤めるときもあったりして、互いに口争いの影さえなくなっている。二人とも、溝上の留守を見計らっては頻繁にやって来、もう決して若くはない娘の出世に「自分たちもようこそ、今まで長生きした」ふうな、大袈裟《おおげさ》な喜びかたをするのであった。

澄子が大怪我《おおけが》をしたのは昭和四十九年寅《とら》の年の元旦《がんたん》で、そのあと溝上が現れ、金の手当てを云ってくれるまではのたうち廻るような日々だったのに、ともかく療養費のめどが立ってからは、自分でも可笑しくなるくらい現金に気が伸びてきつつあった。澄子の胸の内を云えば、商売仇《がたき》とも芸仇とも云える朋輩のなかにはこの怪我を「いい気味！」と喜んでいる人間もなきにしもあらずで、入院当初、これはひょっと誰かに丑満刻《うしみつどき》の藁《わら》人形を打たれているのではあるまいか、などと疑いも湧《わ》き、そのためによけい胸が苦しくなった事もある。呪《のろ》いとまではいかなくとも、澄子の出世安泰を嫉《ねた》む目には日頃から始終出会い、その声も聞えていたから、怪我を悔む思いのなかにはそんな刺々《とげとげ》しさと戦わねばならぬ辛《つら》さもあった。無論もう現役を引いていれば毎日顔合わす朋輩はいないものの、狭い高知の町で一旦この世界に籍を置いたからには、あとあとまで身の処しかたを追ってくる目もあり、声も少なからず聞えて来る。

それだけに、躰《からだ》の叶《かな》わぬ澄子に以前通り月々大枚を仕送りしてくれる溝上の気持をまたとない美挙と思い、自分ひとり胸のなかに蔵《しま》っておくのはもったいなくて、澄子は見舞客の一人一人に溝上の懐《ふところ》の深さを熱心に語らずにはいられなかった。この世界では、男女の仲は病いが切れ目になるのは常識だから、夜、眠りに入る前じっと目を閉じると、今日見舞に来た昔の朋輩の一人が検番に駈込《かけこ》み、

「千代さん、これこれやと。寝たきりになっても運のええひとやねえ」

と云うご注進に人集《ひとだか》りはどっとどよめき、そのあとはてんでに、

「頭取さんもものの好きねえ。一生病いの千代さんに捨て銭して」

「それはきっと退職金のつもりよね。見よってご覧、続きやせんきに」

など毒口羨望《せんぼう》入り乱れ、溜息ついている様が瞼《まぶた》に泛《うか》んで来る。

実質金も必要乍ら一方では、捨てられても文句の云えぬ身にこれで顔が立ったと思う気持もあり、これを不幸中の幸いと云うならもうひとつ、厄介な岩が先年亡《な》くなっていると云う事があった。親孝行などとは澄子は今まで改めて考えた例《ため》しもないが、岩がいまの澄子の姿を見ずまだ「出世」の真っ最中、満足して死んで行った事は、何にも増しての親孝行だったとふとベッドの上で考えたりする。終りは老衰で、一週間ほどとろとろ眠り続け、一度だけぽっかり目を明けて、

「澄子、早う去《い》んで頭取さんのお世話して差上げにゃあ」

とはっきり云ったのが口をきいた最後であった。

葬式は溝上が金を出してくれて世間並みに済ませられたが、澄子はそのとき不思議と少しも悲しくはなく、白髪の皺面《しわづら》乍ら大きな黒子《ほくろ》の滑稽《こっけい》な死顔を見て、

「このひと、のんきな一生やった」

と思い、靨《えくぼ》のある自分もひょっとこんな和やかな死顔でこの世を終るかも知れぬ、と考えたのを憶《おぼ》えている。

残された土井は岩の死を境いにがっくりと参り、生活保護を受け乍らときどき澄子の許《もと》にやって来たりしていたが、これは澄子大怪我の少し前、自分から進んで老人ホームに入った。澄子の思いのなかでは、岩も土井ももう同列にいて、何なら親と思っ

て面倒みてもよいと云う考えもないではなかったが、行末手の掛かるばかりな老爺《ろうや》を一切抱えるにはまだ躊躇《ためら》いもあり、かたがた本人も望むところから、双方親しい往き来を約束して市内のホームに別れていった。

　澄子は、自分の出世の感慨を分け合った家族たちの、岩はまず満足に送り、土井もまた致しかたない別れかたとしてさして悔いはないが、幾度思い返しても許せないものに義高の不実がある。元旦の夜の入院直後、付添婦は傍にいても達磨《だるま》の身なら金の出し入れから身の廻りの買物など、どうしても親身な人間の手が欲しく、看護婦に頼んで今は唯《ただ》一人の身内となっている義高に電話して貰ったところ、その看護婦に容態を根問いしてから義高がやっと現れたのは一週間のちであった。

「義高、姉ちゃんの一大事じゃないか。真っ先にあんたが飛んで来てくれんでどうなる？」

　と例の早口で叱《しか》りつけ、これからは三日にあげず見に来て頂戴《ちょうだい》、と云ってから取りあえず枕許《まくらもと》の財布から三千円出して、ガーゼの寝巻一枚とズロース二枚買って来てくれるように頼んだ。小さいときからはっきりしない子だったからこのときも表情の動きは捉《とら》えられず、当然恩を受けた姉の為《ため》に今こそ献身的な看病をしてくれるものと考えていたところ、首の廻らぬ澄子の目を掠《かす》めて財布からは一万円札を抜き、買物どころかそれなりの行き抜けとなった。

これが他人ならこそ、血の繋《つな》がりはないとはいえ二つの年から姉が身を売って育てて来た弟のする仕打ちか、と澄子はベッドの上で怒りに震え、折ふし現れる小唄仲間の芳子や、妹分の久千代こと民江や、或《あるい》は松崎の勇太郎に頼んで何度も義高宛《あ》て連絡を取って貰ったが、悉《ことごと》く居留守を使われるばかりであった。勇太郎は男だけに義高の立場も考え、

「義高とてもう世帯持ちで子やらいもしよるきにのう。お前にこの調子で使いまくられたら身が持たんと考えたのじゃろう。無理のないところもある」

と宥《なだ》めたが澄子の胸は納まらなかった。

あの唐人町のコンクリートの床に、黒い頭髪の塊が斑《まだ》らに落ちている木下散髪店の店先で、頭いっぱい腫物《はれもの》を拵《こしら》えた義高をおぶっていた自分の姿や、泣き虫の義高の手を引いて天満宮の宵宮でゴムのヨーヨーを買ったことや、戦後引揚げて来て焼跡で会った義高の不貞腐《ふてくさ》れた様子や、何処《どこ》やら自分と久保の一対《いっつい》にも似ていた感じの義高の結婚式の情景など、掻《か》き消しても目に泛び、怪我の身の嘆きをそこへ置き換えるように腹立たしさがこみ上げて来る。一月末に溝上が金を持って現れたあと、澄子はふと、義高は澄子が溝上に当然見捨てられたものと考え、関わり合っていれば自分に金の迷

惑が掛かるのを恐れていはすまいか、と気が付き、民江にでも言付《ことづ》けて、

「姉ちゃんは溝上と切れはせんよ。寝ておっても貯金の出来る身分よ」

と知らせてやろうかと考えたが、さすがに熱の出るほど怒った一時を思い起せば、また甘い顔など決して見せられぬと臍《ほぞ》を固めている。

気分が少し鎮《しず》まってくれば、勇太郎の云《い》うように姉の権利風を吹かせ過ぎた事への反省も起きてくるものの、そういうふうに自分を責めるのはまたもとの天涯孤独の地獄感を味わう事にもなる。昔満州で、血縁のない身の上を却ってせいせいと生きる拠《よ》りどころとしていたのに、終戦と同時にまた腐れ縁は戻り、溝上に囲われてからは仕送りと引き換えに、今度はもうべったりと身内意識を持って了《しま》った心弱りを澄子は考える。五十の坂を越していても、怪我を除けば身心共に何の衰えも感じなかった澄子が、一時はすっぽりとくるまれていた身内という蒲団《ふとん》を剝《は》ぎ取られれば、俄《にわか》に寒く年というものが感じられて来る。溝上と云うものはあってもこれは終始こちらが待つだけの関係なら、今更もう一人ぼっちは嫌、と澄子の心はベッドの上で毎日のように揺れ動く。

入院してから四月めに入った四月初めの、春一番が吹き荒れている昼下り、澄子はいつの間にかとろとろとしていた淡い夢から醒《さ》めてみると、顔の廻りに蠅《はえ》が一匹、

弱々しい羽音をたて乍《なが》ら飛び廻っているのに気が付いた。

「死に遅れ？　それとも生れたばかりの赤ん坊？」

と思ってみているうち、こちらの動けないのをよい事に、執拗《しつこ》くつき纏《まと》って顔を擽《くすぐ》るのが次第に癪《しゃく》に障《さわ》って来て、

「ええうるさい奴《やつ》」

と手を上げて追払おうとしたとき、不思議な事にふわりと右の肘《ひじ》が宙に浮いた。

「あらっ」と息を呑《の》む驚きとともに左手を動かしてみると、こちらもひどく不安定乍らゆらゆらと二、三十センチ持上がり、腋《わき》の下に新しい風の塊がひやりと入って来た感じがあった。

「いやっ、手が動いた、錘《おもり》が外れた」

と思わず大声で怒鳴り、視線のなかに付添婦がいないのに気が付いて、

「誰か、看護婦さん呼んで頂戴。早う早う」

と澄子の喚《わめ》き立てる声を聞いて、同室の患者の一人が枕許のブザーをすぐ押してくれたらしく、詰所から駈けつけて来た顔見知りの看護婦に、

「蝿をねえ、蝿を追払おうとしたら、こっちの手がねえ、すっと軽うなって一人で上ったよ。早う足を見て頂戴。足ももう動けるかも知れん。これでもう癒《なお》ったかも知れ

ん」

と息を弾ませ畳みかけて訴え上げる。

看護婦は冷静で、うわずっている澄子を宥め乍ら動くと云う両肘を幾度も試してみてから、

「それじゃ、指を開いてご覧なさい」

と指示したところ、これは澄子が全力を込めたにも拘《かかわ》らず虚空《こくう》を掴《つか》んだ形のまま、ほんの小揺ぎもしないのであった。看護婦はもとのように澄子の手を蒲団に入れ、上から軽く叩《たた》いて、

「これで少しずつでも快《よ》くなりよるのが判《わか》ったでしょう。よかったね。焦《あせ》らず気長う頑張ろうね」

と子供に云い聞かせるよう優しく諭したが、そのあと澄子は暫《しばら》くの間大波のように胸を喘《あえ》がせ乍ら、禁じている筈《はず》の涙が目尻《めじり》に溜《た》まるままに任せていた。もう疾《と》っくに死んで了ったと思っていた躰がまだ全部は死に切っておらず、この三カ月間、ひそかに皮膚の下で死にもの狂いの闘いを続けていて、まず何よりも欲しいと希《ねが》っていた肘までが動いてくれた事は、澄子にとってどう云っていいか判らぬほどの生涯の感動であった。手が動いた瞬間、澄子は思わず錘が外れた、と叫んだのを憶えているけれど、

長い間丸太ン棒のような胴体に両腕を鉄の鎖でがっちりと縛りつけられているような感覚があっただけに、確かにその鎖の重みが切れたという解放感があった。解放感は足にまでは至らず肘で止まって了ったが、看護婦の云うようにこれで少しずつ快癒の目途が立っているのを確かめれば、あとあと望みも繋《つな》ぐ事が出来るわけになる。

入院以来、溝上の手当てとこの快癒の兆《きざ》しと、大きな関所をひとつひとつ潜《くぐ》り抜けてゆく思いで、澄子はこの吉報をまず溝上に、それから知る限りの人に晴れ晴れしく披露したいと思い、付添婦に頼んで芳子、溝上の秘書の順で伝えて貰《もら》い、訪れる見舞客には調子に乗った口でいずれ全治するであろうそのときの自分の姿を語ったりした。

溝上は一月末の最初の見舞以来自分は現れず、替って月の手当てを持った秘書がやって来ては手厚い口上で、

「こう云う病院は人目に立ちますから頭取も気軽に伺えませず、お辛いらしゅう御座います」

と澄子を慰めてくれるのを今までは充分納得していたが、肘が上るようになってから入院以来初めて、やっぱり溝上にときどきは逢《あ》いたいと思うようになった。

それというのも死んだものと観念すれば諦《あきら》めていられたのに、躰はまだ生きている、という感動が澄子の身心に強い刺激を与えたのか、今までは夢と云えば暗い過去か不

吉な兆しのものばかりしか見なかったものを、あの日以来ときどき溝上との閨事《ねやごと》などをまざまざと見て、醒めてみると頰が火照《ほて》っている事があった。病室の白い窓掛けの間から乳いろに霑《うる》んだ月を見て眠りに入った夜など、いつか溝上に連れて行って貰った春の室戸岬の景が夢に蘇《よみがえ》り、そこにレースのショールの裾《すそ》を潮風に嬲《なぶ》らせ乍ら磯遊《いそあそ》びしている自分の姿が見える。突出している大小の黒い岩礁《がんしょう》に潮が砕け散ったあと、春の陽にその濡《ぬ》れ身を光らせている岩礁のひとつにふと溝上の裸身が重なり、それは菜園場町の家の、あの障子の薄明りのなかの汗まろげの二人へと繫がって来る。夢の感覚も頭のなかでしか感じられないが、そんな夜は暫くあとが眠られず、

「おっさん不自由やないかしらん」

と手の届かぬところまで思いを遊ばせたりするのであった。溝上の躰の満足は澄子の喜びでもあるだけに、それが叶わぬならせめて言葉でなりと劬《いた》わって上げたい気持も募り、顔を見たらこうもああも云いたい、と心当てに待ち侘《わ》びるようになって来る。

肩と肘が利《き》き出した澄子はその直後からまた毎日のように検査室に運ばれて行ってはさまざまな機械に掛けられていたが、一日先生から、

「どうかね木下さん、思い切って手術をしてみるかね?」

と勧められた。

先生の説明によれば、澄子の肩と肘が少し動き出したのは神経の麻痺《まひ》が解けたというわけではなく、長い間のマッサージの効果が一部現れたに過ぎないが、しかしこれによって恢復《かいふく》への希望が全くないと云う状態ではなくなった、就《つい》ては何よりも大切な首の軸を廻すために、大腿《だいたい》骨を削って首の骨に継ぎ足してみたいと思うが、と云い、

「あんたの頭は健全だ。がその頭の神経の親玉から〝手足よ動け〟といくら命令しても、首の軸が云う事聞かんのやから下まで伝わりようがない、これでは癒りようもないわけだよねえ」

と図を使って嚙《か》んで含めるように話してくれるのを、半分しか解《わか》らない乍ら澄子は縋《すが》りつく思いで、

「そんな恐しい手術をしたら必ず癒りますか？　立って歩けますか？」

と聞くと先生はうーん、と唸《うな》り、

「それが確率が低くてねえ。やってみん事には判らん程度としか云えんが」

という淋《さび》しい答えなのであった。

澄子は、無学の故《ゆえ》もあって日頃から先生の処置に就ては信頼し切っており、自信のなさそうな言葉をその口から聞くと、一人合点で全快への望みを繫いでいただけに急に心細くなって足許から震えが這《は》い上って来る。ほんの腫物を刎《は》ねる程度の手術なら

躰《からだ》を預けもしようけれど、これは全身麻酔で五、六時間も要するという大掛かりなものだけに、万一不成功の暁には今よりもっと悪い状態に陥りはしないかという不安が目の前を塞《ふさ》いで了う。折角肘まで上り出し、手の甲に軽い物でも載せて貰えば機械人形のように右から左へは運べる程度になって来ているのだから、この手術は大きな賭《か》けではあった。絶対の確率があれば先生も迷う事なく「いついつ行います」と云い渡すだろうが、まず本人の意志を質《ただ》そうとするところに先生自身の躊躇《ためら》いがある事くらい澄子にも判る。尻込みしている澄子を見て先生は、

「まあ今日明日と云う話じゃないからね。あんたの決心さえついたらこちらは全力を挙げて取組む積りではおる。悪いようにはせんよ」

とその日はそれで打切ったが、澄子はそれ以来、胃の辺りに固い凝《しこ》りでも出来たような感じに取り憑《つ》かれて了った。

癒りたい思いには限りなく、殊《こと》に溝上に会いたいと望むようになってからは何かに祈ってでも、と考えるほど澄子のその気持は強い。入院当初、水面から首だけ出して生きているような自分の姿にはもう半ば以上諦めをつけていたのに、或日《あるひ》、その静止した水を掻いて二本の腕も水面上に出たとなると、無理に殺していたさまざまな欲望も起上って来る。この儘《まま》で気長く待てば次の奇蹟《きせき》が起り、足まで動くようになるかも

知れないのに、手術を焦ったばかりにひょっと命まで落す羽目になるかも判らず、そこまでの度胸はまだ澄子には据わらなかった。

澄子は、こういうときにこそ溝上に相談に乗って欲しいとしきりにそればかり思い、もどかしい人伝《ひとづ》てのまた人伝てを根気良く繰返す。付添婦も入院以来二人目に変っており、人は変っても何故《なぜ》か邪慳《じやけん》な態度はちっとも変らず、

「何番のこれこれというひとに電話掛けて頂戴」

の懇願も、〝いま手が離せんきに〟やら、〝赤電話が混んじょるきに〟やら、〝あら忘れちょった〟やらの差支えがあって無事先方へ届いたかどうかおぼつかない状態にある。

そのうち病室に射《さ》し込む日脚も次第に伸び、暦では五月、土佐ではもう夏に入り、ときどき窓を開け払ってはさわやかな風を入れる頃になっても、澄子の決心はまだ定まらなかった。毎日同じ日課の繰返しの療養生活も、同じ病室の同じベッドでもう五カ月近くも過していれば、ひとつ事を突き詰めて考えるほど疲れるものはないという事も悟り、溝上の勧めか何かのきっかけでもない限り自分から進んでもの事を区切るまい、と自然臆病《おくびよう》になって来る。

その溝上は、どう連絡がついたのか五月も終りの雨の夜、ひっそりと一人でやって

来て、

「人に呼出しを掛けたりするような真似《まね》はやめて、静かに闘病生活をせよと云うてある。来とうても儂《わし》がここへ来れんのはお前も承知の上じゃないか」

とのっけから不機嫌で、澄子が飛立つ思いで、

「おっさん、こら見て、うち手が動き出したよ」

と震え勝ちに蒲団の上に上げた腕の、袖《そで》が肩まで捲《めく》れ上っているのに目を止め、手を伸ばして下してくれたのがこの夜の唯一《ゆいいつ》の優しい動作で、肝腎《かんじん》の澄子の手術の相談にも、

「さあ儂には判らん。自分の躰じゃきに自分で決めるがええ」

とだけのぶっきらぼうな答えであった。

澄子はそれを、以前溝上が長い出張のあとなどによく見られた咽喉《のど》の渇いた状態とふと考え、一瞬自分もせつなくなって鼻声で甘え、

「おっさん済まんねえ。さぞ不自由やろ。うち手術の事はよう考えて、早く快うなるきにね。待ちよって頂戴《ちょうだい》」

と云うと溝上は真顔でさっと立ち上り、

「阿呆《あほう》云うな。儂にも女房くらいはおる。お前にそんな心配して貰わんでもええ」

と云《い》い捨てるなり、気忙《きぜわ》しそうに部厚い背を返して帰って行った。

その溝上の態度を澄子が大して気にも止めていないのは、男は女に向っている際の目尻下げた顔ばかりでなく、ときには仕事に対する厳しさを剝《む》き出しにして憚《はばか》らぬ事もある、と弁《わきま》えているせいもあり、ましてあの巨大なビルの本店支店合わせ幾千人の従業員を統率する地位にあれば、躰の欲求不満に拍車を掛けるような出来事もたくさんあろう、と云う推測が澄子の了簡《りようけん》で、叱《しか》られはしたものの逢いたい見たいのお願《がん》が解けた思いでほっと胸を開いている。日頃から聞き分けのよい子、と溝上から煽《おだ》てられているからもう再び呼出しを掛けたりはしないだけの分別はあるが、しかし溝上に会えば決められる、と考えていた手術の件はなおもっと迷路のなかに入ったような按《あん》配《ばい》となった。

昼間所在なさに同室の人達と互いに自分の病状など話し合っていると、四人のうち二人は、

「躰に刃物当てるような真似だけは止めたほうがええ。躰がひどく衰弱する。失敗の心配もある」

と極力止め、あとの二人は、

「今の医学は簡単に人を死なせはせん。先生に一切お任せして一か八かやってみるが

「ええ」

　などとそれぞれ知人の例を引いて勧めるのも澄子の決心を余計混乱させるもととなり、ときどき先生の、

「どうですか、やる気が出来たかね？」

　と云う問いにもまだやっぱり首を傾《かし》げてばかりいる。

　稀《まれ》に見舞ってくれる、澄子が未《いま》だに勇ちゃん兄さんと呼ぶ松崎の勇太郎もこれに就ては意見を述べず、そのうち長い梅雨に入り、雨のなかを出歩く必要もない安泰など無理に考えている澄子に耳よりなニュースがあった。それは、もう幾十年の昔別れたきりの松崎の悦子と抱え妓《ぎ》たちが、澄子のこの怪我《けが》の状態を聞いて互いに消息を確めて連絡を取り合い、揃《そろ》って見舞に来てくれるという嬉《うれ》しい知らせで、まあ夢のようなと澄子は何度も勇太郎に聞き返し、そして遠い昔のあの六本の椿《つばき》の木を瞼《まぶた》の裏に思い泛《うか》べた。四人の抱え妓と云っても、子供の時以来もうちりぢりで、そのうち民江は澄子が再び山海楼に出たときから妹芸妓として戻り今もこの病院に出入りしているが、貞子は戦後亡《な》くなっている。あとの妙子の所在が今度漸《よう》く判り、それに今は東京でもの書きをしていると云う悦子の様子は勇太郎の口から知れていたから、昔の五人は一人減った儘で会える事になる。

澄子は頭のなかで指を折り、

「うちが五十三で民ちゃんが五十、妙ちゃんも確か五十やから悦ちゃんは四十九や」

と算用し、

「まあみんな、えらいおばさんになって了《しも》うて」

と自分の事は忘れ、束《つか》の間《ま》声を挙げて笑った。

大分以前から東京に出、もの書きという職業で身を立てている悦子には、土佐への帰郷は殆《ほとん》ど十年振りだったが、六月と云う時期柄雨を覚悟していたにも拘らず、滞在中ずっと晴天に恵まれたのは梅雨入りの早い土佐では珍しい事であった。


長いあいだ小倉で会社勤めをしていて先頃定年を迎え、土佐へ戻り住んだ兄勇太郎とも数えてみればもう十六、七年振りの邂逅《かいこう》で、会えば久々に打揃って亡き両親の墓参りという段取りとなり、墓山に向けて車を走らせ乍ら悦子は車中で、兄と二人で墓参りに行くのは生れてこのかた、これが初めてではないかしらん、と思った。勇太郎は悦子が六歳のときに結婚し、別に世帯を持っていたから、悦子は物心ついて以来、兄妹《きょうだい》睦《むつ》み合ったなどという記憶は全くと云ってない。先年、勇太郎の長男政彦から、「こんな写真が出て来ました」という封書を受取り、開けてみると、政彦を膝《ひざ》に抱いた勇太郎の傍に、小学校四年の級長の印をつけた悦子が立っている春の桂浜の写真で、裏には勇太郎の手で、「昭和十一年四月二十一日、桂浜に遊ぶ」と書かれてあった。悦子が驚いたのは、気難しそうに眉《まゆ》を顰《ひそ》めて立っている自分の幼な顔ではなくて、小さいときから兄とは全く没交渉だとばかり思い込んでいた記憶が一部狂い、たまにはこうして遊びに連れ出して貰《もら》った事実もあるという誤りなのであった。悦子は念の為《ため》、手許《てもと》に保管してある父の日記の昭和十一年分を繰ってみると正しくその日、重要事項は欄外に赤字で書く父の癖で、「本日、勇太郎は悦子級長の褒美《ほうび》に政彦を連れ、桂浜へ遊山《ゆさん》に行く」と簡単に記されてあった。

悦子が子供の頃の勇太郎の態度を思い出すときには、必ず四人の仕込みっ子たちと一緒のものであって、勇太郎の責任で宰領していた澄子たちと一束ねにして自分も「皆、集れ」のなかの一人であったような印象が固くあり、それが兄への情を薄くしていたふしもないとは云えなかった。無論それればかりではなくて、十八という年齢差や、悦子が父親譲りの強い気性であるのに引き換え兄はすべて母親似で、どちらかと云えば陰気で極端に無口なのも、悦子とのあいだをずい分遠いものにしていたと云う理由もあった。

甥《おい》から送られたこの一枚の写真は、長いあいだの悦子の兄に対する頑固な思い込みに僅《わず》か乍《なが》らも風穴を通したのは確かで、それまで殆ど音信不通だった勇太郎と折々は手紙のやり取りもするようになり電話もかけ合い、そのなかから今度の澄子の怪我も知らせて貰ったという経緯が生れている。澄子の躰の状態、溝上からの手当ては続けられるものの義高には逃げられた話など、悦子はこちらからいつも根問いしては兄に聞いているうち、自分でも決心が固まり、

「それじゃ、近く妙ちゃんと連絡取り合って澄ちゃんの見舞にそちらへ帰りますから」

と悦子が云ったとき、電話口の向うでは暫《しばら》くの沈黙があった。

勇太郎は昔から喜怒哀楽を表に出さず言葉にも殆どしない人間だが、この沈黙が何であるかぐらいは悦子にはよく判《わか》る。兄妹付合い、親戚《しんせき》付合いを嫌って東京へ逃げ出した一面もあると思える悦子は万事至って腰が重く、懐《なつか》しい、などという感情の為にだけで金と時間を使うような性格ではないのをまわりではよく知っているのに、澄子一人の病気見舞に何故わざわざ戻って来るのか、という詰《なじ》りようが込められている。その前に、せめて勇太郎に対して盆暮の挨拶《あいさつ》くらいまめに果しておけば不審も起きないのに、血の繫《つな》がりを飛び越して澄子と突然手厚い付合いを始めるなら、こちらにも以後それなりの挨拶はして貰おう、と言葉にするならそんな意味合いの沈黙ではあっ

た。

子供の頃の十八歳差というのは他人同士に近いほど遥《はる》かなものだが、互いに年を取るにつれてその間合いは次第に縮まるものと見え、勇太郎の墓参りの誘いを悦子は昔からの習慣のように自然に受入れたし、またその車中、亡くなった両親の事などぽつぽつ話し合っていると、やはり兄妹という実感は悦子にも湧《わ》いて来る。それでいて、勇太郎がなお悦子の澄子への心の傾けかたに拘泥《こだわ》っている様子は判り、判っても悦子はこの気持が男の勇太郎に理解して貰えるとは思えない故に、頑固に云い訳を避けているのであった。

悦子が子供の頃を振返るとき、鮮やかに心に植えつけられているのは澄子たちと暮した小学校一年から五年までの歳月で、それをいまひとつひとつ手繰ってゆけば懐しいというよりは痛さに似た感情が先に立って来る。というのは、こんにち、悦子が曲りなりにも文字を操る仕事に就き好きな書物のなかに生きる道を得られたのも、考えてみれば澄子たちの稼ぎを下敷きにしていた松崎の金の力が後でものを云っていたという因果を、悦子は最近になってより鮮やかに判って来たような気がしている。悦子が人並みの教育を受け、格別飢《ひも》じい思いもせず育って来たかたわらには、澄子たちがいつも小学校を半日で切上げてようやく卒業し、早くから男相手の勤めをさせられた事実が必ずくっついて泛び上って来る。

それを思い返すたび、ただでさえ幸せの薄い彼女たちに、何の弁えもなかった子供の悦子が辛《つら》く当りはしなかったかという疑いは絶えず付き纏《まと》い、例えば昔、松崎の家には革ケースに入った大きな双眼鏡があって、二階の窓からそれで海を覗《のぞ》くと釣舟の上の沖弁当のおかずまでよく見え、子供たちは争ってそれで遊んだものであった。早く自分の番にして欲しいとき、肘《ひじ》を張って眺めている先の人の腋《わき》の下を擽《くすぐ》っては双眼鏡を取上げたものだったが、そういうとき悦子はいつも優先権を振廻し、しょっちゅう人を擽ってはは自分でばかり遊んでいなかったか、と考えたり、またあるときは、秋になると廻って来る置きつけの薬屋がおみやげにくれる紙風船を、悦子は誰にも分けず自分一人のものにしていなかったか、またあるときは、食べかけのべっこう飴《あめ》で天を透かしては願い事をいう禁厭《まじな》いも、自分だけ飴をたくさん持っていて、欲張った願い事をこれみよがしに云いはしなかったか、と胸の底が疼《うず》いて来る。これは些《さ》細《さい》な事かも知れないが、小はここから始まって大は悦子が辿《たど》って来た生きかたまで、彼女たちに恨まれれば恨まれるだけの根拠は充分あると近頃になって悦子の臍《ほぞ》も固まって来た感がある。

というのも、二十代三十代では全く見えもせず気も付かなかったものが、五十という年にもなれば歩いて来た道の跡がかなり明らかに見えて来るせいで、悦子がそれを思い返すのは、同時に彼女たちにも過去の姿が蘇《よみがえ》っているに違いないと内心恐れている為でもあった。

これが若《も》し仮に、悦子三十代の年齢で澄子怪我の報《しら》せに会ったとしたら、果して仕事を放ってまでも見舞に駈《か》けつけるだけの気持になっただろうか、と思えば、残念乍ら悦子はその頃の自分の在りようを考えて、しかと請け合える自信はない。誰でも若い頃には自負というものがありまた生きるにも一生懸命で、悦子も以前は彼女たちをふと思い出しこそすれ、会いたいなどと考えた事もなかったのは、勇太郎に対する疎《そ》遠《えん》な気持以上のものがあった。それを思えば、四十年という長い年月はとても大切なもので、今は悦子は折返し点を経て昔の自分の姿をひとつひとつ拾い上げて行っているところかも知れず、それはまた、最近まで互いに消息不明だったあとの三人に就《つい》てもそれぞれが云える事なのかも知れなかった。

こんな悦子の気持を男の勇太郎に話しても判って貰えるとは思えず、それにひょっと、

「そうや。お前は昔、仕込みの子たちをよく苛《いじ》めよったよ。子供らしくない意地の悪い子だった」

とでも云われようものなら、悦子は自分の立つ瀬を失って了うように思える。悦子たちの子供の頃を既に大人の目で見ていた勇太郎には、それを云う可能性は充分あるだけに、悦子は兄に向って仮初《かりそ》めの昔話はしたくない思いも強い。

それでも勇太郎の拘泥りに対し一言の釈明もなく通すのも少々気が咎《とが》め、車中、思い出したように悦子は一人言めいて、

「澄ちゃんあんな躰《からだ》になって可哀想《かわいそう》よねえ。身寄りもない事だし」

とだけで逃げ、照れ隠しにバッグからサングラスを取り出して掛けた。

土佐の六月はもう真夏のように陽差しが眩《まぶ》しく、螺旋《らせん》状の道を車の上ってゆく木立のあいだからは、茶色のサングラスで色の変った海が金属のかけらのように輝いているのが見える。目を掩《おお》うと悦子は何となく大胆になり、澄子よりも松崎の昔話の方向へ向こうとする兄の気持を引き戻すように、

「どうでしょうね、兄さん。澄ちゃん全快の見込みあるでしょうかねえ。まあ長びいても、溝上さんという人が療養費を出してくれるのだったら、あとは本人の気持次第でしょうけどねえ」

と問い掛けた。

車中の話というのは窓外を眺め乍らだけに目が詰まず、勇太郎の返事は暫く経《た》って

から、

「澄子はまだ知らんやろが、溝上にはもう別の女が出来ておるらしいよ」

と当り前のように云い、悦子はそれがずしんとこたえたものの、これも車が次の木立に入り海が見えなくなってから、

「それじゃあ、月々の仕送りはもう打切り？」

と聞くと、今度はすぐ切返して来て、

「いやあ、溝上にとって月に十五万くらい、伝票一枚切りゃあ済む事じゃないかねえ。自分の懐《ふところ》が痛むじゃなし、この節は女中にさえ退職金を渡す世の中じゃきに、澄子の退職金の延べ払いのつもりかも知れんよ。それでも出さん男は一文も出さんし、女も文句の持って行きようもないのやから、澄子は溝上には感謝せんならんよ」

と勇太郎にしてはいやに歯切れよく云い切るのを聞いて、悦子はこのひととはやっぱりいくつになっても行き違う、と思いつつ、

「だけど兄さん、月々の仕送りは当然でしょう？　妾《めかけ》だって十何年一緒に暮せば内妻だもの。今は内妻だって本妻並みに権利が主張出来るんだから、もっと手当てして貰ってもいいくらいじゃないかしらん」

と云うと、年の隔たっている兄妹の常で悦子を相手にせぬ勇太郎の昔の癖が戻り、

今度は声を立てて笑った。

「権利？　悦子、お前まだそんなアホくさい事云《い》いよるか。女は男の相手が勤まらぬようになったらそれで一切お終《しま》いよ。澄子は運良く相手が銀行屋じゃきに金が廻して貰えるだけで、これが他の商売の男やったら即刻暇を出されても不服は云えまい」

と悦子が云いまくられたところで車は頂上に着き、ここからは墓まで徒歩で坂道を下りねばならないのであった。

悦子の胸のうちは今の勇太郎の言葉で沸き返っていて、十幾年見ぬ間に様子の変っている茂みの道の姿など目にも入らず、やっとそれが目印の楊梅《やまもも》の木のある松崎の墓所に辿りついてから、兄の年齢を繰って六十七歳、と思い、溝上の六十六歳と並べてみて、もうこれ以上自分には何にも云えぬ、と思った。

楊梅の大木の木洩《こも》れ陽《び》を浴び乍ら、花を挿し線香に火をつけている兄の姿は当然髪も少なくなって老《ふ》けてはいるものの、どうやら父の晩年の姿にそっくりになって来たように見える。父の職業がこれまで悦子の人生にどれだけ黒い影をおとしていたか計り知れないものがあり、いまこうして墓参りしていてさえも、亡《な》き父親に向って無心に呼びかけられないものがなお悦子には残っている。もの心ついてから悦子がひたすら恥じ通して来た家の職業を、この兄は父と一度も争う事なく二十五の年から平然と継ぎ、夥《おびただ》しい女をまるで道具のように扱って来ているその習性が今もなお矯《た》められてはおらず、澄子に対してこんな酷《むご》い云いかたをする、と悲しむ一方、紳士の仮面を被《かぶ》った溝上も溝上、と思えば、案外これが男というものの正体かも知れぬ、と悦子の思案は一人で往《い》きつ戻りつする。悦子とて一度は離婚もし、浮き沈みも経て来たあいだにはさまざまな男の生きかたを身の廻りに見ているし、今更小娘のように兄の話を頭から「いやらしい」と非難するほどの木仏金仏でもないつもりだが、もう七十に手の届く男の色話ともなると先《ま》ず感情からしてそっぽ向いて了う感じになる。が、その感情をまっすぐ口に出来ないのは、勇太郎の口調の裏には溝上の澄子に対する態度を「甲斐性者《かいしょうもの》」とし、また新しく女をつくる溝上の活力を、男同士として羨望《せんぼう》の目差《まなざ》しで眺めているものを感じるためであって、その理屈もまた、世間に通らぬという訳のものでもない。

してみると溝上という男は、銀行頭取の激務に堪えるためには絶えず色恋の沙汰《さた》を常備薬のように身につけている必要があるかも知れぬ、と思うと、悦子は東京出発以来、ずっと蟠《わだかま》っていた一つの疑問がふと解けたように思った。

東京から高知までの飛行機のなかで悦子はしきりに、「澄ちゃんああまでして何故《なぜ》生きていなければならないのか」という点に引っかかり、もし自分が澄子の身の上だったらどんな手段ででもすぐ死を選んでいただろうに、と思われてならなかった。悦子がもし今の立場の儘《まま》で澄子のような躰になったとしたら、どんなにしてでも生き抜こうとする気持の根源には、やりかけの仕事というものがあり、残しては死ねない夫というものがあり、もう一人前とはいえ出来るだけ支えになっていてやりたい子供というものがある。これは身内の情というよりは一種の責任感に似たもので、仕事を持ち結婚し子を儲《もう》けた以上は途中で放り出せない思いがあり、その思いが死の安楽に惹《ひ》かれるのを引き戻す力となるように思われるのに、澄子の場合は、悦子が得た情報からはそういう一切の絆《きずな》はないのであった。

「何の為に生きているか」という悦子の疑問は、「早く死ねばよい」という無情な催促では勿論《もちろん》なく、これは澄子の育ちと生きかたに関わって来る問題で、それはまた悦子の現在にも強く絡《から》み合って来る。

悦子の疑問が解けたのは、溝上がまた新しく女をつくったと同じエネルギーの源が病床の澄子にあるのを思い出させたためで、きっと澄子は、菜園場町でのあの溝上との脂《あぶら》の滴《したた》るような交わりの日をもう一度呼び戻したく、それを長い闘病の唯一無二《ゆいいつむに》の望みにしているかも知れぬ、という事であった。つまり、男たちを別にすれば澄子はその職業柄、ずっと男女の極まりのキラキラ輝くような部分に生き続けていて、悦子のような、病弱の故《ゆえ》もあって万事にわたって臆病《おくびょう》で、机の前でだけしかものを考える事の出来ぬ人間などより遥かに生甲斐のある人生かも知れぬ、とも思えて来る。そう考えれば悦子が罪の意識のひとつでもあるかのように、「こんにちあるは澄子たちの犠牲を下敷きにしての事」と決めているのは見当違いの思い上りかも知れず、ふと螺《ね》子《じ》の巻きかたを違えると自分こそ案外この人たちの世界から弾《はじ》き出された鼻抓《はなつま》み者かも知れぬ、とも思えて来る。それにしても、澄子のこれほどの状態に対して勇太郎がひどく冷静なのは、このひとの性格の冷たさかそれともやっぱり、大仰に駈けつけて来た、こちらへの牽制《けんせい》なのか、と悦子は何故ともなく身構え続けている。というのも、父はこの職業について人助けという正義を持っていた故に悦子は真直《まっすぐ》突っかかって行けたけれど、この兄は、父から与えられた潤沢な経済の魅力が捨て難いためにずるずると家業を手伝っただけという、思い上って云えば罪を問うても仕方あるまい、と不本意乍《なが》ら押し黙っている気持が今も悦子にはある。

翌日、ホテルのフロントに勤めている勇太郎を除き、悦子は民江、妙子とともに赤十字病院に澄子を見舞うべく、此《こ》の頃塗り替えられた赤い播磨屋橋の袂《たもと》で二人を待った。南国の土佐では何と云っても夏が一入《ひとしお》豪快で、目に入る限り緑はもう黒々と茂り、早くも積乱雲の立つ群青《ぐんじょう》の空を仰げば肺のなかまで真っ青になるような気がする。真夏の白南風《しらはえ》に似た涼しい風が吹き抜けてゆく播磨屋橋脇《わき》の柳の下に立っていると、悦子は我にもなく胸が弾み、兄に会う前にはなかった楽しい期待があった。

二人とも悦子は何度となく電話で話し合ってはいるが、四十年このかたのお互いの老けようには女らしい好奇心があり、もう五十という大年増《おおどしま》でなお芸妓《げいぎ》を勤めている民江、今は静岡の不動産会社の社長夫人となっている妙子ともども、悦子はやっぱり理屈抜きの懐《なつか》しさが先に立って来る。間もなく、信号をこちらに渡って来る疎《まば》らな人波のなかに、頭にピンカールをいっぱいくっつけた儘の、ブラウス、スカートに下駄《げた》穿《ば》きという民江を見つけ、

「民ちゃーん」

と怒鳴り乍ら悦子が手を上げると、民江もピンカールを陽に光らせ乍ら息せき切って駈けて来、

「みつけた、みつけた、悦ちゃんのそのおでこ」

と昔に変らぬ地声で悦子を圧倒し、悦子は悦子で、まあ芸妓というのに顔は真っ黒な土佐いろ、相変らずのがらっ八《ぱち》で色気など絞っても出やせぬ、と予想外れの民江の姿に内心気の軽くなるものがあった。

子供の頃からあまり騒がしくなかった妙子の現れかたは今もやっぱりもの静かで、

悦子と民江二人して道の人も振返るほど大声で懐しがっている後からふっと顔を出し、

「あ、びっくりした」

と飛び上って振返ると、これは夏大島に献上の帯という、今の暮しを思わせる行儀のよい装《よそお》いなのであった。

おとなしい妙子も四十年という歳月を吹払えばやっぱり子供の昔に戻り、三人揃《そろ》って赤い欄干の傍で、

「あんた、ちっとも変ってないやんか」

「いやあ年取ったよう。あちこち故障だらけや」

「みんな同じよ。もう五十なんだもの」

と興奮してやかましく云い合っているうち悦子は気が付いて、この騒ぎをこの儘病人の前に持ち込むのも憚《はばか》られ、二人をひと先ず近くの喫茶店に誘った。

三人椅子《いす》に腰掛けて落着くと話はやっぱり澄子の身の上となり、そうなればときどき見舞にも行って、病状をよく知っている民江が一人でこの場を引受けて詳しい説明をする役割となる。子供の頃、皆から頭のなかが八分目、と笑いものにされ続けていた民江は、昔から自分は知恵が足りないのではなく脳を患《わずら》っているのだと云っていた通り、今もやっぱり頭の具合がよくないと云い、またその言葉を裏付けるように、喋《しやべ》

りかたも突然調子が狂い、大声で居直るかと思えば吶《ども》り続けて進まなかったり、という調子なのであった。

悦子は四人の仕込みっ子のうち、この民江と一番年の近い関係から一番よく喧嘩《けんか》したような記憶があり、その原因は殆《ほとん》ど民江が正しく単語を発音出来ない点を悦子がからかい、民江が怒り、の繰返しだったのを思い出す。さっき播磨屋橋で会ったとき、民江は悦子の肩をぽんと叩《たた》いて、

「悦ちゃん、ギョリュウサッカがそんなバサバサ頭やったら、みっともないやんか」

と云ったのを聞き、胸が弾けるほどの懐しさだったが、いま力んで澄子の現状を話す民江の口からはサイヒフノー、とか、ネップレスとか、ジョースとかの言葉が少しのためらいもなくぽんぽんと飛び出して来る。それでいて、花柳界慣例のちょっとあやのある云い廻しなどは堂に入っており、頭は悪くても悪い儘に幾十年この世界で生きている事の証《あか》しを、悦子はその話し振りに見せつけられる思いがした。

悦子が聞きたいのは、溝上に女の出来た事を澄子がうすうす感付いていはせぬか、という懸念《けねん》で、それに就て民ちゃんどう思う？　という問いには民江ははっはっはっ、と大口開けて笑って、

「どう思うって、そりゃあ知れたところで澄ちゃんあの通りの達磨《だるま》さんやんか。今更

悋気《りんき》の云えた義理でもなかろうがね。

第一、澄ちゃん溝上に惚《ほ》れ切っちょるきに、誰が告げ口したところで信じはせんやろ。こないだも、あの長い髪を梳《す》くにも洗うにも難儀するから切るよう勧めて頂戴《ちょうだい》、と付添婦さんがうちに頼むきに、病人は皆ショートカットにするものや、と云い聞かしてみたけんど、澄ちゃんどうしても嫌や、この儘がええ、と頑張る。溝上が長い髪を好きやと云うたそうな」

と聞けば、悦子には澄子の女心がやはりいじらしくも思え、その相手の女の人、民ちゃん知ってる？　と尋ねると、

「うちらと同じ検番の若いきれいな妓《こ》や。ほんま云うと、澄ちゃん入院と聞いてからはその後釜狙《あとがまねら》う人はなんぼでも居《お》ったよ。うちも立候補しようかしらん思うたけど、溝上さん若いのがお好みらしい。ま、そらそうよね、姥桜《うばざくら》はもう澄ちゃんで飽き飽きしてたところやろうし」

と民江がまことにさばさばと云い切って了《しま》うのを、こんな生々しい色話には日頃遠い二人は度胆《どぎも》を抜かれて瞠《みつ》めていて、妙子が固い唾《つば》を嚥《の》み下《くだ》すような顔で、

「澄ちゃんほんとに気の毒よねえ」

と溜息《ためいき》まじりに云うと、民江はその溜息を撥《は》ねのけるような勢いでグラスをとん、

と置き、

「そりゃあ気の毒と云えば気の毒かも知れんよ。けんどうちらの目から見たら幸せ者とも云えるじゃないかねえ。

　うちらは降っても照っても、少々躰《からだ》の具合が悪うても働かんと食べては行けんが、あのひとは男の相手もせず、寝た儘月々貯金が出来るほど手当てが貰《もら》える。これほどの後生楽があるもんかね。替れるものなら替りたいぐらいや。検番でも皆、そう云いよる」

　悦子はそう云う民江の口を、調子に乗ったすべり過ぎ、と受取ったが、民江の顔は意外に真剣でその目の奥にはこちらがたじろぐような強いものがあった。その強いもので悦子と妙子を交互に見据えて、

「あんたらはね、綺麗《きれい》な装《なり》して花持って見舞にいって戻りゃあそれで済む。気の毒や可哀想《かわいそう》やと並べたらそれでお終いや。ところがこちらはそうはいかん。身寄りのない澄ちゃんが頼る先と云うたら、うちみたいな半端《はんぱ》者しか居らんのやからねえ」

　と云うのは、澄子は精いっぱい我慢のつもりでも、生きている口はときどき人の気に障《さわ》る事も云うと見え、そのたび付添婦がストを起して家に帰って了うと云う。そういうとき、助けを求めるのは民江を置いてよりなく、民江が駈《か》けつけるまでは看護婦

に頼んで電話を掛け続けて来るそうであった。

民江は、云い始めたからには終いまで、と唇に自分の手を当ててみせ、

「長病人でここの達者なのは誰でも嫌うよねえ。それにまあ何と、あの凄《すご》い床擦れ。背中も腰もいちめんべったりと赤剝《あかむ》けや。本人はまるきり痛みは感じないらしいけんど、この手当てだけでも付添いは大へんなものよ。

ねえ悦ちゃん、あんた頼られたからと云うて澄ちゃんの床擦れの傷の手当てしたり、お襁褓《むつ》替えたりしてやれる？　考えてもご覧や。子供のと違うて大人のは汚ないよ。臭いよ。うちはこの前仕方なし二日間泊り込んで世話したあとでは、一週間寝込んで了うた。思い出して暫《しばら》くは御飯も咽喉《のど》へ通らなんだ」

とそこまで云い通したあとではさすがに目の前のジュースにももう手を出す気も失《う》せたらしく、悦子も妙子もその言葉の痛さでしんと目を落して了った。

悦子は昨日山の墓地で、勇太郎の言葉の端々に「澄子風情《ふぜい》が」という響きがあるのを感じ、兄の反省の無さを憤《いきどお》ろしく思ったが、いま民江のこの訴えを聞けば、遠くから芝生を眺めている自分の身の太平楽が思われて来る。民江は無論、勇太郎とて遊んでいる身分ではないのに、それぞれこんなふうに澄子を肩助けしているのは、東京にいて罪の意識を弄《もてあそ》ぶに似た悦子よりはずっと人間の実というものがある。民江が澄子

の後釜に立候補しようと云うのも、また病人の身と替れるものなら替りたいと云うのも、欲や冗談などではなく、一人細々身過ぎしている躰へ縋《すが》りつかれるしんどさの悲鳴なのかも知れぬ、と悦子は思った。

タクシーで病院へ向う途中、悦子の胸の内は考えねばならぬ事がいっぱい詰まっているのに、思いは幾度でも一廻りしてまた元に戻り、もし澄子たち四人が普通の家に生れていて芸妓商売などする事がなかったら、今頃は果してどんな暮しをしていたろうか、という地点に辿《たど》り着く。人間の運命はさまざまなもので、松崎の四人のうちでも早死にして了った貞子もあれば、今は何不自由ない妙子のような例もある故に一絡《ひとから》げには云えないが、悦子がそれを思うとき必ず、自分が彼女たちの立場でなく、まだしも松崎の子でよかったという卑怯《ひきよう》さがあるのは、やはり心の隅に、商売女が受ける運命の苛酷《かこく》さというものは、自分など少々嘗《な》めた苦労とは較《くら》べものにならぬのをとうに知っていたせいなのかとも思える。悦子のこれまでの浮き沈みのあいだには手段を選ばず金の欲しい時期もあったけれど、どう堕《お》ちても男相手の商売だけは固くすまい、と思い、またそれを通せるだけの運のよさがあったのは、昔から世の中における彼女たちのみじめな位置が頭に沁《し》み込んでいた為《ため》でもあったろう。今日では妾《めかけ》だとて恥じる人は少ないが、澄子のような過去を持った女が一旦《いったん》身動きならぬ重病に陥《お》ち込むと寄って集《たか》って世間から裸にされ、あらぬ蔭口《かげぐち》をきかれるのを、どうやって力になってあげればいいのだろう、と考え続け、いいや、考えてみれば、悦子と彼女たちの運不運は紙一重の差であったかも知れないのに、自分だけ素人面《しろうとづら》して彼女たちを憐《あわ》れむのもこれも鼻持ちならぬ傲《おご》りかと思えば、どの面下げて会えるかと思いが深まり病院へ向う足も口も次第次第に重くなって来る。

タクシーが高知駅裏の古びた赤十字病院へ着いたとき、悦子は整理のついていない荷物をいっぱい抱えたような思いになっていてその重みに堪え切れなくなり、

「何だか悪いような気がするし、花だけ渡してここで帰ろうか」

と云《い》うと民江がぴしゃりと、

「バカ、何云うの。そんな事したら澄ちゃん泣くよ。さ、早う行った、行った」

と背を押され、そう？　ほんとうに喜んでくれる？　と胸の内に問いかけ乍ら、民江の先導で廊下を幾曲りして行った。

三人が澄子の病室の入口に立ったとき、澄子はよほど待ちくたびれたと見え、ほんのいっとき休み、という様子で頤《あご》を出した儘《まま》眠っていた。

人は眠っているときこそ老いが露《あら》わになるというが、少し離れた入口に立って見る悦子の目には、ずい分若いと聞いて来た澄子にもやはり五十坂越した女の年齢は降り

積り、昔のあのくっきりと濃かった富士額は上に伸び上り、丸顔の頬は肉がやや落ちて面長な感じに受取れる。ただ、悦子がここへ来る途中ひそかに想像していたような、前途の暗い長病人にありがちな険しい様相は全くなく、全身麻痺《まひ》という重い病状を気《け》取《ど》らせもせぬ明るくのどかなおもむきがあった。

ベッド脇《わき》のテーブルの上には、花の替りのつもりか空になった香水瓶が五、六本並べられてあり、それと並んで置かれてある洋皿の、フォークを刺して突き崩したカステラの切れには真黒に蟻《あり》が集《たか》っている。三人は足音を忍ばせて室内の椅子を捜し、そっとベッドの廻りを取巻こうとしていて慌《あわ》て者の民江がかたん、と椅子を落し、その音に澄子は、

「ほうーっ」

と太い息をして目を明けた。

目を明けるなり、

「ああ吃驚《びっくり》した。お母ちゃんの夢見よった」

と大声を挙げ、それから顔がじわじわと綻《ほころ》んでベッド脇に坐《すわ》っている民江、妙子、悦子を順番に見廻してからとても可笑《おか》しそうに声を挙げて笑った。

誰も四十年振りの挨拶《あいさつ》などせず、三人も澄子につられて笑い乍《なが》ら、ふと綺麗好きの

妙子が今も松崎に居るときのような調子で、

「澄ちゃん、カステラに蟻が集《たか》ってるけど、これ、捨てて来ようか？」

と問うと、澄子は敏《はし》っこく動く横目でテーブルを見て、

「構わん構わん。蟻がいっぱい寄ってお祭りみたいや。景気がええやんか。蟻を食べたら力がつくと云うきに、後でうちが全部食べるわ」

と云って笑い、ベッドの廻りの三人もまた笑った。

澄子は上機嫌で、民江に起してくれるように云い、悦子も手伝って背中と両脇に枕《まくら》で支えをして上体をベッドに凭《もた》せかけてやったが、一見したところ、その顔色からして病人とは思えなくても、手を離せばぐらりと傾くその躰に触れると、やはり病いの重さは悦子にも伝わって来る。それに悦子の心を一瞬引攣《ひきつ》らせたものは、蟹《かに》の足のかたちなりに固まって動かぬその指で、その形の儘何かに縋りつこうとし空《むな》しく蒲団《ふとん》の表面ばかり掻《か》いているのを見れば容易ならぬ病状である事が判《わか》る。が、起上ると澄子の顔からは老いの影は薄らぎ、生き生きした表情は子供の昔に還《かえ》るものの、これもよく見れば首が縛りつけられたように固定していて如何《いか》にも不自然さが感じられる。

悦子は、今日松崎の昔話は出来るだけ避けたいと考えていたが、いま堰《せき》を切ったような勢いで喋り始めた澄子は悦子、妙子の近況を聞くだけの余裕は全くないかのよう

で、最初からもういきなり、

「うちねえ、手が動き出したよ。新聞読めるようになったよ」

と真向からぶっつけて来るのであった。

民江の話では、澄子がいつも見舞客には一言も喋らせず、自分の病状説明とおっさんの惚気話《のろけばなし》ばかりなので不評判の由《よし》だったが、悦子はいまの澄子にとってその二つ以外何の関心があろうと思えば、せめていい聞き役になってやる事が見舞のほんとうの心かと思える。妙子も同じ気持らしく、社長夫人に納まった自分の身の上などおくびにも出さず、二人して親身に相槌《あいづち》を打つのを前にして澄子は、今から二カ月前、蠅《はえ》を追おうとして突然肘《ひじ》が持ち上った日の天にも昇るほどだった思いや、そのあと、先生にもマッサージ師にも「動かしていればすべて動き出す」と励まされ、毎日毎日精魂込めて手力《てぢから》を養っているうち、やっと軽い新聞だけは扱えるようになったその経過を熱を込め具《つぶ》さに説明する。

澄子は目をきらきらさせ乍ら、テーブルの上から取って貰った宗教新聞を蒲団の上に載せ、

「ね、ね、見よってね。こうやってこうやって開けるの」

と云いつつ、人造人間の爪《つめ》のような固い両手で新聞の両端を徐々に押し上げ、真中

に出来た山型の穴に手を差し込んで、

「これが巧《うま》くゆけば一枚ずつ開けられるけんど、新聞のページがくっついていて離れんときには、新聞全部があっちへばさり、こっちへばさり、大格闘や」

こうするようになるまでには、最初一ページ開けるのに食事時間から食事時間までたっぷり三時間は掛かり、大奮闘のあとは手も顔もぶるぶる震え、ぐったり萎《な》えて高熱のあとのようだったと云う。それでも新聞開けの行為に執念を掛け続けているうち、三時間が二時間になり二時間がだんだん縮まって今では二十分くらいで出来る、と話す澄子の額には、これだけの実演でもうっすらと汗の玉が光っているのであった。

悦子はさっきサイドテーブルの上を見たとき、男商売の女は香水に執着を示し、とりわけ娼妓《しょうぎ》は寝間香水というものをじゃぶじゃぶと寝床に振りかけてサービスする話など頭に泛《うか》び、さらに食べさしの儘カステラの切れを放置するだらしなさや、蟻を食べるという非衛生さに一瞬心が怯《ひる》み、その怯みを誤魔化すためにも皆と一緒に声を立てて笑ったが、この実演を具さに見ていると、カステラの一切れと云えども捨てず、蟻をさえ食べるという澄子の神経の強靱《きょうじん》さには打たれるものがあった。悦子は澄子が「何のために生きていたいのか」という点を考え続けたが、してみると悦子の生きたさの度合いよりは澄子のそれが遥《はる》かに大きいのではないかとも思われて来る。

悦子は、さっきから澄子の手が弄《いじ》っている宗教新聞に目を止め、ひょっと澄子は入信でもしたせいなのではないかと思い、早口のお喋《しゃべ》りをかいくぐるようにして聞いてみると、澄子は自信たっぷりに鼻先でふんふんと笑い、

「長患《ながわずら》いの病人には毎日のように入信のお誘いが掛かるけんど、うちはそんなもの、全然欲しゅうはないよ。おっさんが居るきに」

と云い切って今度はおっさんの自慢話に移り、あけすけにひけらかして、

「おっさんはね、見舞に来ても長居せずすぐ帰るの。うちの傍に居ったら『お前に触りとうなっていかん。身の毒じゃ』とか云うて、唾飲み込んですごすご帰って行くのを見ると、うちしんからおっさんが可哀想で」

と思い入れし、なおも、

「こんな躰になってもまだ世話してくれるのが気の毒で、『おっさん、うちはもう用済みの枯れ菊じゃきに、どうぞ捨てるなり焼くなりして頂戴《ちょうだい》』とうちは何度頼んだか知れん。けんどおっさんは『小奴、枯れ菊と云えどもなお色はある』と云うて、うちを離そうとせんもののねえ」

ととめどもなくおっさんを語るその表情には悦子は昔確かに見覚えがあった。

澄子が松崎の子供のなかで何でも一番の場合、例えば三味線の出来がよくて褒めら

れたり、下四人を巧く統率して外出から帰って来たとき、或《あ》いは真先に山海楼に出て綺麗な衣裳を身につけた時期もそうで、澄子が得意満面になると必ずこんな眉尻《まゆじり》を下げた表情になり、それを思い出すと瞬間、悦子は会ったこともない溝上という男に対して不意に激しい腹立たしさを覚えた。これが勇太郎なら、「女を巧く騙《だま》すのも男の甲斐性《かいしょう》のひとつ」などとうそぶくかも知れないが、幾十年男相手の商売を続けて来た澄子の気持がこんなにも汚れておらず、まっすぐ溝上を頼っている姿はどんな考えかたをも飛び越して人の胸に迫るものがあり、悦子はしきりに、ここで全部を澄子にぶちまけ、男の身勝手をよくよく教えてやりたい誘惑に駆られて来る。

それを辛《かろ》うじて止めているのは澄子の必死の目のいろで、

「うちはねえ、おっさんの事考えるとどんなにでもして、どんなにでもして」

と裏声になるほど力を込め、

「癒《なお》りたいと思うよ。もう一ぺん、この手でおっさんの煙草《たばこ》に火もつけてやりたいし盃《さかずき》に酒もついでやりたい。自分の二本の足で歩いておっさんと一緒に夕涼みにも行きたいし、またおっさんの銀行へお金預けにも行きたいしねえ」

と聞かされれば、民江は複雑な顔つき、悦子は言葉もなく、たまりかねたふうに妙子が乗出して、

「澄ちゃんきっと快《よ》くなりますよ。うちらは昔松崎で、厠《かわや》掃除を進んでやる者は病気に罹《かか》っても荒神様《こうじんさま》が軽くしてくれるからって、澄ちゃん始め皆精出してやったものねえ」

と励ましたものの、その厠掃除の仲間の一人貞子が既に亡《な》くなっているのに気が付き、急いで口を噤《つぐ》んだが、澄子はそこまで気が廻らないのか「そうや、そうや」と同意のていで頷《うなず》いているのであった。

澄子はこうして三人に取巻かれ、自分が主役になって自分の話ばかりしているうち、いつの間にか松崎の頃の、年長者として下四人を引き連れていたあの気分の張った日常へ戻ったような感じに捉《とら》われているのであった。あの頃は、お父さんから年長者としての自覚をしきりに叩《たた》き込まれていたせいか、自分のする事は全部下が見習う、と思い子供乍ら身を引緊《ひきし》めていたものだったが、それは四十年経た今でも、昔の顔が目の前にこんなに並ぶ限りやはり胸の奥底から引出され、覚悟も戻って来るものとみえる。

実を云えば、今日という日を澄子はどれだけ待ち兼ねた事か、母親亡く土井は遠くなり、義高にも背かれれば頼るは松崎時代の馴染《なじ》みしかないものの、こちらが手の掛かる病人という引け目があれば会いたい、来て欲しいの言葉も押し潰《つぶ》していたのに、それが向うから昔の縁を戻して来てくれるとは、入院以来、溝上の金の手当てが決まった事に次いでの嬉《うれ》しい報《しら》せではあった。会えば真先に何を話そう、とあれこれ考えあぐね、此処《ここ》ではよく汽笛が聞えるところから、昔悦子が国語読本に汽笛の話が載っていて、受持先生から宿題に汽車を見て来るように云われ、澄子が全員引き連れて比《ひ》島《じま》の鉄橋近くで貨物列車を待ち伏せしたときの事を話そうか、あのとき、悦子の読本には十七輛《りよう》と出ていたけれど、長いあいだ道端に蹲《しゃが》んで待った挙句、このローカル線を走って来たのはたったの三輛連結で、見るなり悦子が、

「本の通りの汽車じゃないと先生に叱《しか》られる」

と泣き出したとき、どういう訳か他の三人もついて泣き、澄子一人が皆を叱咤《しった》激励して家に戻りついたのをよく憶《おぼ》えている。

三人に会ったらそれを先《ま》ず話そう、次には昔、「物干竿《ものほしざお》えー、国旗竿えー」と流していた爺《じい》さんの、「ものえあー、こっけあー」と聞えた呼び声が面白く、よく皆で真《ま》似《ね》したなかでは妙子が一番巧かったが、爺さんよくよく長生きと見え、いまでも時折この近辺にその売り声が聞えて来る。それを二番目に話して、ときっちり考えていたのに、打揃《うちそろ》った三人の顔を見た途端、順番も何も吹き飛んで了った。

昔話よりも一別以来の身の上話よりも、澄子がここで自分から再起不能か、などと

暗い話を口にしたら遥々《はるばる》見舞に来てくれた二人に対して申し訳が立たぬ思いが先に立ち、その昔の皆の年長者として、怪我《けが》はしても快方に向っている幸運と銀行頭取の思われびととしての出世を披露して皆に喜んで貰《もら》いたく、一気にぶちまけているうちに、このところずっと胸に凝《しこ》っていた手術の問題も難なく解けて了《しま》ったように澄子は思った。悦子から見れば少々躁《はしゃ》ぎ過ぎ、とも見える澄子のその張りつめようを内心いたましく思い乍ら、病人の気を迎え、

「で、澄ちゃん、手の次はどこが動き出すの？　近いうち車椅子《くるまいす》に乗れるようにはなれるかしらね」

と問うと、澄子は浮き浮きと弾んだ口で、

「今度は首。首は一番大事なところやからここが動けば他も動くようになると先生がおっしゃる。この太腿《ふともも》の骨を削って首へ接《つ》ぐ手術を近くするつもりや。そしたら車椅子にも乗れるし、乗れるようになったら飛行機で悦ちゃんとところへも行くからね」

と軽く云《い》ってのけると、澄子はもうずっと以前からこの手術が決まっていたような気がし、手術はまた間違いなく成功する事も確かに保証されているように思った。

そのとき午後の検温にやって来た顔馴染みの看護婦に、澄子は張りのある声で、

「先生に云うて頂戴。うちはいつでも手術して貰《もろ》うて構いませんからて。

ねえ看護婦さん、うちはこの人たちの東京へも静岡へも行てあげんならんし、うちの退院を首を長《なご》うして待ってくれよる、ええ人も居《お》る。いつまでも此処でぐずぐずと寝てばかり居れんわねえ」

澄子のその気張った言葉半ばで窓から吹き込んで来た風に新聞が飛び、悦子はそれを拾うために床に蹲み乍ら、恰度《ちょうど》この人の背中の床擦れの傷と同じように、赤剝《あかむ》けになった男心を知らず、屈託もなく喋る澄子の話を聞く事の何というせつなさ、と心を嚙《か》まれているのであった。

二章　久千代の民江

高知市から東へ向う電車は後免《ごめん》駅から単線になり、駅ごとに丸く膨らんだ待避線のあるその単線は物部《ものべ》川を渡ってのち南へ出、赤岡の町からは長い海岸線に沿って終点安芸《あき》町までゆっくりと走って行く。

電車が安芸町に入る手前、穴内《あなない》駅と赤野駅とのあいだにその昔古戦場だったと云《い》う「八流《やながれ》」の無人駅があり、民江は小さい頃からその駅の名をやがなれ、と口を縺《もつ》れさせて呼ぶ癖がついて了《しま》い、今でも慌《あわ》てて云い直したりする。電車は頻繁には通らないし客の乗り降りも少ないから、駅もレールのまわりもいつも青草に掩《おお》われていて、べンチの板の目から伸び上った月見草やホームの木の床に蔓《はびこ》った苔《こけ》の色は、民江がのちに八流を思い出すとき必ず海の情景のあとにくっついて見えて来る、なつかしい風物ではあった。

この八流の浜の松原のあいだを縫って、チョコレート色二輛《りょう》つなぎの電車が走り始めたのは確か民江がまだ小学校へ上る前で、チンチンと云う、ごとんごとんと云う、その音が赤野駅の方から、或《あ》るいは穴内駅の方から聞えて来るたび何はさておいても民江は走り出してゆき、無人駅の柵《さく》に登って見とれていたものであった。透き通った大きな硝子《ガラス》窓の並んだあのハイカラな乗物のなかにはいったいどんなものがあるだろう、と覗《のぞ》きたさ一心で柵に這《は》い上り攀《よ》じ登りし、着物に鉤裂《かぎざ》きを拵《こしら》えては叱《しか》られたものだったが、この電車に乗りたいばかりに身売りと云う、生涯の運命を簡単に決めて了った小さい頃の自分を、ずっと後になって民江は苦笑いし乍《なが》ら思い出す。電車が珍しかったあの頃、待避線のある駅では止っている電車に子供たちが群がり、胴体に石をぶっつけたりらく書きしたり、なかには車内に乗込んで車掌に叱られたりもしたが、無人の八流駅では電車はいつもさっさと通り過ぎて了ったから、民江は小学校三年のそのときまで、電車の内部についてはどうなっているものやらろくに知らなかった。

　八流の集落は、線路脇《わき》から山裾《やますそ》まで半農半漁の家が点在していて、民江の家はいつ頃からかその一番外れのつまり最も海に近い松原のなかにあった。家と云ってももとは百姓の藁《わら》小屋か物置であったらしく、板囲いの外側には大分以前からずっと貼《は》られて来たらしい広告のあとが至るところ斑《まだら》に残り、今もやはり演説会や大売出しや集落の催し物などの触れ出しには必ずこの板壁が使われ、家の者もそれを隙間《すきま》風《かぜ》の目貼りとして却《かえ》って喜んでいるのであった。民江の父親は本名を岡崎伝吉と云い、六尺近い骨太の大男で、小若衆のときから宮相撲では大関級で鳴らしただけに知る人は皆海竜山、と醜名《しこな》を呼ぶ。本職は漁師としたものだが、相撲取りも水商売か、元来が遊び人で猪牙舟《ちょきぶね》ひとつ持ったかと思えばすぐにぶち売り、酒にも博奕《ばくち》にも替えるというふうだったからこれと云った定職は遂《つい》に無く、食うに困れば仲仕でも車引きでも日傭でも、力仕事なら何でもやるもののすぐに飽き、勤勉な集落の人たちのなかにはちょい働きの極道山、などと呼んで寄せつけない向きもある。躰《からだ》と気風《きっぷ》がよければ万事派手好きで、頼まれれば折角取り付いた仕事を放り出しても人の喧嘩《けんか》に加わり、またどう云う才か女ともすぐわりない仲になる故《ゆえ》に、こう云う人間の家族がしあわせである筈《はず》はなかった。

板囲いのなかの狭い家には二つ違いに姉初子、弟稔《みのる》、治夫《はるお》と子供が犇《ひし》めき合い、母親のたけは亭主に不満の向きを子供たちの方に変えて年中怒鳴り散らすだけだったから、民江は滅多に家に居《お》らず、よく浜に出ては一人で遊んだものであった。電車の線路を跨《また》ぎ、春には浜えんどうの蔓《つる》など絡《から》みついた浜の墓場を抜け、松の根をいくつか飛び越せばもう目の前は視界いっぱい海の青が盛上っていて、民江は途端にぱっと胸の扉を開け放った気分になり、両手を拡《ひろ》げ鼻を膨らまして潮の匂《にお》いを吸い込み、「わーっ」と喚《わめ》き乍ら波打際《ぎわ》へ駈《か》け出してゆく。浜辺の砂はときに熱くときに擽《くすぐ》ったく足の裏でいつも鳴り、ここを走り廻っていれば腹の減らない限り民江は家に帰る事を忘れて了う。何の骨かは知らないが、波打際に捨てられた大きな骨塊を、波が打ち返し乍ら少しずつ少しずつ沖へ引き寄せてゆくのを見るのも面白く、見ているうちにいつか月が出て了い、その月を波のしぶきが濡《ぬ》らすように見えるのも不思議でならなかったし、傾いた廃船に舟虫がわっと駈け上るのを見るのも飽きなかった。

小学校は赤野に通っていたが、民江はこの頃を振返って、心が明るくなる思い出と云えば浜で一人遊んだ事ばかり、あとは年中父親に「この低能！　この阿呆《あほ》だら！」とことごとに頭を叩《たた》かれ、合い間には母親にも小突かれ、牛のようにそら、そらと追い立てられて、家族の誰からも優しい言葉を掛けられたと云う記憶がない。姉弟《きょうだい》のうち「中子《なかご》は捨子」などと云われるように、まん中の民江と稔だけがこんな目に会ったのか、と思い返せばあながちそうとばかりも云えなく、民江と前後して姉弟離散したのを考え合わせれば、やはり貧乏の心細さが生み出した皆の心のささくれだったと云えようか。

この家にとって、子供と云えども働きもせず浜辺で遊ぶなどは贅沢《ぜいたく》であったらしく、先《ま》ず姉の初子がいつの間にやらいなくなり、次の民江は小学校三年の夏休み、伝吉が

珍しい仏顔で穏やかに、

「民江、お前電車に乗りたいか」

と聞き、民江は飛びついて、

「うん、乗りたい」

と云うと、

「よしお城下まで乗せてやろ。二時間もの長いあいだ乗っておれるのやぞ。途中で泣き出したりするなよ」

と煽《おだ》て上げられ、着のみ着の儘《まま》浦戸町の松崎にまで連れて行かれたのが身売りのきっかけなのであった。

民江は両親だけでなく赤野小学校のときにもずっとまわりから馬鹿《ばか》扱いされ、自分でも先生の言葉が一瞬煙幕でも掛けられたように霞《かす》んで判《わか》らなくなるときもあったが、それは決まって父親の海竜山の鉄の拳《こぶし》を額に感じているときであって、その火花の散る痛さに気を取られている故であるように思える。速攻で名を取った海竜山は日頃から短気者ですぐ気が立ち、気が立つと手が早くて家族は皆その犠牲者だったが、なかでも民江はどう云う訳か、いつも一番よく殴られたような感じがあった。子供の事なら逃げも躱《かわ》しもようせず、黙ってぽかぽか叩かれていると頭のなかはいつか桶《おけ》のように空っぽになり、余りの痛さに鼻頭が熱くなって来る。この桶の感覚はいつも民江につき纏《まと》い、面倒な事柄や込み入った話などが押し寄せて来ると必ず、父親の拳を感じ、それが昂《こう》じて来ると何も彼《か》もこんがらかって腹立たしくなり、胸の扉をぱっと開けて浜辺を駈け廻りたくなる。

民江は、人は自分を足りないだの薄いだの云うけれど、これは父親の為《ため》に脳の中身を空っぽにさせられたせいで、病気でないときは正常だと思っており、その証拠に、昔の記憶がところどころ鋭い断面を見せて自分の頭に彫り込まれている事でも判る、と考えている。無論全く忘れもし、理解出来ない事も多いが、同じ経験でも相手は忘れて了っている場面を民江だけかっきり憶《おぼ》えているのは、そこに民江の激しい感情が込められていたと云う理由もあったろうか。松崎での皆との初対面の光景は頭から消えていても、生れて初めて電車に乗ったその赤いびろうどの座席や、奇妙な形の窓の日覆《ひおお》いの鎧扉《よろいど》や、窓から後へ飛び去る景色など鮮やかに思い出せるのは、その裏に、これもまた生れて初めて父親とふたりで長い時間一緒にいたと云う嬉《うれ》しさが確かにあったせいでもあろう。

母親は生涯笑顔と云うものをろくに見せた事がない儘の人だったが、この人に較《くら》べれば民江は、小さいときから殴られもし苦界《くがい》にも沈められ、数えてみれば十《とお》の年の夏から四十七の秋までいたぶられ、絞り取られた父親には、言葉では云い表せぬ宿業《しゅくごう》のようなものを感じる。簡単に好き嫌いで分ければ無論好きの部類に入るのは間違いないが、その好きももうひとつ踏み込めばひょっと惚《ほ》れているのではあるまいか、と自分乍ら思えるふしもあるのは、四人の子のなかでは民江が一番父親に体格容貌《ようぼう》が似ている為でもあったろうか。色の黒さと云い骨節の太さと云い、それに短気なところまで血を引いているのを、民江は姉弟中ひそかに自慢の種にしていただけに、父親の云い付けとあればまるで呪縛《じゅばく》にでもあったように従わざるを得ないものがあった。

母親も姉弟たちも父親を忌《い》み嫌うけれど、民江の記憶のなかに、神祭の余興の宮相撲で、裸電燈《でんとう》に岩肌のようにたくましい後姿を見せて相手を負かしていた父親が幾度かあり、多分それと関連して、役者の着るような紅絹裏《もみうら》の派手な袷《あわせ》を着込んで、白首の女たちと戯《たわむ》れていた父親も妙に鮮やかに瞼《まぶた》に残っている。あれは相撲の賞金で料理屋に上り、女を揚げて騒いでいたところだとのちには判って来たが、その記憶は民江の頭に、自分の父親はまたとない強い男である印象をしっかりと植えつけたらしかった。

米の一升買いさえままならぬ母親は始終苛立《いらだ》ち、子供たちによく、飲んでいる父親を連れ戻して来い、と云いつけたが、民江は一度だってその母親の命令通りに動かなかったのも、子供乍ら、強い男なら人にもてはやされ、女たちにも取巻かれるのが当然、と思うひそかな抗《あらが》いもあったためとみえる。無論民江の頭のなかでそうはっきり判っていた訳ではないが、後々父親にせびられる金の殆《ほとん》どが酒と女と博奕に消えるものと知り乍ら、一度も首を横に振らなかった理由は、こんなところに早くから根ざしていたものであろう。

民江が松崎に初めて来た日のことを、同じ境遇の三つ年上だけに松崎では澄子が一番よく憶えていて、

「恰度《ちょうど》、大鬼に連れられて来た小鬼のようやった」

と、ずっと後になって笑い話に云う。

身売りするほどの家の子が小ざっぱりした装《なり》でやって来る筈はないが、これはまた、家の鴨居《かもい》も踊《かが》んでくぐる魁偉《かいい》な赧《あか》ら顔の海竜山の脇に坐《すわ》っているのは、垢染《あかじ》みたアッパッパからはみ出している男の子のような頑丈な骨組み、念入りに潮風で灼《や》いた顔に異様に光っている目はひどい斜視で、しかもしまりのない口から見える前歯は半欠けと云う、この節町なかではちょっと見当らないような風態《ふうてい》の子なのであった。相撲好きの松崎のお父さんがかねて贔屓《ひいき》にしていたと云う海竜山は、斜視で頭の足りぬ民江の値を自分から二百円、とつけ、その金を懐《ふところ》に入れて、

「この子は少々云い聞かしたくらいではこたえぬしぶとい奴《やつ》じゃきに、ぶん殴るなりふん縛るなりして遠慮のう使うて下され」

と一かけらの情も見せず早速民江を置いて帰ったが、民江にそのときの記憶が全くないのは、別に悲しいとも辛《つら》いとも思わなかったせいに違いなかった。

民江は、姉に次いで今度は自分が何処《どこ》かへやられる番だと思っていたし、小さい弟たちも二言目には母親から、「この厄介者が、大飯食らいが」と罵《ののし》られ、

「人買いが来たらぶち売ってやる」

と聞かされていて、それが満更脅しの言葉とも思えぬものを早くから感じていたためでもあった。母親にすれば、父親が仕事より遊び好きのはみ出し者なら、子はそれぞれに身売りなり奉公なりして親に尽すのが当り前と思っているらしく、男の子なら三つ四つの年頃から道の鉄屑《てつくず》でも拾うか、車引きの後押しでもして銭を取って来るようよく怒鳴りつけていたから、それが出来ない甲斐性《かいしょう》なしはサーカスにでも売ろうと考えていたのは、大部分真実でもあったらしい。

海竜山は民江の事を、

「この子は叩いて育てた子じゃきに、叩いて使うて下され。生ぬるい云いようでは云う事聞きません」

と義理言葉でなくくれぐれも云《い》い置いて行ったが、預かったお母さんはもうその日のうちにその意味が骨身にこたえて判り、

「民江、ここは八流の浜やないよ。座敷の上やからね」

「民江、ほんの暫《しばら》くのあいだでもお前はじっとして居れんかね」

「民江、もう一寸《ちよつと》小さい声で話したらどう？　それでは家中が揺らぐよ」

と尋常にたしなめても、民江の耳には春風のそよぎくらいほどにも感じないと見え、お母さんは額の頭痛膏《こう》を倍に増やして奮闘してみたが遂に叶《かな》わず旗を捲《ま》いて引下り、その替り年長者の澄子に頼って「万事お前が世話を焼いてやって頂戴《ちようだい》」と譲り渡すかたちとなった。

松崎にはそのとき澄子以前に貞子《さだこ》が住みついていて、それに間もなく妙子《たえこ》も加わったが、子供たちは皆、からかう材料をたくさん身につけている民江を面白がる反面、突然怒り出したら手がつけられなくなる民江を恐《こわ》がって敬遠するところもあった。子供たちのなかで民江と一番長く暮したのは悦子だったが、悦子はその頃の蔭《かげ》と日向《ひなた》のようだった民江の不均衡な行動をところどころ憶えており、それに斜視で焦点の定まらない目と、欠けた前歯でにたりと笑う薄気味の悪い表情も、よく喧嘩した自分に関わって記憶に灼きついている。思うに民江は、頭のなかのバランスが崩れやすく、い

つも好きと嫌い、喜びと怒り、静と動、沈黙と饒舌《じょうぜつ》が弥次郎兵衛《やじろべえ》のように上下していて、人に較べ普通の状態と云う時間が少なかったのではなかろうか。

子供たちは馴《な》れると民江の事を、

「ひんがら目のたん子」

と呼び、

「たん子の目は何処を見よるやら判らんきに、喧嘩のときは恐い」

と云うものの、煽《おだ》てれば力仕事などものともせず引受けるところは重宝がられ、民江の機嫌のいい日を見計らって、

「たん子、力持ちゃねえ」「たん子、親切やねえ」と子供たちが持上げれば止どまるところを知らなくなり、

「さあさあみんな、ハンカチでもズロースでも枕掛《まくらか》けでも何でも持っておいで。うちが全部洗うてやろ」

と家中を怒鳴り歩き、見兼ねた女中たちが仲に入って、

「たん子やめて頂戴。お前がする事は荒っぽくて何も彼も洗い破る」

と盥《たらい》を隠すまでは、全身びしょ濡れになり乍《なが》ら際限もなく大車輪で洗濯に突進し続ける。その替り気が向かなければ汚れ物をいく日でも着た儘風呂《ふろ》にも入らず、それを

お父さんお母さん以外の人が一言でも注意しようものなら、訳の判らない言葉で百言も噛《か》みつく故に、「たん子の狂犬病」と云う腹立たしい綽名《あだな》も貰《もら》う羽目になる。

小学三年の二学期から松崎の近くの小学校に転校した民江は、赤野では大嫌いだった学校がここではとても気に入り、仕込みっ子たちが午前中で早退しては舞三味線の稽古《けいこ》に通う筈になっている慣例を一人だけ破って誰の説得も受けつけなかった。こちらの学校でも相変らずノータリンだのバカチンだのと級友たちにはやされていたけれど、運動の時間の群を抜く能力がそのときだけでも人を押し黙らせる快さの虜《とりこ》となり、なかでもドッジボールの面白さに惹《ひ》かれて帰りはいつも電気が点《つ》いてからになった。

将来芸妓《げいぎ》にすべく売られている子が、稽古にも行かず遊び呆《ほう》けているなど許される事ではないが、松崎のお父さんの、

「民江、そろそろ稽古に行かんと、先でお前自身が損をするぞよ」

との嘆きも、同じ校内で上級の澄子が、

「さあたん子、帰ろう。稽古に行こ」

との誘いも、民江の、

「嫌と云うたら死んでも嫌！」

の頑とした拒否の前には術《すべ》なく引退《ひきさが》って了《しま》い、民江は普通の家の子以上に好き勝手

な小学校時代を過している。もっとも、世話焼きの澄子はしつこく誘い、ときには民江を引摺《ひきず》ってでも帰ろうとしたが、帰ろ、帰らぬの口争いの果てに民江は突然頭へ血が上り、八流の浜に向って駈《か》け下りるときのように、「わーっ」と大声で喚《わめ》き乍ら運動場を走り廻り出すのであった。

この民江の態度を誰一人病気とは見ず、聞き分けのない困った子、気儘で暴れん坊の子、とまわりでは云い、民江自身もこれが決していい事とは思ってはいないが、その心の捩《ねじ》れる原因に繫《つな》がるものに、何かにつけ、

「ひんがら目！　何処見よる」

とからかわれる言葉があった。人に馬鹿の阿呆の、と罵られるのはこれは仕方がないと民江は諦《あきら》めているが、大切なお父《と》っちゃんにそっくりと云われる自分の顔のなかの欠陥を嘲斎坊《ちょうさいぼう》にされるのだけは我慢出来ぬ、と民江はよく思った。鏡を覗《のぞ》くと、一重瞼の両まなこはいつも別々の方向に向いていて決して一緒に動く事のないのを、どれほど憎く口惜《くや》しく思ったか、何故《なぜ》ここだけお父っちゃんと食い違ったかと民江はそのたび親を怨《うら》みたい思いが頭を擡《もた》げて来る。この気持が昂じて、いつの間にか民江は自分の顔をじっと瞠《みつ》める人の視線にさえ敵意を持つようになり、こんな敵意や怨みや怒りが積り重なって、自分でも判るほど心が素直になれないのであった。

松崎で暮し始めてから民江は格別家を恋しく思う日もなかったが、ときどきふと父親を身近く感じるときがあり、一度、松崎にやって来た箒売《ほうきう》りについてずい分遠くまで歩いて行った事がある。日が暮れても民江が戻らないのに松崎は騒ぎ出し、あちこち手分けして走っているうち、大男の箒売りの腰についてふらふら歩いている民江を勇太郎が見つけ、自転車の後へ乗せて連れ戻ったが、そのときお父さんは、「お前、あの男にどう云われてついて行った？　お銭か？　着る物か？」と心配して聞いてくれたけれど、民江は心の内で、

「あの人はうちに何もくれはせなんだ。ついて来いとも云わなんだ」

とひそかに父親に似た箒売りを庇《かば》っているのであった。

父親はときどき松崎に現れ、お父さんに金の相談を持ちかけてゆくらしいのを民江はいつ頃からか知るようになり、そんなに欲しいものなら自分も手渡してやりたいと考えるようになったのはいくつの頃だったろうか。松崎では毎日五銭ずつ渡してくれる小遣いは子供たちが自由に使ってよい筈《はず》だったが、民江はこの金を一銭も使わずきちんと素焼きの貯金箱に入れ、いっぱい詰まってずっしりと重くなると庭石の角で割り、お父さんに五十銭銀貨と換えて貰っては全部父親に手渡した。父親が赧ら顔を綻《ほころ》ばせ、

「ほう民江、こんなにあったのか、ほう」

と驚く様を見ると途端に躰中《からだじゅう》がふわふわするほど嬉しくなり、

「また貯《た》めちょいてやるきにね、お父っちゃん」

と自分も欠けた歯を見せて満足げににっこりする。

父親の伝吉は、子供たちのなかで一番阿呆《あほう》、と決め込んでいた民江が案外な親思いだと知ったからにはたちまちつけ上り、五十銭銀貨が貯まる頃合いを見はからってはたびたび酒手をせびりにやって来る。子供には子供なりの世界があって、松崎の子供たち五人が一決してあみだをやろうと云う日もあれば、揃《そろ》って着せ替え人形を買って遊ぼうと云う日もあり、それなりの付合いに小遣いは必要なのに、民江が父親に銀貨を一枚でも多く渡そうと思えば、一人だけその付合いから外れなければならなくなる。五人の子の五銭の使いようはさまざまで、この家の悦子が貯金など決してしないのは、いつでもまた母親にねだる事が出来るためであったが、貞子の見境いもなし買い食いする癖や、割合上手に廻して後へ残るものを買う澄子、貯めるわりには金が目に見えない妙子のなかで、民江だけはけち、握り、六知らず、と云われ乍ら一途《いちず》に擬宝珠《ぎぼし》の貯金箱を重くして行くのも、父親に小遣い渡してやりたさなのであった。

それだけに、この大切な虎《とら》の子の金を貞子に盗まれそうになったときの民江の怒りようと来たら、とうとうお父さんまで仲裁に入るほどの騒ぎになり、やっと納まったあとでも民江は貞子をのちのちまでずっと嫌い通した。その晩は近所の秋葉様の夏祭りで子供たちは特別に二十銭ずつ貰い、夕方から出たり入ったりして楽しんでいたが、日頃から金にだらしない貞子はすぐ二十銭を使って了ってもっとあとが欲しかったものとみえ、民江が戻ったとき、二階の箪笥《たんす》に入れてある民江の貯金箱を貞子は目より高く上げ、ヘヤピンでなかの五銭玉を掻《か》き出しているところだったと云う。途端に民江は怒りで目が見えなくなり、貞子に飛び掛かったが、皆で寄って集《たか》ってやっと二人を引き分けても民江は幾度でも貞子に武者振りついてやめなかったのは、金を盗《と》られては自分よりもお父っちゃんが可哀想《かわいそう》、と云う激しい気持でもあったろうか。

貞子は松崎に来たときから鉤《かぎ》の手の癖があると云われていたが、お父さんもこんな評判は立てたくなく、

「丑年《うしどし》でも民江のは闘牛じゃ。子年《ねどし》の貞子とは生れつき相性が悪いのかも知れん」

と苦笑いし乍ら箪笥の引出しにそれぞれ錠前を作ってやってけりをつけた。

民江にとって、誰からも折檻《せっかん》されず飢《ひも》じくもなく、したいように暮して小遣いの貰える松崎の暮しはこの上もなく楽だったが、それでも年月経《た》って澄子、貞子、と順番に芸妓姿に変ってゆくのを見ていれば、自分の将来の運命もほぼ呑《の》み込めて来る。同

じ丑年でもこちらの牛には角がない、と云われる妙子が上に倣《なら》って早くから舞三味線の稽古に励み、どんどん手を上げてゆくのを見て、それに自分もやっと関わっているのを自覚したのは小学六年も三学期に入ってのちの事であった。もっともそれまでには、ときどき現れる父親から、

「お前、何故稽古に行かん？　そんな気儘《きまま》が通ると思うておるか」

とげんこつを見舞われ、そのたび、

「うち稽古は嫌いやもの、あんなめんどくさいもん」

と聞き流していたものが、稽古と金とが繋がり金と父親との関係が呆《ぼ》んやりと目に見えて来れば、渋々乍らでもお師匠《つしゃ》んの許《もと》へ通う他なくなり、妙子の後についてやっと稽古を始めれば、余りの難しさに斑気《むらき》の病いが忽《たちま》ち起り、何も彼《か》も放り出して走り出て行きたくなる。師匠筋に云わせれば、誰もきつい折檻なくして手は上らないが、この子のように甘やかし放題では今さらそれも叶わぬ、と嘆き、人が五日に一つ、七日に一つの調子で上げてゆく端唄《はうた》の類《たぐい》を、民江の場合は師匠もつくづくうんざり顔で一カ月一つがやっとなのであった。

子方屋の手筈では、小学校卒業と同時に、座敷にちゃんと出せるよう仕込みっ子は出来上っていなければならないが、他の三人はまあ半玉《はんぎょく》どころで順調に送り出したも

のの、民江の様子はまだまだ人前に出すには程遠く、松崎ではそれに就《つい》て目を長くするつもりでいても、親の方はもうたまさかの五十銭銀貨では保《も》ちこたえられなくなっている。この子を座敷に出すとしたら、と松崎では考えあぐね、斜視は仕方ないとしても前歯は是が非でも入れさせなければならず、これは二年前一度歯医者に連れて行ったところ機械を見ただけで怯《おび》え、梃子《てこ》でも動かなかったと云う厄介な実績があり、それにこの子の大食い、立居の荒っぽさは品格をやかましく云う芸妓にはどうも向かないと考えれば、娼妓《しょうぎ》にはまだまだ年が足りず、あと幾年かを遊ばせなければならなくなる。

伝吉は姉の初子を小学四年でやめさせ、口つきの年五円と云う、捨て子同然の値で女中奉公に出しており、それも金欲しさに前借り前借りで幾年先までも金縛りになっていれば、何と云っても水商売のほうが金は動く故《ゆえ》に、民江の方へ集中して無心にやって来る。既に、相撲好きの松崎につけ込んでこの三年半にちびちびと理由をつけて借り出してもいて、その上民江を遊ばせるのは一家心中せよと云う事になる、と伝吉が哀願すればお父さんもいたし方なく、心易《やす》い山海楼の楼主に民江を引取って貰う手立てとなった。

父親の説得で何とか前歯は入れても、糠袋《ぬかぶくろ》のひとつ使った事のない肌はざらざらで

真っ黒、それに猪首《いくび》怒り肩、斜視の表情には愛らしさもなく、これには山海楼の楼主も、

「松崎さん、子供をきつく躾《しつ》けるのも却《かえ》って情あるやり方かも知れませんよ」

と皮肉のひとつも云い、お父さんは民江の頭の低さを庇って、

「瓦《かわら》を玉にしようとしても、それは無理ではありますまいか」

などと返してはみたものの、芸も器量も取り柄がなければ、〝見どころとてなし韮《にら》の花〟などと云われても仕方ないのであった。

楼主の云い分は、芸妓に何も頭は必要ではないし小利巧なのは却って困るが、欲しいのは従順さだと云い、民江はそれを、お父さんからも父親からも今度ばかりはしっかりと叩《たた》き込まれて山海楼に抱えられ、暫《しばら》くのあいだ化粧、挨拶《あいさつ》の見習いののち、せめて客に酌なりと、と姐《ねえ》さん芸妓のあとについて座敷に出たところ、始終酒はこぼす、盃《さかずき》は取り落すで忽ち客からも仲居からも苦情の出る始末であった。毎晩厚塗りの化粧をし、借りた衣裳をつけて芸妓部屋に坐《すわ》っていても一向に口はかからず、見兼ねた楼主がそんなにお茶挽《ひ》くばかりなら、儂《わし》を相手に酌の練習でもするがええ、と云い出し、それからは徳利の持ちかた、酒のつぎかた、お辞儀の仕方、言葉づかいと、楼主の居間でひとつひとつ手を取って教えて貰う。

民江の久千代は、山海楼の百人を越す芸妓のなかに我が身を置いてみれば、松崎のような気儘はもう通らない事が次第に判《わか》り、それにここが男の夜の伽《とぎ》をしなければならぬ勤めであるのも何となく呑み込めて来て、自分乍らあのもう嫌っ！　という短気の虫も或《あ》る程度は抑えつけられるようになった。山海楼も商売なら、この子の躰で幾ばくかの収益を上げない訳に行かず、芸も客扱いも下手ならあとは体格のいいのを頼みに、早くから客を取らせる段取りとなる。尤《もっと》も、民江を金蔓《かねづる》と考えている伝吉も、この子が躰で稼ぎ出す日を一日でも早くと始終松崎にせっついており、松崎に居るときからもう月のものを見たのを頼みに、あとはもの好きな客を捜す段取りなのであった。

規則で云えば民江のこの年で客取りは違反なのだが、こう云う世界にはいかもの食いの人間も結構居て、まだ実の入らぬ月のものもない十二、三の舞妓《まいこ》や、民江のような斜視などの風変りな妓の最初の客となるのを一種の趣味としているような客もある。金物屋の隠居だと云うその老人との寝床に因果を含められたとき、民江は別に嫌がりもせず承諾したが、男の手が躰に触れたとき、やはり緊張のためあの桶《おけ》の頭を父親の拳《こぶし》で叩かれている錯覚が突然襲って来て、思わず、

「お父っちゃん、もう許して」

と大声で喚き、相手の躰に力いっぱい縋《すが》りついたのを民江は憶《おぼ》えている。

金物屋の隠居は、一見図太そうな、生娘の風情《ふぜい》も見えぬ民江の様子に大いに不満だったと見え、

「あの妓は儂《わし》が初めてじゃない。騙《だま》しよって」

と帳場へ文句を云《い》い、特別祝儀《しゅうぎ》の割引を迫ったと云う。民江はそう云う事は知らず、この晩を思い出すとき必ず父親の濡《ぬ》れた岩肌の汗の匂《にお》いを嗅《か》いだような気になり、ふと羞恥心《しゅうちしん》があって、また客を取らされるならあのひとがええ、とひそかに思っていたのは、父親と金物屋の隠居をいつの間にか重ね合わせていたためであろう。が、隠居は民江に裏を返さず、民江はそのあと、口が掛かればときどき他の客の相手を勤めているうち、かねてからの父親の差し金通り、遠い大陸へ仕替えする話になった。後から思えば、伝吉は大金の動く満州へ最初から民江を売ろうと目論《もくろ》んでいたふしがあり、それには、松崎で他の子が五年年季、三百円のところを民江は二百円と云う、商品価値の低さを少しでも高めるためにはこの世界で磨かなくてはならず、その上、充分客の取れる躰であるのを確かめる為《ため》にも、山海楼に一年間修業させたものとも考えられる。

松崎のお父さんの手で、満州は大連の「大斗」方へ仕替えが決まったのは民江十五

歳の三月で、契約は芸妓《げいぎ》年季五年、千三百円だったが、これだけの腕ではまだ芸妓鑑札も心許ないとして今後の芸仕込み料百円を引き残し、実質千二百円の金のなかから山海楼その他の借金を支払って伝吉には五百円ほどの金が手渡された。民江は満州も大連も何も判らなかったが、話がほぼ決まった頃の一日、山海楼の裏木戸へ突然藪入《やぶい》りで戻った姉初子と、目を患《わずら》っている母親とふたりしてこっそり会いにやって来てからは、自分がずい分遠くへ行かされるものだな、と初めて不安が起上った。

民江よりは躰の小さい顔色の悪い姉と、眼病の為に真赤な目をしばたたいていた母親との姿が、どう云う訳か此処《ここ》だけ陽が射《さ》したように民江の記憶にはっきりと泛《うか》び上って灼《や》きついているのは、逆に、自分がこんなにしおたれた身内の者にわざわざ会いに来て貰《もら》うほど哀れな身の上か、と思ったためで、あのときは別れの悲しさよりも、裏木戸の脇《わき》で立ち話している自分たち三人を眺めて通る仲居や庭番の目が嫌でたまらなかったのを思い出す。初子はこのときさめざめと泣き、弟二人も大阪へ丁稚《でっち》奉公にやられた由《よし》民江は聞かされたが、往《い》き来など思いも及ばず、心細さがしんしんと胸の底に積って行っただけであった。

このとき澄子はもう新京一力楼に、貞子妙子は共に山海楼に出ていたが、誰も流れの身の上の事で再会など約束出来ず、民江は四月はじめの出発を前にして三月半ばには自分の意志で松崎の家に戻った。ほんとうならもう松崎とは縁も切れているし、滞在すればその間の食費くらいは払わねばならぬ義理はおおよそ判ってはいたが、民江はこのときばかりは父親に対し拗《す》ね返っていて、あの八流の家には戻りたくなかった。松崎では、もう内地とも暫くの別れだから好きなように遊んでおくがええ、と小遣いまでくれて迎えてくれたが、悪い事に、お母さんは悦子の女学校入学試験を間近に控え、もうべったりと詰めっ切りで悦子の世話に掛かっているところなのであった。

昔から約《つま》しい癖がついていれば民江は貰った一円札を使う気にもなれず、薪小屋の隅に転がっていたボールを見つけて、

「おーい悦ちゃん、ドッジボールしようや」

と二階へ声を掛けると、悦子の、

「うん、今下りて行く」

の返事に重なってお母さんの、

「悦子、そんな事では試験に通らんよ」

と窘《たしな》める言葉も聞え、それを聞くと何となく悲しく腹立たしくなって来て無闇《むやみ》に椿《つばき》の葉っぱを毟《むし》ったりする。

この家に来たばかりのとき、八流の浜で貝の殻を割って食べたような気軽さでこの

肉厚の花びらをむしゃむしゃと食べたところ、女中たちも一緒になって、

「まあ浜の子はやっぱり違う。ターザンみたいや」

と皆してわあわあ笑った事や、民江の動作が荒っぽいからと云う理由で、悦子にはいい着物を着せても民江には銘仙程度しか着せて貰えなかった記憶や、悦子が両親に挟まれて西洋菓子など美味《おい》しそうに食べている脇で、何故《なぜ》か民江は台所の片付けなどしていた情景などチラチラ目の前を通り、それはまもなく見も知らぬ土地へ一人だけやられる心許なさへ突き刺さって来る。皆と一緒に暮した頃にはこんな分け隔てなど感じた事もなかったのに、他の三人が抜けて悦子と二人だけで向き合ってみれば、その身の上の余りの違いが急に目に見えて来ると云うものだろうか。

　民江は滞在中ときどき悦子の部屋に入り、毎日お母さんが丹念に削ってやっている悦子の鉛筆の芯《しん》を折ってみたり、千代紙箱を混ぜ返してみたり、壁に掛かっている新しいハーフコートのポケットの底を破いてみたり、思いつくままに腹立ち紛れのいたずらをしてみたが、迫っている入試のせいか悦子はちっとも気付かず、民江の気鬱《きうつ》は散らす術《すべ》もみつからないなりに内側で少しずつ発酵して行くようであった。

　悦子は今四十年の昔を振返ってみると、四人の仕込みっ子のなかでは民江と一番濃

く関わっただけに、その頃から何か云い難い哀れと切なさが自分の胸に在った事に気付く。この子と巧《うま》く気の合っているときには年子の姉妹のようにいとしく思えても、一旦《いったん》行き違えばうとましくてならなかったのを確かに思い出す。人並みの頭ではない故に苛《いじ》めてはならぬ、と云う子供心の制御も辛《つら》く、そのくせ現実には派手な喧嘩《けんか》をしてはあとで大罪を犯したように、悦子自身も泣いたものであった。悦子が成長するにつれ、欠陥の多い民江を含めて四人の仕込みっ子と一緒に住み、一緒に育った自分の境遇をまわりに隠したい思いが募ってゆくばかりだったが、その始まりはこの女学校入試の辺りからだったように思える。女学校と云う、新しい環境にまっすぐ目が向けられていれば、普段着でいても明らかに芸妓と判る家の仕込みっ子たちとはもうあまり関わりたくなく、それでいて、そういうふうに彼女たちを見捨てようとする自分を責める思いもまた全くないとは云えなかった。悦子がこの民江のちょっとした事件を全然思い出さないのも、人の事どころではない入試の時期だった関係もあったろうし、大連行きの話は、民江を桟橋まで送って行ったはっきりとした記憶があるのも、こういうないまぜの思いにあった頃の証《あか》しなのであろう。

三月二十三日の悦子の入学試験のその朝、お母さんはまるで腫物《はれもの》に触るように悦子を扱い、熱い御飯と味噌汁《みそしる》は自分の口でふうふう吹いて食べさせ、神棚には灯明を上げてからハイヤーを呼び、悦子を先頭にお母さんと女中一人、それに勇太郎まで付添って出掛けて行ったが、その様子を二階から見ていた民江はしきりと八流のあの藁《わら》小屋の、粥《かゆ》の出来上るのを待ち兼ねて姉弟《きょうだい》四人、口の焼けるのも構わず我勝ちに掻《か》き込んだ貧しい飯どきの情景が目に泛び、そのうち、頭の頂上で何かが弾《はじ》けた感じがあってわーっ、と叫びながら立上り、どどどど、と階段を駈《か》け下りた。

さっき悦子の車を門まで見送ったお父さんは茶の間に戻って新聞を読んでいたが、物音に振向くと民江が斜視の目をぎらぎらさせ乍《なが》ら、

「お父さん、うちもう止《や》めた、止めた、止めたあ。一切止めたあ」

と犬のように吠《ほ》え、酔っぱらいの身振りで両手を宙に振廻している。

「こらっ民江、何を暴れよるか」

と男の力で難なく押さえて長火鉢の前に坐らせたものの、民江は興奮し切って猫板を叩き叩き、

「もう嫌、何も彼も嫌、どこへも行かん。お父さん、行かんと云うたらうち、どうしても行かんきにね」

と繰返すばかり。もともと言葉の不完全な子だがこれは大連行き取止め、とお父さんにも判り、暫く宥《なだ》め賺《すか》してはみたもののこの子の病気には父親が何よりの薬とみて、

すぐに女中に電報を打たせにやった。

これが常なら「民江の癖がまた始まった」くらいで放っておけるが、大連仕替えの契約も立金《たてきん》ももうすっかり済んだ後の事で、狂犬病のこの子が飛んだ事件を引き起せば、松崎は大斗に対し責めを負わなければならなくなる。内地の仕替えと違って遠い満州までの移動に就ては、心細さからときどき違約の憂《う》き目《め》にも会う松崎ではとても大事を取り、翌日八流からやって来た伝吉にお父さんは、この子が腹の底から大連行きを納得するようよくよく説得を頼み込む。

民江は逆上《のぼせ》が去ったあと、石のようなだんまりに取り憑《つ》かれ、二階の一室に閉じ籠《こも》って飯も食わず水も飲まず、

「民江、何と云う横着な事を吐《ぬ》かす」

と云う伝吉の鉄拳《てっけん》も、今度ばかりは歯が立たない状態で、今はいたしかたなく民江の機嫌の日和《ひより》待《ま》ちして伝吉もその儘《まま》、松崎に泊り込む事になった。

夜、父娘《おやこ》枕《まくら》を並べて寝ていると、子供たちをつぎつぎに金に換えては己の飲みしろに消している海竜山にもふと悔悟の情が芽生え、大男の目に光るものを見せて、

「のう民江、今更大連行きを取止めるじゃと云う事が出来ると思うておるか。そんな事したらお父《と》っちゃんは首縊《くびく》らんならん。銭はもう使うて了《しも》うて一銭も残ってはおら

んきに」

　と哀れを訴え、

「これからはお父っちゃんも真面目《まじめ》に働いて、お前を早う連れ戻すよう頑張ってみよう、のう」

　と決心を語るのを、民江は薄目を明けて眺めているうち、胸のしこりが少しずつ解けて無くなって行くのを感じているのであった。

　もともとこの爆発は、大連行きの不安に悦子への嫉《ねた》ましさが口火をつけたものだけに、父親からは気永く機嫌を取られ、三日三晩と云う、あの初めて一緒に電車に乗って以来、ずい分長い時間そばについていて貰えば、心のなかもたっぷりと充《み》たされて来る。民江に取っては何と云っても父親ほどなつかしいものはなく、それに客を取って男を知ってみれば、一部屋に籠る父親の体臭も、小犬のように鼻をつけて甘えてみたいものがあった。どんなに暴れても今更もう八流の家に帰れる身分でもないのは民江にもよく判っているだけに、爆発の炎が納まれば意外にけろりとして髪など結い、トランクも買って出発の準備に取り掛かる。

　四月一日、民江は松崎のお父さんに連れられて機嫌よく高知港から発《た》って行ったが、神戸まで迎えに来ていた大斗楼主、隅田清一郎に始めて挨拶したとき、これはまるで蛸入道《たこにゅうどう》のようだと思った。

民江が高知で接して来た男たちには一つ共通のものがあって、怒鳴っても笑っても いつも腹のなかが見えている安心感があったのに、この大斗のお父さんは荒い声も立てず大口で笑いもせず、禿《は》げた頭をてらてらさせて要らぬ口は叩かずじいっと相手を窺《うかが》っているようなふしがある。民江はそのもの静かな応対を見て、途端に、何や、女みたいなおっさんや、と内心見縊《みくび》って了ったのは、これなら男のくせに腕力もあるとは見えぬ故《ゆえ》、少々我儘云って暴れてもかまいはすまい、と民江なりのずるい計算があった。民江は父親のような大男や、声の太い山海楼楼主や、松崎のお父さんのように情の濃い男には青菜に塩のように従順になるけれど、この反対の型の男にはすぐに抗《あらが》いたくなり、横柄になるのは、元来五尺四寸と云う大女の体力を頼みにしている為だったろうか。

松崎のお父さんは、肩を聳《そび》やかしつんつんした態度で大斗楼主に接している民江の様子が気になったのか、大連通いの熱河丸《ねっかまる》が出帆する間際《まぎわ》まで、

「何度も繰返すが、向うではうちに居《お》ったときのような訳にはいかん事をくれぐれも覚えておくように」

と云い聞かせたが、民江はふんふんと聞き流し、あの滑稽《こっけい》な蛸坊主《ぼうず》に何の気兼ねが

要るもんか、と既にたかをくくっているのであった。

大斗楼主は、民江の他にもう一人年増《としま》の妓と、他に新京へ行くという知合いの中年婦人を連れていて、皆入れ込みの船室に並んで横になっていたが、民江は気が向かない限り誰とも話をせず、丸い船窓にぶつかる波をずっと眺め続けていた。熱河丸は下関で長い間碇泊《ていはく》したあといよいよ外海に出、玄界灘《げんかいなだ》を横切るときには船窓の波が大揺れのシーソーのように左右に傾き、それを寝乍ら見ている民江の躰《からだ》も天空高く持上げられたかと思えば、後頭部からぐーっと底なし沼に陥《お》ち込んでゆくような感じがある。

波を見て思うのはやはり八流の浜と父親の事だけれど、ここではエンジンの音がずっと枕に響き、それにペンキの臭《にお》いが鼻について、あの南風《はえ》の吹き渡る海辺の快さとは較《くら》ぶべくもない。旅馴《な》れている大斗のお父さんは船中按摩《あんま》を取ったり風呂《ふろ》に入ったり、或《あるい》は理髪もしたりゆったりと楽しんでいたが、民江は起上れば眩暈《めまい》がひどくなる故に食事も摂《と》らず横になった儘でいる。四月三日午前十一時半下関を出航した熱河丸は東シナ海をおよそ二昼夜走り続け、五日午前七時半、東洋一と云《い》われる大連埠頭《ふとう》に着いたのであった。

海の上に夜がすっかり明け放たれると、長い船旅に倦《う》んだ人々はもう下船の用意を済ませて上甲板へ登り、次第に近付いて来る港口左右の燈台《とうだい》を互いに犇《ひし》めき合うようにして眺めていたが、大連の町に何の関心も持たない民江は不貞腐《ふてくさ》れ、とも見える姿でまだ船室に横たわった儘でいる。心はなお高知に残っていて、桟橋を発つとき五色のテープを引き合った悦子や勇太郎の顔が生々しく瞼《まぶた》にあり、また記憶はふいと飛んで、あの狭い八流の板小屋の中に姉弟溢《あふ》れ、一枚の蒲団《ふとん》に前差し後差し撞木《しゅもく》差しに寝た情景もしきりに思いに絡《まと》わって来る。父親に涙を見せられ仕方なしに大連行きを承知したものの、船室に寝て枕に響くエンジンの音を長い長い時間聞いていると、そう云う情景だけは確かに遥々《はるばる》と遠ざかった感じはあっても、魂はやはりそこに居坐《いすわ》って一向に離れようともしないのであった。

熱河丸が漸《ようや》く着岸し、お父さんに声を掛けられて民江は渋々起上り、洗面所で束髪を結い直している顔を鏡で見れば、我乍ら何と云う不機嫌な膨れっ面《つら》、と判《わか》るものの、これまでの道中ですっかり見縊って了ったこのお父さんの前で、何も殊更《ことさら》に取繕う事もあるまいと居直った態《てい》でいる。のろのろと身繕いしてようやく甲板に上ったとき、きゅうっと肌を刺す風の冷たさに民江は思わず「ひゃあっ」と声を出して縮み上り、

「高知はとうに花見も済んで了《しも》うたのに」

と大いに不服に思った。

朝の七時という時刻もあったろうが、四月初めではまだ雪も残る、満州の寒さを誰

も民江に話してはくれなかったから、羽織も脱ぎたくなる土佐の陽気のなかからやって来た民江は面喰らい、風呂敷包みに手を突っ込んで慌《あわ》ててショールを引っ張り出した。見ればお父さんはもう毛皮のついたオーバーと帽子を被《かぶ》り、それに満州は二度目だと云う同行の年増の妓《ぎ》もちゃんと吾妻コートを着ているのであった。万事もの静かなお父さんは呟《つぶや》くような小声で皆を案内し、税関を通ったあと、電車に乗ると云う道連れの年配者とは埠頭ビルディングの前で別れ、ここから大斗楼の三人は自動車に乗った。

ガソリンの匂《にお》いの嫌いな民江は窓を明けて貰《もら》い、最初はさして興味もなく沿道の景に目を投げていたが、そのうち次第に身を乗り出して眺めるようになり、遂《つい》には窓枠に手を掛けてまで血眼で捜しているのは、見慣れた日本の家、日本の景色なのであった。船から下りたとき、港に立ち並ぶ高いビルディングを見て固い箱に頭をぶっつけたような感じを持ったが、これは乗船のときの神戸の揚屋でもそうだったから自分で自分を宥《なだ》めていたのに、ここでは走れども走れどもコンクリートの箱、煉瓦《れんが》の箱ばかり、木の家というのは一軒だって見つからぬ。それに家だけでなく人までも異様なシナ服に異様な帽子を被り、町には自動車の他に昔の人力車に似た洋車《ヤンチョ》が行き交うのを見て、民江の胸のうちで黒い不安はじわじわと拡《ひろ》がるばかり、ここは外国やんか、日本と違うやんか、と不服も募る。昔松崎の頃、皆とよく行った鳳館《おおとりかん》の活動に、女の子が悪漢に攫《さら》われる、これとよく似たシーンがあったのを思い泛《うか》べ、幸い手足を縛られてはいないのだから飛び下りたらよい、などと考え、そのくせ飛び下りても逃げる先がない、とまた考え直したりし乍らやっぱり自動車に揺られ続けている。

そのうち車は電車と並行して走るようになり、鬱蒼《うっそう》と茂った中央公園の濃い緑を左に見て春日《かすが》町の停留所まで来るとお父さんは車を止め、先に立って歩き出した。道はこの電停脇《わき》の交番からなだらかな坂になっていて、やはりいずれも赤煉瓦の建物がそれに沿って上っているが、名も逢坂《おうさか》町と聞くとおり何となくなまめき、ここが大連南山麓《さんろく》の花街の一廓《いっかく》である事が判る。お父さんはその取りつきの三階建ての家に吸い込まれるようにして入る直前、二人を振返り、

「ここが大斗楼だ。さあ」

と促すように手を振った。

こちらに着くなり先《ま》ず気候の激変に縮み上り、続いて木の家も見えぬ町の姿におぼつかなさを募らせていた民江は、お父さんに続いて色絵ガラスの扉が片方だけ開かれた玄関に踏み込んだ途端、

「あっ、これはいかん」

と思い、一瞬、騙《だま》されたと思った。

朝の事なら打水もなく乾き切った大斗の玄関は、民江が見馴れた数寄屋《すきや》ふうの山海楼のようなものではないのは判っていたが、これはまた、土間の両側の壁にずらりと盛装の女の写真が掛け並べてある。民江は山海楼にいたとき、姉芸妓たちが一種の蔑《さげす》みを込めて「新地の娼妓《しょうぎ》」と云っていたのを幾度となく聞いており、その新地とは高知に上と下ふたつあって、どの家もこういうふうに写真を飾って顔見世しては女たちがたやすく躰を売っているのを、誰に教えられたかそれとも自分で見たのか、いつ頃からかもう知っているのであった。

大連がこんな異郷であるのを考えてもいなかった民江には、それだけでさえ胴震いの来る不安なのに、その上勤めまで新地の娼妓同然とは、

「誰がうちを騙した？　裏切った？」

と腹立たしさ限りなく、嫌や、こんなところで働くのは絶対嫌や、と頑固の虫は途端に頭を擡《もた》げ、心の扉をぴしゃりと閉めて了った。新参者のくせに口もきかず、きつい顔の儘の民江を見てもお父さんは気にも止めないふうで二人を連れ廻し、先ず奥の、一見して玄人《くろうと》上りと知れる眉《まゆ》の濃いお母さん、お母さんの遠縁に当るという帳場さん、仲居頭のお蔦《つた》さんなどに引合わせ、早速民江を久丸、もう一人をあやめ、と源氏名も

決め、

「船旅は躰が楽だから、二人ともご苦労だけど今夜から店に出て貰いましょうか。部屋は当分階下《した》の芸妓部屋を使って貰って、今日はま、夕方まで其処《そこ》で休んで下さい」

と、帳場の隣の、お茶挽《ひ》いた妓が五、六人寝ている大部屋へ二人を連れて行った。

部屋の内部は畳を敷いてあり、此処《ここ》は鏡台、簞笥《たんす》などずらりと並んで山海楼の芸妓部屋とさして変らないが、仔細《しさい》に見れば二重窓の毒々しい色ガラスや房のついた赤いランタンや、衣桁《いこう》に掛けてある緞子《どんす》のシナ服などやはり内地とは違った雰囲気があり、ふと聞き耳を立てると外のもの売りの声も、「マント、マントウ」や、「ロッシャパーン、ロッシャパーン」の、聞き慣れぬ言葉を伝えて来る。

民江は気が立っている儘横にもならず窓際に坐ったきり胸のなかで、

「あの蛸坊主、誰が云う事なんぞ聞くものか」

と思い、その思いはどこまでも捩《よじ》れた挙句、こんな淫売宿《いんばいやど》みたいなところへ連れて来られたのはあの蛸坊主に騙されたせい、と思うようになり、一旦《いったん》思い込めば引返しようもないほど固いものとなっている。もともと、強い者にはやむなく屈伏するものの、相手が弱いと見ればすぐ足許《あしもと》を見勝ちな民江の気質はこれも父親譲りかも知れないが、そう思い込んだ裏には、民江の態度を柳に風と受け流しているお父さんの、一見頼りなげなふうが働いている筈《はず》であった。

その夜は早くから客が立てこみ、賑《にぎ》やかに灯も入って、抱え妓たちは揃《そろ》って鏡台に向っているなかで、民江は仲居の指図に振向きもせず窓を向いて坐り続け、とうとうお蔦さんが声を荒げて、

「久丸さん、あんた頭はもうそれで仕方ないけど早いとこ顔を作って衣裳着て頂戴《ちょうだい》。今晩初店《はつみせ》だと触れ込んであるんだから、お客さんもうお待ち兼ねだよ」

と迫ったとき、民江は頭のなかがまたパッと弾《はじ》けた感じがあり、突然立上って廊下に出た。

何か一つ事を考え詰めるときの、糸の縺《もつ》れたような面倒臭さから逃げ出したく、それに父親の汗の匂いが甘く自分を誘って来るような気がし、廊下の隅の赤い敷物を敷いた階段をふらふらと上って行った。上ったところは客相手の小部屋らしく、ところどころドアの中から嬌声《きょうせい》が洩《も》れていたが、民江はまた階段をゆっくりと上り、上り詰めた廊下の隅に目をやって一瞬ぎょっとした。目を凝らすとそれは行き詰めの壁に掛けてある大鏡で、この三階のこちら側は日頃使ってないのか灯りもない儘《まま》、それでもどこからか射《さ》して来る薄明りのなかに暗い鏡は不気味に底光りしているのであった。

民江は思わず走り寄り、明りに透かして父親似という自分の顔をじっと瞠《みつ》めてみたが、

いま、すぐにでも会いたいと思う父親の顔は其処には現れなかった。民江は力を落し、ふと傍のドアを明けるとそこは蒲団部屋になっているのを見て急に寒さを覚え、毛布を引きずりおろして身に纏《まと》いじっと部屋の隅に蹲《しゃが》み込んだ。

いつのまにか民江はその儘で眠って了っていたものと見え、夢のなかで八流の浜に繋《つな》がれた、まどろむにほどよい小舟の揺れのなかに身を任せていて、どこからか遍路の鈴の音も聞えて来る。後免—安芸間の電車道に沿った往還は、四国八十八カ所を巡る遍路たちの通り道でもあったから、民江たちはときどき、遍路が一休みしたあと置き忘れていった杖や鈴などを浜の墓場で見つけては、自分の大事な所有物としたものであった。八十八カ所でなくても、七カ所参りは陽もうららかな春を待って賑わったから、ときも四月なら民江がまだ心を置いてある故郷の風物は、夢のなかにもまことに鮮やかな輪廓で泛び上って来る。

そのうち民江はふと肩を叩《たた》かれて目覚め、見ればお蔦さんが怖い顔をして立っており、

「あんた、来る早々何という事を。階下では大騒ぎだったんだよ。さ、早く下りて来て支度おし」

と勧めたが、民江はまだ夢の続きにいるような気がし、目をとろんとさせた儘、ま

た毛布を頭から被って寝て了った。民江はのちにこのときの云い訳をして、

「ちょっとかくれんぼしてみたかっただけや」

と云い、皆に〝やっぱり頭が八分目〟とずい分笑われたが、その気持に嘘《うそ》はなく、自分を騙した蛸坊主《たこぼうず》の前から姿を消して一泡吹かせてやろうと頭の隅で思っていたのは確かであった。その晩お蔦さんは忙しい合い間を縫って威《おど》しもし、賺《すか》しもしに三、四回も上って来ただろうか。並の子ならすぐに効き目のある折檻《せっかん》という言葉も、父親の鉄拳《てっけん》で鍛えられた民江には少しも通じず、相変らず無言の儘、お蔦さんが執拗《しつこ》く云えば云うだけ斜視の目で睨《にら》みつけるばかり、

「何というしぶとい子！　こんな子見た事がないよ。覚えているがいいさ、きっと凄《すご》い事になるから」

の捨て科白《ぜりふ》を残してお蔦さんはその夜の説得は諦《あきら》めたらしかった。

民江は、この赤い煉瓦の箱のなかのその夜のさまざまなもの音を、潮の満干のように夢にうつつに聞き乍《なが》ら黴臭《かびくさ》い蒲団部屋で眠ったが、小さな明り窓に朝陽が射して来て目が覚めたとき、昨夜から何も食べずにここに入っている事に気が付いた。食べ盛りの民江の胃袋は空っぽになっていたがあまり心配もしておらず、階下へ下りて茶漬けでも掻《か》き込みまたここへ戻って来ようなどと考えて大きなのびをしたとき、足音も

立てずに不意にお父さんが部屋に現れ、枕許《まくらもと》に坐った。お父さんは暫《しばら》く無言で民江を眺めていて、やがて低い声でゆっくりと、

「久丸、ここはね、満州だよ。高知とは違う。お前の味方は誰一人ありゃしない。いいかね、お前の躰《からだ》には大枚千八百円の金が掛かっている。これに利子をつけ耳を揃えて返して貰わない限り、お前を生かそうと殺そうとこれは儂《わし》の勝手だ。お前がどうしても働かないと云うなら、ここで飢え死にして貰おう。お前が息絶えて、死体が腐ろうと蛆《うじ》が湧《わ》こうと誰一人ここへは来やしない。ま、白骨になった頃には、骨だけは拾ってやるがね」

お父さんはその言葉を力みもせず抑揚もつけずまるで呟くような調子で云って了うと、褞袍《どてら》の懐《ふところ》からゆっくりと鍵《かぎ》の束を取出し、殊更に民江にそれを見せるように振り廻し乍ら部屋の外に出、高い音を立てて鍵を下して了った。

民江は毛布を被った儘、迫力のないお父さんの言葉を、

「ふん、女みたいな蛸坊主」

と思い乍ら聞き流していたが、冷たい錠の音がしんとした廊下に響いた途端、何か肝がきゅっと縮まるような感じを持った。生れてこのかた、鍵の掛かる部屋など民江は見た事も聞いた事もなかっただけに、今の言葉の意味の恐しさはすぐに通じなかっ

たが、この金属音の人間を拒むような音には瞬間とても不吉な予感があった。民江は跳ね起きてドアのノブに飛びついたところ、それはもう頭の芯《しん》に響くような音を立てて空廻りするばかり、がっしりと厚く古びたドアは揺ぎはおろかもはや一筋の風さえ入れようとはしないのであった。

この薄暗い蒲団《ふとん》部屋から出る事がならず、助けにもやって来ないとなると、さっきは鼻で笑っていたお父さんの言葉がひとつひとつ、まわりの壁のなかから湧き上るように民江の耳に聞えて来る。飢え死に、蛆の湧いた死体、白骨、と呼び戻せば、現在空《す》き腹を抱えているだけにそれらは生々しく真に迫り、意気地なしと見ていた蛸坊主の顔はまたとない恐しさで民江の前に膨れ上って来る。蛸坊主に殺される！　と思えば不貞腐《ふてくさ》れも意地も一瞬ハッと醒《さ》めて了《しま》い、

「此処で死にとうない」

と焦《あせ》り、

「何でもしますきに、お父さん許して！」

と恥も何もかなぐり捨てて助けを求めたくなる。

民江の、相手を軽く見て伸び切っていた胸はきゅんと縮まり、何はともあれ助かりたいと思えば一分一秒でも早くこの場所から出して貰いたく、躰中を波打たせ獣のよ

うに吠《ほ》え乍ら、

「開けてえ、開けてえ、出してえ」

と渾身《こんしん》の力を込めてドアを叩くのであった。

海山千年などと云《い》う、満州の渡り者の女を扱い馴《な》れている楼主たちは、手強《てごわ》いとみれば最初強く出るなり折檻するなりして先ず荒肝取っておく手を忘れないが、満州育ちの大斗楼主にとって、頭の薄いまだ十五の民江の反抗など、赤子の腕を捻《ひね》るよりもたやすい事であったろう。楼主が金の掛かっている妓《ぎ》を自ら殺すなどあり得る筈もないのに、鍵の音を聞いただけで飛び上り、早速全面的降参をして了った民江は、逆にのちのちずっとこの楼主に手首握られる恰好《かっこう》になった。

例えば、民江は年が足りなくて芸妓鑑札一枚しか持っていないのに、客の立て込んだ晩には娼妓として店へも出され、また前借金のうち芸仕込み料として百円引き残してあったのに、たまに習う三味線はちゃんとした師匠でなく、同じ大斗の器用で弾いている姐《ねえ》さん方に教わる仕組みになっている。が、民江は誰かに知恵をつけられない限りそういう絡繰《からくり》は全く判《わか》らず、荒肝取られたあとは酢の抜けたように従順になって、全くお父さんの云いつけ通り動くのであった。民江がのちに、この世界の表裏が少しずつ判るようになって振返ってみれば、未成年の接客行為が如何《いか》に危険なものであったか、それは月三回、この逢坂町の坂上にある花柳病院で行う検梅を受けられないばかりか、万一性病に罹《かか》ってもおいそれと治療の手蔓《てづる》がない為《ため》、病気を悪化させるばかりだった事でも判る。客は日本人の他に満州人も朝鮮人もまたロシア人も登楼していたから、貰《もら》う病気もさまざまありまた菌の威力も凄いという噂《うわさ》で、坂上の病院に入院してもなかなか出られない妓も多かった。外地で男相手の商売をしていて性病を貰わない妓はいないと云われるが、またそれだけに馴れるとさして驚きもせず、却《かえ》って入院中、食べて寝るだけの暮しを楽しむ者さえある。民江も大斗に居るあいだ幾度入院したか殆《ほとん》ど忘れて了っているほどだけれど、幸いにしてこの未成年期間に罹病《りびょう》しなかったのは運がよかった、とのちになって思った事であった。

様子が判って来れば、大斗楼は入口に写真こそ飾ってあるものの、最初民江が感じたような新地遊廓《ゆうかく》の娼妓ばかりの妓楼とは違い、お茶屋の形式も兼ねていて、殆どの妓が芸妓鑑札も持っていれば板場にはちゃんとした日本料理の板前もいる。客は玄関で一応写真を見るものの、これは若い頃のや修整美人が多いと判っている故《ゆえ》にせっかちには相方《あいかた》を決めず、先ず座敷に通って飲み食いし乍ら、次々挨拶《あいさつ》に出る妓を品定めし、お引けになってから相方の部屋に入る。三階建ての大斗楼のなかに、宴会用の広間二つを除いてこういう小部屋は五十近くあり、売れっ妓順にいい部屋を専用に貰っていて、その他は階下の芸妓部屋に雑居というかたちなのであった。

　年が足りてから民江はもうすっかり腰を落着け、ちゃんと人並みに夕方が来れば風《ふ》呂《ろ》に入り顔も塗り、別に悶着《もんちゃく》も起さず貸して貰った衣裳を着て芸妓部屋に坐《すわ》り出番を待つ。仲居から声が掛かれば朋輩《ほうばい》たちと座敷に行き、「いらっしゃいませ」と顔見世してその場で決められれば帳場からちり紙を貰い、入口の名札の赤字を黒地に返してから客の待つ部屋に行く。時間の客が詰めかければ、長襦袢《ながじゅばん》で相手した躰ですぐ飛起き、急いで着物を着、帯を締めて次の顔見世をしなければならず、一晩のうちにいく度も着物を脱ぎ着する事もあった。

　あの蒲団部屋の威しはよくよく民江の骨身にこたえたものと見え、高知への未練も父親懐《なつか》しさも一気にふっ切れ、それを今はもうお父さんに置き替えて蛸坊主、の綽名《あだな》はなまって「たこーず」の愛称になり、いつとはなくお父さんも苦笑いしてそれを許している。抱え妓の調教が終れば手綱を長くするのも大斗楼の方針らしく、短気も起さず働いていれば月に三日の生理休みには自由に外出もさせてくれ、それにどうせは自分の借金になる事乍ら、そのときには二円の小遣いを手渡してさえくれる。

　朋輩同士生理日の合うのは滅多とないから、西広場の中央館太陽館などの活動写真を見に行くのは大抵一人だが、同期の桜のせいかあのあやめとは其《そ》の後何となく民江

はうまが合い、もとこの大連の美濃町検番にいて神戸からまた舞い戻ったという兵庫出身のあやめは、

「休みが貰えて、勝手に出歩いてもええ、と云うのが、これが外地のよさや。内地は窮屈で叶《かな》わん。籠《かご》の鳥やもの」

と云い、未《いま》だに大連の位置をよく知らない民江に、これも半端《はんぱ》な知識乍らあれこれ教えてくれたりする。

心をこちらに据え、住み馴れてみると東洋のパリと云われるだけあって大連もなかなかいい町で、緑も多く、外地とは云い乍ら殆ど日本に居る心地と変らなかった。この色街を流して来るもの売りも、あの第一日目に聞いた「饅頭《マントー》」「ロシアパン」の他に、ピーピー饅頭《まんじゆう》の「酒まん」もあれば懐しい「玄米パンのほやほや」もあり、電車に乗って商業区まで出れば内地のものでこちらにないものはなく、物価は少々高い乍らやぶそばまで食べられる。下働きの苦力《クーリー》は使っていても、大斗楼の暮しと云うのは、抱え妓たちが出身地からそれぞれ持ち寄った言葉、慣習が融け合っているだけに、民江の感じから云えば外地ではないけれども土佐でもなく、それに都会の便利さが加わった一種独特の住み心地なのであった。

ただ、自分は一所懸命働くつもりでいても、客あしらいのせいか斜視の関係かお茶

挽《ひ》く晩が多く、大斗に入って以来民江はまだ一度も一人部屋を貰った例《ため》しがない。営業成績が悪いと云う事はいい客にありつけず、いい客に当らなければいつまでも廻しの客を取って数でこなさなければならなくなる。こう云う遊び場所では、内地も外地もなくいい馴《な》染《じ》み客を作るのが一番で、馴染み客と見れば楼主のほうも一晩一人で他に強いず、従って躰も楽なら安定した稼ぎも上げられるのであった。民江の久丸にはその辺りの計算がまるで出来ない故に、いい客に巡り合っても世辞も云わず情も見せず、ぶっきらぼうな閨《ねや》の作法だったから客に一度懲《こ》りされ、仕方なし大蒜《にんにく》臭い満州人の一見客《いちげんきゃく》を相手にしなければならぬ夜も多かった。民江に癇癪《かんしゃく》の病いが起きるとしたらこの満州人の一見さんにお鉢の廻って来るときだったが、それも大半は言葉の通じぬ苛立《いらだ》ちからで、馴れて来れば日本の兵隊の横柄なのよりずっと心のやさしい事が判る。

民江が年も足り、毎晩店に出るようになると、父親は待ち兼ねていたようにまた無心の手紙を寄越し始め、そうなれば以前の松崎のときのように、民江は客に貰ったチップや月に一度の二円の小遣いを貯《た》め、封筒のなかに入れて送るようになった。八流の家ももう無料飯《ただめし》食いの子は一人も居《お》らず、伝吉はその力自慢を資本にこまめに拾い仕事でもすれば夫婦二人の口は難なく過せるのに、若い日に一旦《いったん》近郷に名を挙げ、なまじ勇みの世界に足を踏み入れたのが徒《あだ》となったのか、未だに博奕《ばくち》も料理屋通いもやまらぬらしかった。仮名ばかりの鉛筆の手紙には、昭和十六年の正月辺りから母親が寝ついた由《よし》をぽつぽつ書いて来るようになり、

「いしゃにみせよとてもかねなく、しあんしております」

と哀れを訴え、

「ろうしゅにおたのみして、一金十円也《なり》をおおくりくだされたく」

と続けざまにねだられれば、頼られている身の自覚から民江はその手紙をお父さんに見せて借金申し込む他なく、お父さんも、頭は薄い乍らもずる賢さのない民江を知ったからには、

「お前、今の稼ぎじゃ、年が明けても借金が残るくらいだけどねえ」

と云い乍らでも渋々応じ、一度その借金申し込みが成功すれば伝吉はまた、母親の病気をたてに二度三度、つけ上った申し込みをして来る。

勿論《もちろん》楼主のほうでも松崎に手紙を出して調べて貰うという手は打っており、確かに母親が病気ならいたしかたあるまいと云う態度だったのは、温情と云うよりも民江の若さ、体力を商品価値に見込んでの事であったろう。民江は忘れもせぬその年の六月七日、

〈ハハキトク」カエレルモノナラスグカエレ」チチ〉

の電報を受取り、帳場に駈《か》け込んで行ってお父さんに訴えたところ、丸一日松崎との電報のやり取りに待たされたあと、やっと許しが出、大連から神戸経由船賃片道二十三円に小遣いを入れて四十円の金が渡され、その夜一人で大連港を発《た》った。

営業地から一歩も外へ出てはならぬ、と本来法で定められてある居稼ぎの娼妓《しょうぎ》でも、親の死に目に就《つい》ては楼主の裁断がものを云い、またそれさえ許さぬ楼主は業界でも強欲者の名を取る故に大抵の場合はつけ馬をつけてでも一時帰宅が許される。往復に日数のかかる満州ではその妓の日頃の勤め振りを見てから決めただろうが、民江の場合はそれに加えて松崎の保証があった事で、早速にお父さんの決断が下りたに違いなかった。戻り道は子供でも迷わぬ、と云うけれど、人に道を聞く口さえあれば二年前の旅の逆戻りを民江は間違えず辿《たど》りつつ、不思議に危篤《きとく》の母よりも男手で馴れぬ看病をしているであろう父親の事をしきりと思った。

民江は高知桟橋に上ると松崎にも寄らず、真《ま》っ直《すぐ》あの懐しい安芸行きの電車に乗り、未だになお無人駅の八流で下りて板小屋の家に走り戻ったところ、相変らずの家のなかは既に綺麗《きれい》に取り片付けられ、部屋の隅の蜜柑箱《みかんばこ》の上には新しい位牌《いはい》に、半分ほどに尽きた線香が一本、か細い煙を立上らせているのであった。

「お母ちゃん、死んだ?」

と瞬間立ち怯《ひる》んだものの、そんならお父《と》っちゃんは、とすぐ思い、途端に閃《ひらめ》くものがあって民江は裸足《はだし》の儘《まま》土間に飛び下り、昔よくやったように電車のレールを渡り墓場を抜け、松の根を踏んで浜辺に走り下りて行った。

六月の土佐の浜にはもう真夏のような強い光の矢がいちめんに降り、海はその光を弾《はじ》いて眩《まぶ》しいほど輝いて見える。見渡す限りの長い海岸線には、青い洋服の裾《すそ》につけたレースのように白い波が打返し、その波打際《ぎわ》に空でのんびり輪を描いている鳶《とんび》の影が這《は》っている。案の定、陽を照り返している白い砂のなかに麦稈帽《むぎわらぼう》の男が一人、網を繕っている姿が見え、民江は両裾をぱっと絡《から》げて胸に挟み込むと赤い長襦袢の前を八の字に割って、

「お父っちゃーん」

と砂を蹴立《けりた》てて走り出した。

民江が束髪のおくれ毛を靡《なび》かせ、全身に陽を浴び乍《なが》ら砂浜をいっきに駈け通し、赤い長襦袢の下の赤い腰巻まで乱して父親の傍につんのめって坐ったとき、どう云う訳か民江の目はふっと、胡坐《あぐら》を掻《か》いて坐っている父親の猿股《さるまた》の破れから覗《のぞ》いているものが一瞬ぴくりと緊張したのを見て了い、途端にせつないものがどっとこみ上げて来て、

声を上げて泣き倒れて了った。父親は力ない声で、

「間に合わざった。間に合わざったがのう、これも仕方あるまい、お前は道中の長いところに居るのじゃきに」

と柄にもなく慰めてくれたが、民江の涙は苦労ばかりの母親の死を悲しむものであったにせよ、そのもうひとつ奥を云えば、父親を思う為のものではなかったか、とのちのちこの光景を思い出すたび、うす赧《あか》くなり乍ら民江はひとりでそう思った。

あのとき民江は、始終大法螺《おおぼら》吹いて廻っている威勢のいい父親が急に老《ふ》け込み、力を落しているのを見るのも確かにせつなかったけれど、それよりももっと、民江が毎晩相手している客たちのように、自分の赤い長en襦袢を見て父親が心を動かしたのが何とも云えぬ思いであった。それは、いやらしい、と斥《しりぞ》けるには哀れが残り、嬉《うれ》しいと云うには戸惑いも困惑もあってどうしていいかわからず、全身で長いあいだ号泣し乍らその実、熱く灼《や》けた砂の肌をしっかりと両手で握り締めているのであった。きっと民江は、父親の厚い広い胸板に取り縋《すが》って甘えているつもりであったろうし、また、男盛りでやもめとなった父親を逆に民江が労《いたわ》ってやっていたところなのかも知れなかった。

母のたけは痩《や》せ細り、終十日ほどは全く食物も受付けない儘あの板小屋で息を引き

取ったと云《い》うから、病気は胃癌《いがん》かそれに似たものではなかったろうか。伝吉は「男の子は頼りにならん」としきりにこぼしていたが、無心の電報を打っても金を送ってくれたのはお前ばかり、葬式にも姉の初子がちらり顔を見せただけ、と聞くと民江はふと心に弾むものがあり、昔松崎で力任せに家中の洗濯まで引受けた躁《はしや》ぎが顔を出し、

「よし、お父っちゃんの飲み代《しろ》くらい、うちが引受けてあげる」

と胸を叩《たた》いては力を落している伝吉を喜ばせたりする。

その反面、七年ぶりにこの八流に戻ってみれば目も覚めるように広々とした海の青や、松原を鳴らしてゆく潮風や、それに簡単に釣れる魚や貝の味までも自分を引き止めて離れ難く、この地で思えばあの煉瓦《れんが》の箱に閉じ込められた暮しへはもう二度と戻りたくない気もして来る。板小屋のなかの板敷に、父娘《おやこ》二人っ切りで寝る夜のうちには、

「お父っちゃん、うちもう大斗へは帰らん」

「そりゃまたお前、何故《なぜ》？」

「何故でも。もうずっとここに居る」

「お前さっきまで、お父っちゃんの飲み代を稼ぐ話をしよったじゃないか」

「あれはあれ。もう帰らんと決めたからにはどうしても帰らん」

の会話が幾度となく繰返され、伝吉は胸の内で大斗の借金とこの先の金蔓の事を考え、こりゃ困った事になった、と腕を拱《こまぬ》いている。

子供のときのようにもう頭に拳骨《げんこつ》を見舞う訳にはいかず、ひたすら云い聞かす他なしと執拗《しつこ》くこの問答を繰返していたところ、伝吉が一朝起きてみると、民江は腰まで届く長い髪を見るも無残に耳の下までギザギザに刈って了《しま》い、驚く父親の顔を見てへたへたと笑っているのであった。

「これでもう店にも出れんきに、大斗へは帰れん事になった」

と平気な顔で云う民江を見て、伝吉も短気の虫が起きて思わず、

「この阿呆《あほう》！　大連まで行ってまだその阿呆が癒《なお》らんか」

とその断髪を小突いたが、外地馴《な》れした民江はそれくらいでへこたれはせず却《かえ》ってなお可笑《おか》しそうに声を上げて笑うばかりであった。

このとき幸か不幸か、あのたこーずの突然の死がなかったら、果して自分はどんな事になっていたろう、と民江はのちになってときどき思う折がある。まだ五年年季は二年しか経《た》っておらず、その上追借金も嵩《かさ》んでいて稼ぎはなかなか追いつかなかったから、どっちみち大斗に連れ戻されたには違いなかろうが、あの髪を切ったときの気持から云えば、山の中へ逃げ込んででも大連へは帰りたくなく、出来ればこの八流で

父親と二人の暮しをいつまでも続けていたかった。一旦水商売に入ったからには元の貧乏にはよう戻らぬ、と云われるが、民江もこのとき限り、父親を恋いはしても二度と二人で暮したいなどと考える事のなかったのは、この時期は民江の内部の子供と大人の分かれ目でもあったのだろうか。

お父さんの脳溢血《のういっけつ》死亡の知らせは、かたがた民江の様子を見に勇太郎が持って来てくれたが、あまりに急な事とて松崎もただ驚いているばかりだと云い、民江の顔を見ても勇太郎は苦笑いしたものの怒鳴りはしなかった。日頃の付合いから云えば松崎も早速弔問に行かねばならないところだが、陸路を取れば三泊四日にもなり兼ねない遠方だけに、長文の電報をやりとりするうち、大斗楼では取り敢《あ》えずお内儀を楼主に立てて帳場の精二さんを助っ人《と》にして営業はこれまで通り続けると云って来、そうなると大事な財産のひとつである抱え妓《ぎ》をいつまでも遊ばしてもいられず、民江の帰満を促す電報は相次いで松崎へ舞い込んで来る。

民江はお父さんの死を聞いたとき真先に思ったのは、これで髪を切った事を誰にも叱《しか》られはせぬという安堵《あんど》で、それでいて急にはまだ信じられず、あの大斗の薄暗い帳場にじっと坐《すわ》っていた女のようにふやけた色白の皮膚や、決して大声を出さないじっとりした気質など暫《しばら》くのあいだ思い泛《うか》べた。別に病持ちでもなかったのに、そう云えば朝昼晩盃《さかずき》を離さず、飲み疲れるとよく手枕《てまくら》で鼾《いびき》をかいていたそんな不健康な姿も思い出されたりしたが、そのうち死が実感となって判《わか》って来るにつれ、何やら頭を抑えつけられていた重い感じが次第に薄らいで来るように思った。大斗に着いた早々のあの蒲団《ふとん》部屋事件で肝が拉《ひし》がれ、以後は決して謀反《むほん》は起さなかったものの、今思えばそれは一種の「怖《お》じ惚《ぼ》れ」であって、やはり心からお父さんに靡《なび》いていたのではなかったものと見える。

そういう民江の心の揺らぎを伝吉は傍で見て取っていて、一日松崎に出掛け、この際大斗楼の代替りに民江の契約更新をし、新たにまとまった金を借り出して欲しいと頼んだのは、かねてからたけの病気に搦《から》めて民江の年季増しを希望していた故《ゆえ》でもあった。民江の低能は大連まで行っても癒らぬ、と罵《ののし》るくせに、伝吉の極道も苦労させた女房の死に会っても一向に目が覚めず、まだ初七日も過ぎないのに町の赤提灯《あかちょうちん》に灯《とも》の点る頃ともなればそわそわと落着きを無くす様子はもう仕事柄、民江にもよく判る。

「お父っちゃん、焼酎《しょうちゅう》やったらうちが買《こ》うてあげようか」

となけなしの小遣いで計り売りの酒を買って来ても、伝吉は喜んで飲みはするものの、飲めば飲んだ勢いでやはり白粉《おしろい》の匂《にお》いのする場所へどう工面してでも出掛けたくなるらしかった。それにもうひとつ民江の胸を冷えさせるものに、悦子の心変りもあり、ときどき断髪の儘松崎へ泊りに来る民江を見てももう女学校三年になった悦子は以前のように親しい口をきかず、むしろ避けるようにしてさっさと自分の部屋に籠《こも》って了う。休みの日でも同じセーラー服の友達と連れ立って出て行ったりし、お母さんが、

「たん子と一緒に遊山《ゆさん》に行ったら？」

と誘ってくれても、今日はレコードコンサートだの、明日はテニスの応援だのと云って逃げ、心はもう全く民江の上にはないように見える。

大斗楼の新楼主と民江の居据わり年季増しの交渉をしていた松崎ではやっと話も調い、昭和十六年七月一日付で新しく五年年季の四千円、と云う、ほぼ伝吉の希望通りの額が決まった。松崎のお父さんは民江に、大斗で真面目《まじめ》に働いているのに二年前の千八百円が四千円になったのは父親に千五百円の大枚を渡す為《ため》と、母親の死とは云え一カ月近くも気儘に遊んだその間の費用のせい、と云い、如何《いか》に外地でも四千円の借金を抜くには今後死にもの狂いで働かなければ足を洗う日は来ぬ、と噛《か》んで含めるように云い聞かし、今度はさまざまの用も兼ねて勇太郎が民江を連れて大連に行くと云う。

民江の断じて大斗へは帰らぬ、の反抗は、突き詰めてみれば無理矢理捩《ね》じ伏せられ

ていたあのたこーずへのものであったかも知れず、相手が話もしやすいお母さんと精二兄さんに替ったのなら、とやっと気が向いて来たのは、八流に居ても松崎に居ても誰も親身に自分の相手になってくれぬ、と気が付いて来たからでもあり、それにまた「この銭があったらお父っちゃんは生き上れる。のう民江、助けてくれるわのう」の父親の空涙を見れば、やっぱり心は萎《な》えて来る。

まもなく、梅雨の上ろうとする高知を後にし、勇太郎と共に民江がやっと大斗に舞い戻ったのは恰度《ちょうど》大連の雨期にかかっていて、家のなかがじめじめしているのは雨のせいばかりでなく、やはり大黒柱の主《あるじ》が亡《な》くなった為らしかった。商売は以前とちっとも変りなく続けられていたが、威勢と云うか景気付けと云うか、店のなかの空気に張りが感じられず、先《ま》ず下働きの苦力《クーリー》がだらけて怠けているのに気が付き、男衆、仲居から抱え妓にまでそれが伝わって皆何となくもの憂《う》そうに働いている様子が見えるのは、何と云っても元締めが女に替った為だったろうか。

この世界にも女の経営者がないではないが、隙《すき》を見せればすぐつけ上る水商売の使用人たちを押さえるには、それはそれなりのものを身につけていなくてはならず、間もなく民江の聞いた噂《うわさ》ではお母さんには前から競馬の騎手をしている若い紐《ひも》が居て、それに鼻毛抜かれていると云い、民江もその男を幾度か長火鉢の向うに見た憶《おぼ》えがある。それでもまだ家の内が乱れている、と云うところに至らないのは精二さんがしっかりと財布を握っているせいで、帳場さえきちんとしていれば兵隊景気の波に乗っている商売が急に崩れる筈《はず》はないのであった。

民江は大斗に戻った当座、また暫くは土佐を恋い、お父さんの形見分けの品を貰《もら》って帰る勇太郎について帰りたく思ったが、さすがにもう二年前のときのような無鉄砲な真似《まね》はしなかった。と云うのも、この商売に馴れたのか水が合ったのか、夜毎《よごと》男の相手をするのもぞっとするほどの嫌さはなくなり、むしろお茶挽《ひ》く晩のないよう願うほど、少しずつ変って来つつあった。これを借金の高を考えてその勤めへの欲、と云って了うにはそれほどの計算はなく、なら勤め抜きで男を欲しがる躰《からだ》かと云えばまだ何と云っても十七では無理な話で、やはり辺りが暮れれば打水した玄関に男を迎え、囃子《はやし》も入れたり嬌声《きようせい》も上げたりの賑《にぎ》やかな夜を過し馴れている生活から来る、習慣と云うようなものでもあったろうか。客のなかでも上るなり真直小部屋へ通る客よりも、お引けになるまでは広間で大勢を揚げて派手に騒ぐ客が歓迎されるし、民江もまたそう云う座敷に呼ばれるとすぐ自分からわっと沸いて、「浅い川」などの唄《うた》が始まれば臍《へそ》の上までぱっと裾をまくるサービスさえやってのけたりする。

民江はこの頃から酒も煙草《たばこ》も覚え、だんだん怖いものなしの心境に踏み込んでゆくようで、それに色黒の斜視といえども磨けば磨くだけ目に見えて来るのも楽しみなものであった。元来毛深いたちなのか、床屋に行って毛剃《けぞ》りして貰ったあとは顔中大掃除のあとの窓ガラスのようにすっきりと透き通って綺麗になり、これでひんがら目でなければ大斗の看板芸妓にでもなれるのに、と自分でもどれほど思った事だろう。以前、山海楼のお父さんは取り柄のない民江を指して「見どころとてなし韮《にら》の花」と云ったけれど、それを聞いた松崎のお父さんが、

「韮の花とて蝶《ちょう》集む。民江お前にも必ず盛りの時期がやって来る。悲観する事はない」

と慰めてくれた言葉はときどき耳に蘇《よみがえ》り、相変らず大斗のなかでの成績はどん尻《じり》に近い乍らも、何となく自信のようなものを得つつあった。

そのせいもあってか二年後の昭和十八年大阪の稔が交通事故死した報《しら》せのあと、父親からまた矢の催促があったとき、民江は帳場に行って、

「なんぼでも構いません。うちの躰で借りられるならお父《と》っちゃんの欲しいだけお金送ってやって頂戴《ちょうだい》」

とさっぱり云い、精二兄さんは笑って、

「なかなか度胸がよろしい。あんたも大陸仕込みになった。それでこそ大斗の久丸だ

よ」

と目の前で算盤《そろばん》を弾《はじ》いて年季二年増しで千五百円の金を捻《ひね》り出し、民江の云う通り全額八流の伝吉宛《あ》てに送ってやった。

二度の契約更新さえなければ、十五で渡満した民江は二十で自由の身になれる筈だったのに、それが二十二に伸び更に二十四まで伸びても民江はさして嘆きもせず、まして父親に向って金の詮索《せんさく》もしなかった。二年前母親の死に帰ったとき、病人をろくに医者にも見せず葬礼も名ばかりで、それに夜な夜な隣の安芸町に出掛けては酒と白粉の匂いを身につけて戻る父親を知っていれば、肉親の死はもう伝吉に取って民江から金を絞り取る理由でしかないのは判る。それに民江は、客と寝ている夜半、ふと、あの灼《や》けた砂浜の太陽のもと、網を繕っていた父親の股《また》のあいだから覗《のぞ》いていたものを何となく感じるときがあり、醒《さ》めて思えばやもめ暮しの男が女断ち出来る筈もなし、女と云えば金無しでは寄って来もすまい、と云う、自分もその商売故の分別もあった。朋輩《ほうばい》のなかには、無心を云う親を犬畜生のように罵るのも多いが、民江は誰にどんな知恵を吹き込まれても父親を憎めず、むしろ逆に、まだ女遊びも出来る隆々とたくましい筋骨を持った父親の若さに心を蕩《とろ》けさせているようなところがあった。
二十一、二は客取り盛り、と云われるこの世界で、体格のよい民江の盛りは人よりも少し早く来たものと見え、朋輩の振った客さえ文句なく引受けるようになったのは十九、二十の頃からだったろうか。太平洋戦争の始まりと共に満州の入口の大連には兵隊や物資の往来も忙しく目立っていたが、それにつれて軍関係の仕事をする人間も急に増え、そのなかの一人として民江が映画俳優の高井昌平に巡り合ったのは、もう戦局も押し詰んで来つつある昭和十九年の春であった。

民江は活動写真を見るとき、一所懸命で見ようとするといつも次第に頭のなかがこんがらかって来て、遂《つい》には頭痛が始まるのであまり好きではないが、のちに澄子に話したところ「鳥人高井昌平」の活動は、松崎の五人は昔よく鳳館《おおとりかん》で見ていたと云う。そう云えば蝙蝠《こうもり》のように大きな羽をつけた黒ずくめの男が崖《がけ》から飛び下りたり、屋根から屋根へ跳び移ったりした画面を呆《ぼ》んやりと覚えているような気もしないではないが、頭痛を我慢してそれを思い出そうとするほど、民江は昔も今も命がけで昌平に惚れている訳ではなかったように思った。

あの夜、四、五人連れで大斗楼に昌平が上ったとき、この人気俳優の顔をよく知っている仲居は芸妓部屋に駈《か》け込んで来て、

「そらそら、男前の俳優さんのお見えだよ。みんなせいぜいいいとこ見せて相方《あいかた》に決めてお貰い」

と興奮し、芸妓たちもまた「まあ、高井昌平！」と色めき立ったが、座敷に挨拶《あいさつ》に出た七、八人のなかからはその場ですぐ久丸の民江が選ばれて了った。朋輩たちは、男振りはよし金離れも綺麗《きれい》と見る昌平に誰も選ばれたく、敷居際《ぎわ》の挨拶のとき精一杯流眄《ながしめ》を送ったりウインクしたりで気を引いたが、昌平は一人だけ不愛想に俯《うつむ》いていた民江にひどく興味を覚えたと見え、同行の仲間たちが選りすぐって美人芸妓に決める傍で他の妓には見向きもしなかった。

口下手故によい馴染《なじ》み客のない民江のどこが気に入ったのか、それからは民江目当てに昌平はときどき通って来るようになり、玉代《ぎょくだい》の他に民江に小遣いまで渡してくれる事もあった。自分を飾る術《すべ》を知らぬ民江が、最初の晩サービスのつもりで、

「お客さん、うち頭が悪いと人が云《い》いますきに、あんまりむずかしい注文をつけんといて頂戴」

とあけすけに云ったとき、昌平は腹を抱えて笑ったが、映画界と云う特殊な世界で美人に取巻かれ浮いた世辞にもほとほと飽いた男に取って、却《かえ》ってそれは新鮮なものとして耳に響いたのかも知れなかった。

もっともこのときはもう昌平は俳優をやめていて、その頃飛行機の部品を発明した実績を買われて海軍航空部に厚遇され、気儘《きまま》な一人暮しをしているところだったし、

客を鴨《かも》と狙《ねら》う、頭の廻る女とは深い関わりを持ちたくないという要慎《ようじん》もあったものと見える。大斗へは通っても流連荒亡《りゅうれんこうぼう》と云う、我を忘れるような遊びかたはせず、気が向けば寝床に腹這《はらば》った儘芝居の科白《せりふ》などを云い、

「久丸、お前、頭悪いと自分で云うけど、科白憶えられるかちょっと試してみい。これが云えたら客に受けも良うなるで」

と椿姫《つばきひめ》の詩の一節を、

「星の数ほど男はあれど、月と見るのはアルマン様よ」

と口移しに教え、民江は教えられた通りサービスのつもりでそれを他の客にも云う為に、のちには客が民江の事を「アルマン久丸」と呼び、民江は昌平を指して「高井アルマン」と云うようになった。

考えてみればこの高井アルマンと民江の仲は奇妙なもので、馴染みではあっても旦《だん》那《な》と云うではなく、旦那ではないかと思えば四季の紋日やら事ある毎に後楯《うしろだて》となってそっくり金は出してくれる。登楼しても三回に一回は別の妓の許《もと》へ行き、民江はそれを、顔を潰《つぶ》されたなどとは怒りもせず、アルマンもまた気にも留めないふうで、よその妓の首に手を巻いて廊下で行き合っても「やあ、やあ」とだけで擦れ違い、民江も「你好《ニイハオ》」と敬礼の真似などしてあっさりと見送っている。馴染みともなれば廓内《くるわない》には

すぐ「好いた水仙好かれた柳」などの浮名が立ち、それが良い相手であるほど嫉妬《しっと》や羨望《せんぼう》も絡《から》んでときには面倒な話も起るのに、民江の場合、そう云う粋《いき》な雰囲気が少しもなかったのはこちらが売れっ妓《こ》でない為でもあったろうか。それでもやっぱり不思議なもので、大斗の上得意高井アルマンが後に控えているとなると、長いあいだ下這うばかりだった民江の此処《ここ》での地位は大分上り、朋輩や仲居たちも少しは遠慮して今までのように頭から民江を莫迦《ばか》にしなくなって来る。

それればかりか、お父さん亡きあと巧《うま》く釣合いの取れていたお母さんと帳場の精二兄さんとのあいだに若い紐の男が原因で罅《ひび》が入り、とうとう精二兄さんの我慢が弾けて大斗を飛び出した後では、煽《おだ》てればどんな事でもやってのける民江の無鉄砲さは却って奉公人一同の頼みとさえなった。精二兄さんに替って乗込んで来た若い紐は、

「今日からは俺が此処の楼主だ。勝手な真似をすると俺が許さん」

と競馬騎手だったと云うその小柄な躰を聳《そび》やかして威厳を作ったが、何しろ素人《しろうと》が年功経た奉公人を押さえられるような世界ではないところから始終揉《も》め事が絶えず、民江は一同を代表して悉《ことごと》く反抗的な態度に出るようになった。

素人がどんなに思案を練り重ねたところで、人の裏掻く商売と云われるこう云う場所では、若い紐男の云う事為《な》す事すべて間抜けとしか見えないだけに皆に頭から莫迦

にされ、お母さんと二人して昼酒飲んで戯《たわむ》れている傍を通って民江はずかずかと帳場へ入り、自分の借金をつけてある帳面を引出してはところどころページを引裂いたりする。この帳面は毎月手渡す小遣いから髪結賃に至るまで帳場が立て替えたものをつけてあるだけに、判《わか》らないようにページを引裂いておけば借金の額はがったりと減り、民江に見倣《みなら》って他の妓《ぎ》も我も我も、と真似すれば漸《ようや》く紐男の見つけるところとなっても、抱え妓同士結束して固く知らぬ存ぜぬで押し通す。抱え妓への貸金が殆《ほとん》どの財産となっている妓楼の帳場が、こんなしめしのつかない状態ともなればもう経営はからきし駄目で、下働きの年寄たちが、

「大斗楼ももう終りだねえ。お先真暗だよ。荒れ果てて草だらけになって了《しま》った」

と寄り合っては嘆いているうち、果してお母さんが此処を居抜きの儘売りに出しているると云う噂が立ち、噂が立つと間もなく買手がついたそうで、買ったのはこの逢坂町の坂上の共栄楼で最近まで娼妓《しょうぎ》をしていた菊奴《きくやっこ》だと云う話であった。

これがもう戦争も押し詰まって来た昭和十九年の秋の事で、成金の旦那のお蔭《かげ》で娼妓から一躍女楼主にのし上った菊奴は、まもなく出世風を吹かし乍《なが》ら乗込んで来て帳場に坐《すわ》ったが、これで大斗楼内部はしめしがつかないのを通り越して日夜険悪と云うに等しい空気が流れ始めた。玄人《くろうと》仲間にはもともと朋輩の出世を喜ばないふうがある

が、菊奴のように抱え妓仲居下働き一切合せ、一楼そっくり手に入れるような破格の出世と聞けばまだ顔を合わさぬ前から大斗では早くも一同白い目となり、仲違《なかたが》いしていた者同士まで手を握り合って来《きた》るべき事態に備えようと云う心構えとなる。と云うのも、普通男楼主よりも女楼主がずっときつく、その女楼主のなかでも娼妓上りが一番えげつないと云われるのは、妓の搾《しぼ》りかた操りかたを自分の経験からよく心得ているる為で、こう云う楼主にはどんな誤魔化しも効かないのを奉公人一同もまた知っているのであった。

思った通り、菊奴はやって来るなりその日からストーブの数を減らし、食事の内容を落し、抱え妓たちの外出を禁じ、已《や》むを得ぬ場合を除いて金を全く融通しなくなった。菊奴はこのときまだ三十歳前後の若さだったから、金銭上の取締りと云うよりも奉公人に見縊《みくび》られたくない気持もあったろうし、旦那に己《おの》が腕前を見せたさもあったろう。物資の豊かな満州でももうこの頃は食糧も石炭も配給にはなっていたが、まだ内地に較《くら》べて配給量も多く、また配給以外にいくらでも手に入るのに、朝昼兼用で蒸《ふか》し芋一個などと云う待遇では一同黙っているほうが不思議で、民江を先頭に立てて新楼主の許へたびたび抗議に押し掛けて行く。口での交渉事となると民江はてんで駄目なのだが、そうかと云って他にそれが出来る気の利《き》いた妓が居るかと云えば誰も居《お》らず、一同ただ喧嘩腰《けんかごし》で喚《わめ》くばかり、そんな様子では旦那を蕩《たら》して今の出世を摑《つか》んだほどの新楼主には軽くいなされ、なおも云い募ったときなどは電停脇《わき》の交番へ電話され、駈けつけて来た巡査に鎮《しず》められた事もあった。

そのうち当然のなりゆきとして、大斗を見限る妓が次々と現れ、才覚のあるのは馴染み客にせがんで落籍して貰《もら》い、まだ借金の多いのは住替え先を捜して出てゆくなかで、民江の思案と云えばやっぱり高井アルマンに相談するより他ないのであった。もともと人の機嫌を取るのが嫌いなたちなのだから、素人に戻れるならそれに越した事はないが、しかし借金はまだ千八百円ほど残っている、と云う民江の話を聞いたとき、高井は鸚鵡《おうむ》返しの造作もなさで、

「借金払うて身軽うなってわいの身の廻りの世話してや。恰度《ちょうど》嫁はんの代り欲しい思てたところや」

と引受けてくれ、ほどなく全額耳を揃《そろ》えて届けてくれた。

その余りに簡単な様子には却って民江のほうが驚き、

「アルマン、これまさか胡椒《こしょう》の丸呑《まるの》みじゃないでしょうねえ？」

と念を押し、

「何やそれ？」

と訊《き》かれて、

「話を丸呑みにした後で胸が灼け、大騒ぎすると云う話」

と客に教えられた通り説明すると、このときもアルマンは大笑いに笑い転げ、

「お前だんだん知恵づいてくるやないか。あんまり利巧にならんとき」

と言ったが、それは案外この男の本音なのかも知れなかった。

ただ、客に落籍される客引きに就《つい》ては、無許可の女衒《ぜげん》に慰安婦などに売られるケースが続発している関係から警察がよほどうるさくなっており、大抵は親引きのかたちを取って落籍するのだが、その親引きも親なり身内の代理人なりが出向いて来ない限り、当局の許可が下りるまでにはかなりの期間待たされる。民江がその旨《むね》父親に云い送ると、どこでどう旅費を工面したのか道中の危険を冒して遥々《はるばる》伝吉が大連までやって来たのは昭和十九年の暮であった。四年振りの父親を大連駅に出迎えた民江は、国民服に防空頭巾《ずきん》ゲートル姿の、かつての股引袢纏《ももひきばんてん》、腰に莨入《たばこい》れ足に八つ折、と云う姿から打って変った姿に目を見張ったが、それ以上に伝吉の脇に一見して酌婦上りと見える女が寄添っているのになおびっくりし、その上、

「まだ籍は入れておらんが、これはこないだ一緒になった勝美じゃ」

と突然引合わされると、途端に心の錠がさっと下りて了い、待ち兼ねていた思いも

萎《しぼ》んで義理にもにこやかな顔つきは出来なくなる。

　頭ではお父《と》っちゃんもまだ男盛り、と許していても、目の前に白粉灼《おしろいや》けした肌の、余り賢そうにも見えぬ若い女と年甲斐《としがい》もなくいちゃついているのを見ると、明らかに父親を攫《さら》われた淋《さび》しさがあっていらいらし、その憂《う》さ晴しにこの頃忘れ掛けていた例の「わあーっ」と喚きたい病いが戻りそうになって来る。伝吉の大連滞在中民江はこの勝美には一言も口を利かず、話し掛けられても横を向いて通し、心のなかでは「お父っちゃんがこの女と別れない限り、八流へは帰ってやるもんか」と拗《す》ね続けている。後から思えば伝吉はこの時期、軍関係の使役の頭のような仕事を引受けていくらか金は廻っていたらしく、満州まで二人分の旅費を捻《ひね》り出したのは定めし民江がよい金蔓《かねづる》を摑んだものと思い、それにあやかろうと考え、かたがた惚《ほ》れている女にもその羽振りを見せたくて共に道行きと決めこんで来たものであろう。が、アルマンは関西人らしい渋さで伝吉に会いはしても一切金は出さず、当ての外れた伝吉は仕方なし蜻蛉《とんぼ》返りで高知へ帰って行ったが、見送る民江の胸のなかには複雑なものがあった。

　元気なお父っちゃんにはまだまだ女が要る、と云う理解と、自分が傍にいてやらないからお父っちゃんは女を作る、と云う自覚はいつの間にかひとつに重なり、十の年から十年ぶりに初めて自由の身になれたせいもあって、又もや心は八流の父親の許に帰って行くようであった。

　これまでとは打って変った毎日となる筈《はず》の高井との生活は、〃わいの嫁はん〃でなくて〃嫁はん代り〃と言っただけあって世の夫婦とはちょっと違い、相変らず高井は自由気儘に出歩きもすれば民江を友人の誰一人にも紹介はせず、馴れぬ嫌いな掃除洗濯ばかり任されて民江は思いの外くさくさし乍らの日を送るようになる。アルマンを傍で見ていれば、もと俳優だけあってこれは殊《こと》の外の洒落者《しゃれもの》で、どんな宿酔の朝でも髭剃《ひげそ》りと入浴は欠かさず、そのあとはもう品薄になっているオーデコロンを軍の威光で手に入れて来てたっぷりと全身に振りかける。鳥人役だっただけに体格もよく、端正な顔立ちに懐《ふところ》のあたたかさもあって、これで女にもてないなら不思議、と云う様子だったが、民江は家の外に在るときのアルマンの事を考えた覚えは一度もなかった。

　民江はアルマンとの暮しに就て、のちにいく度思い返そうとしてもこまかな記憶は殆ど欠落していて、たったひとつ鮮やかなものと云えば高窓から斜めに射《さ》し込んで来る一条《すじ》の光のなかに無数の埃《ほこり》が舞っているのを、呆《ぼ》んやり眺めていた自分の姿があった。きっとそれはアルマンの留守に煉瓦《れんが》建てのアパートの一室で暇をもて余し、所在なさに父親の事を考えていたのに違いない、と思えば、その姿は翌年の三月、アルマンに蹤《つ》いて戦火のなかを内地へ帰り京都へ家を構えたあとの暮しへと延び、繫《つな》がって来る。その頃東シナ海はもう機雷がいっぱいで大連航路は止まっており、汽車の旅も空襲の合い間を縫って命からがらアルマンの故郷へ戻ってのち終戦を迎え、それから後の二、三年はせつないだけの毎日であったように思える。

伝吉は大連の旅から帰ると若い女房連れで福岡の炭坑へ渡ったものの、金が目当ての女にはほどなく逃げられ、終戦になって後、脊椎《せきつい》カリエスの病いを得て暇を出された初子を見てやらねばならない事もあって八流に戻り、となればすべて元の木阿弥《もくあみ》で、取り敢《あ》えず旦那のある民江にまた涙乍らの手紙を寄越すようになっているのであった。

鬼を酢にして食うほどな、と人も云うよい体格を持ち乍ら、ちょい働きの極道癖は死ぬまでなおらず、それに戦争中自粛していた飲み屋の灯りが復活してそぞろ心を誘えば、伝吉は病人の薬代でさえ懐に入れて飲みに出て行くらしかった。民江は、間借りしていた路地奥の暗い家に郵便屋がやって来るたびびくびくし、酒の飲みたい父親、薬代の欲しい姉を思って、云う通り金を送ってやれぬ自分をどれほど責めた事だったろうか。

アルマンが終戦直前内地へ引揚げて戻る事になった事情は民江には判らないが、多分何かの失敗があったのはほぼ察しがついており、京都へ落着いてからは釘《くぎ》の売り買いで食い繋いでいるような有様だったから、伝吉からの無心の手紙は決して見せられなかった。それに闇《やみ》商売の為《ため》始終警察に追われていて、好きなお洒落も叶《かな》わず、大連時代とは打って変って短気になり、以前は愛嬌《あいきょう》と見ていた民江の至らなさをここでは頭から阿呆《あほう》の莫迦のと罵《ののし》ってやまないのも、危い橋を渡り乍ら意に充《み》たぬ暮しをしなければならぬ、元スターの悲しさからだったろうか。そうなると民江はまた近くのカストリ飲み屋へ手伝いに通ってでも自分の金を稼がねばならなくなり、給料日が来ると一円札十円札の皺《しわ》を伸ばしては封筒に入れ、十銭切手を貼《は》ってはポストへ投げ込む習慣を自分でつけてゆくのであった。たまに帰って来るアルマンは民江の二度《にど》褄《づま》を知って怒り狂い、

「お前はわいが何の為に金出してやったと思ってるのや、判らんか」

とさんざんに殴ったが、民江は病気の姉も酷《むご》ければそれを男手で看病する父親もなお酷く、どんなに折檻《せっかん》されても勤めだけはやめる事が出来ないのであった。

民江はのちにアルマンとの仲を振返って、このひとを格別好きと云《い》うではなしさりとて嫌いでもなかったけれど、落籍された事を除いて大きな恩になった事がひとつある、と思った。それは子供の頃から長いあいだ口惜《くや》しく思い続けて来た右眼の斜視を癒《なお》してくれた事で、たまたま釘の取引きが巧く行って新円がたくさん入った時期に民江が眼病を患《わずら》ったのがきっかけで、アルマンに勧められ、成功率は六〇パーセントの

賭《か》けと云う医者にすべての運を任せて手術台に上った。アルマンは眼帯を掛けて通院する民江を、

「目病み女に風邪ひき男云う通り、なかなか色気あるで」

と満足そうにからかっていたが、民江は眼帯を取った日の、あの心がふわりと軽くなった嬉《うれ》しさだけは今も決して忘れてはいない。

小さな四角の置き鏡を瞠《みつ》めるふたつの眼球は一方と同じように一方も動き、真直《まっすぐ》見れば両方とも黒目は真中に位置して全体に顔が引き緊《し》まって見える。気のせいか頭のなかまで賢くなったように思われ、これで「ひんがら目」とも「ロンパリ」とも呼ばれず人並みに過せると思えば、照っている太陽の明るさまで昨日とは全く違った様子で見えて来る。その生れ変った感じは民江の心にさまざまな強い刺激を与え、高井には黙った儘《まま》もなく風呂《ふろ》敷《しき》包みひとつで突然民江が八流に帰って来たのは二十五の年であった。父親も瀕《ひん》死《し》の姉も民江の気紛れ、と罵り、

「阿呆だら！　また病気が起りよって。早う高井の許《もと》へ帰れ」

と畳を叩《たた》いて追い立てたが、民江はそれには取合わず心の内で、

「八流のこの風の旨《うま》さよ」

と呟《つぶや》き乍ら、胸いっぱい海風を吸っているのであった。

こういう目から目への青海原に育った者にとって、じっとりと籠《こも》り居勝ちな京都の暮しは性に合わず、白い温かな砂の上に足を投げ出し小手をかざして光り凪《なぎ》を見ていると、もうどこへも行きたくない思いが募って来る。潮の匂《にお》いにも増して松原の松の匂い、日蔭の砂の匂い、日おもての草の匂い、それに懐《なつか》しい電車のレールの油光りした匂いが入り混り、大連引揚げ以来、父親の顔と二重映しで焦《こが》れていたこの故郷の景色を、もう斜視ではなくなった二つの目で民江はしっかりと確かめているのであった。

それに真実を明かせば、一緒に住めば住むほど判らなくなってゆくアルマンとはもうこれ以上運命を共にしたくなく、それは民江を養ってくれ目の手術を受けさせてくれたにも関わらず、自分を真底莫迦《ばか》にしているという点では世界中でこの男が一番ひどくはあるまいか、と云う、背筋の冷たくなる感じがだんだん深まってくる為でもあった。打たれても親の杖《つえ》、と云うものなのかいくら鉄拳《てつけん》を喰らわされても父親は確かに自分を好いていると云う民江の信じかたとは全く裏返しに、女房として連れ添っていてもあれで内心は自分専用の女郎でも飼っているつもりなのではあるまいか、と云う疑いはこうして離れて考えていればいっそう強いものとなって来る。その証拠として、幾日待ってもアルマンが迎えに来ないなら、或《あ》いは便りもないならこれっきり別れよう、と民江は一人で決め、事実その通りになって了《しま》ったとき、民江はまた手近な高知の町の赤提灯《あかちょうちん》に勤めを持つ事になった。

アルマンとはその後会うはおろか消息のかけらさえ聞かずに過して来たが、民江は最近、五十歳と云う坂の上に立って何でもあけすけに口に出来るようになってみれば、あの儘アルマンと一緒に暮していたところで、遅かれ早かれ破綻《はたん》が来ていたのではないかと云う気がする。それと云うのも、どんなに元の素人《しろうと》の暮しに憧《あこが》れても、毎晩客を取り続けたおよそ六年間の習慣は躰《からだ》に焼印のように彫り込まれていて、今更たった一人の男の、それも留守勝ちな寝床では到底身を堅く過しては行けなかったように思える。

目の手術が成功したとき、大きな安堵《あんど》の蔭《かげ》に得体の知れぬ力がむらむらと躰中に充ちて来たのは、これからまだ一花も二花も咲かそうと云う期待であったに違いなく、それは斜視の故《ゆえ》に失った若い頃の日々を大急ぎで取り戻そうとする意気込みなのかも知れなかった。大斗楼の客のなかには、

「何じゃお前眇目《すがめ》じゃないか。枕代《まくらだい》負けとけよ」

とずけずけ云うのがあれば、今度こそ文句のつけられようもない顔で男たちのあいだを泳いでみたい欲も出、それを思えば一人の男と作る小さな巣のなかに籠るのはも

う既に性分に合わなくなっているのであった。

民江は赤提灯の店に住み込み、相変らず走り馬になお鞭《むち》を当てられるように父親に剝《は》ぎ取られ乍《なが》らも、以前に較《くら》べて鏡を覗《のぞ》く楽しみも出来、それに何と云っても酒が入れば袖《そで》を引く客もあり、客があればもう気兼ねするアルマンもいない故に金も男も欲しくて応じるうち、民江のこう云う働きによって幾分延命したと思える初子もとうとう昭和二十六年の夏は越せなかった。

八流の板小屋で五年間も病んだ初子は骨と皮ばかりの姿となり、薄幸だった二十八年の生涯を閉じたが、民江の赤提灯への前借りで用意した棺《ひつぎ》のなかに横たわった顔は案外に安らかであった。こちらは母親似の為か細面で民江よりは遥かに整った顔立ちだったのに、その出発が子守の前借金で縛られた故に水商売へも振替える事が出来ず、遂《つい》に死ぬまで絹物の一枚にも手を通さず、白粉刷毛《おしろいはけ》のひとつも持たぬ淋しく短い一生であった。大阪の弟さえ帰っては来ぬ侘《わび》しい葬式の晩、さすがに伝吉は、

「初子に較べりゃあ、まだ栄耀《えいよう》の出来るだけお前のほうがずっと幸せよ」

としみじみ云ったが、そう云われて民江はこのとき初めて自分の幸不幸に就て考えてみるのであった。

まだ二人が小さい頃、赤野村の嫁入行列を見に行ったとき初子はすっかり見惚《みと》れ、

「うちも大人になったらあんなお嫁さんになりたい」

と繋いだ民江の手を振離して何処《どこ》までも行列に蹤いて行ったが、民江は綺麗《きれい》だとは思いこそすれ自分がなりたいなどとはちっとも考えなかった。

大連でも賑《にぎ》やかな楽隊入りで練り歩く満州人の花嫁行列を見た事は幾度かあったけれど、初子が最初から素人の暮しを好み民江はそれに全く興味を持たなかったのは、やはりそれぞれの運命と云うものだろうか。アルマンとの毎日でも、掃除洗濯だけは已《や》むを得ないものの、あり余る時間潰《つぶ》しに針を持とうとも料理を作ろうとも民江は一度も考えた事はなかったのに、初子のほうは長い病床の合い間には仰臥《ぎょうが》した胸の上でいつもこまめに手を動かし、編物は毛糸代が掛かるからと反故《ほご》の紙を使って紙撚《こより》をひねってはそれで手箱や土瓶敷や莨《たばこ》入れなどをよく作り、そのうち幾つかはまだ八流の板小屋に残してある。

何か一つ事を突詰めて考える事の苦手な民江も姉の死のあと暫《しばら》くは何かにつけてものを考えるようになり、それでも自分の身は好き嫌いに関わらずどう思案しても水商売しかないところへ行き着くのであった。病気の久保を抱えて山海楼に返り咲いている澄子と再会したのも此《こ》の頃で、

「同じ働くならこんな赤提灯じゃ値打ちが下る。検番へ戻らんかね？」

と誘われ、衣裳《いしょう》もなし芸ももう捨てて了うて、と尻込《しりご》みする民江を引摺《ひきず》るようにして元の芸妓《げいぎ》勤めに入れてくれた澄子の好意はやはり有難く、と云うのもこちらは何と云っても客筋からして違い、従ってお茶さえ挽《ひ》かなければ実入りも赤提灯とは格段の差があった。

それに衣裳も芸も無くしているのは民江ばかりではなく、澄子を始め昔の朋輩《ほうばい》たち皆同様の身の上だったから、互いに知恵を出し合っては衣裳の貸し借りをしたり、仲間同士で一部屋を借りたり、化粧品代髪結賃はすべて節季払いにして貰《もら》ったりして、何とか元のようなかたちを取り戻そうとしているところであった。この世界の仕組みももうすっかり変り、化粧して坐《すわ》ってさえいれば万事仲居が引廻して客を宛《あ》てがってくれた頃とは違い、今は夕方までに検番からの連絡を受けてお拵《こしら》えをし、指定された旅館や料理屋に行って一時間いくらで綺麗な座敷勤めをする。住込みは廃止だから元手として自分の家に電話も引かなければならないし、衣裳もいつまでも借り物ばかりと云う訳にも行かず、それにやっぱり芸のあるなしでは花代にずい分差があり、もと山海楼に居た芸妓たちは戦後の新参者に対する面子《めんつ》もあって昔のように皆稽古《けいこ》に励み、そうなると民江も自腹を切って仕込み時代のように長唄《ながうた》と小唄を最初から始める事になる。

座敷に出るに就《つい》ては、何と云っても松崎の縁に繋がり、共に満州の土を踏み、身の上も似通った澄子に引廻して貰《もら》うに越した事はなく、澄子の源氏名千代の妹分として久千代《ひさちよ》と名乗って簡単な披露目の挨拶《あいさつ》をしたのは民江二十九歳の春であった。昔の、十二、三歳の妓が溢《あふ》れていた山海楼を思えば、今は皆三十振袖四十島田の芸妓ばかりだったから民江は別に年増《としま》役で気を廻す事もなく、ずい分と楽な勤めで、このとき以来大した淵《ふち》も瀬もなくずっと今日まで続いている。

ただ、荷厄介なのは昔から苦手の三味線の稽古であって、年なりにだんだん世智《せち》がついて来た反面、もの覚えの悪さは前以上になっており、古い馴染《なじ》みの歌之助師匠はときどき自分から三味線を投げ出して、

「あーあ、お前どうしてこんなに覚えが悪いのかねえ。教えるほうが泣きとうなるよ」

とほんとうに涙声で嘆き、それを民江はただぽかんと眺めているだけでももう以前のように焼火箸《やけひばし》をあてられたりする事はないが、その代り師匠から見放されればその儘落伍《らくご》して了うのであった。民江がこう云う状態乍ら三味線に何とか彼《か》とか縋《すが》りつき、ようやっと長唄と小唄の名取《なとり》になれたのは一に師匠が気長かった為と云うより他なく、民江のほうもその気長さを有難く思えばこそ続いたからであって、ここら辺りは嫌、

と思えばすぐ投げ出した頃に較べ、民江の大きな進歩と云えようか。

この高知検番勤めの、今日まで民江の二十年余りのあいだには、座敷で三味線弾くだけでなくそれなりにさまざまな色模様もあり、思い返して長い期間当てなしの一人ぼっちでいた事のなかったのはそこはやはり裏の顔を持つ水商売の故ではあった。昔のように誰にも強制されはしないし、今は「客と恋愛する」と云えばおおっぴらだが、それでも面白い事にはいつの間にか枕代にも相場が立ち、それはやはり昔通り高は若い妓から順なのであった。

民江はまたこういうもとの勤めに戻ったあとではときどき大斗楼の暮しが身近に蘇《よみがえ》るときがあって、昼間は澄子相手に、

「ねえ、山査子《さんざし》の赤い実を飴《あめ》で固めたタンフールー、食べたいねえ」

「うちは凍り蜜柑《みかん》をストーブで焼いて食べるのが好きや。じゅうじゅうと音がしてね、面白いよ」

「いやあ、くーりー焼栗《やきぐり》っ、もええよ。あの屋台の王《ワン》さん、今も元気やろか」

と食物の話などしていても、客とそれ専門の旅館に泊っている夜など寝呆《ねぼ》けて大斗の二階と間違え、廊下に出て右へ行けば階段、左は洗滌室《せんじょう》、窓を明けたら大連商業区のグリコのネオン塔が遥《はる》かに見える筈《はず》、と考え乍ら立ち上り、障子を明けるとすぐ前

は鏡川だったりしたときには誰にも云えず一人で苦笑いしたりする。

民江の躰は、こう云う商売に就かなくとももともと旺盛《おうせい》なのか、或いは毎晩男に接した為《ため》に触発されたのかそれは自分でも判《わか》らないが、検番に出た頃から一人寝の晩など躰中が沸いて火照《ほて》って眠られず、もて余し乍ら朝を迎える事もあった。それはとくに生理の前後が激しく、暫く客に遠ざかれば躰中がかさかさに乾いたようになり、男なら誰でもいいと云う気になって了って金も取らず遊ばせてやったこともいく度かある。

忘れもしないのは、まだ一人で一部屋を持つ資力がない為に澄子と久保の借りている家の一間に置いて貰っていたとき、

「此処《ここ》へは固く男を連れ込まずにいて頂戴《ちょうだい》よ」

と云われていたにも拘《かかわ》らず、その頃深間になっていた板前を窓から引き込み、それが澄子に知れて大騒動になった事件があった。

そのときは優男の久保が真赤になって怒り、

「この淫乱《いんらん》女！」

と民江の頬桁《ほおげた》を殴り飛ばしたが、民江は心の内で、

「へっ、自分やて千代姐《ねえ》さんの留守にうちが誘うたら、妙な目付きで傍へ寄ってきた

やんか」

と大いに反撥《はんぱつ》したが、さすがに姉芸妓の顔を立てる義理だけは心得ていて、それは口には出さなかった。昔乍らにつんと高くとまっている古い芸妓たちは、あけすけな民江の客に対する、

「うち色は黒いけんどね、〝味は大和のつるし柿《がき》〟や。どう試してみん?」

と云《い》うサービス振りを指して枕芸妓だの転び芸妓だの満州仕込みだのとさんざんに云うけれど、民江の据えている了見と云うのは、

「男は誰でも、帯を解いてやりゃあ喜ぶものさ」

で押してゆくだけに、女を気長く口説くのが面倒な手合いには結構重宝がられ、民江はこの方法で長唄も小唄も名取の費用はそっくり稼ぎ出し昭和三十四年には一人でアパートも借りられるようになった。

千代の澄子は、まわりの悪評に気を兼ねて何度か民江に注意はしたが、

「うちはお父《と》っちゃんに仕送りせんならんきに」

と云い返されるとそれ以上は言葉が継げず、それに真底ぶちまければなりふり構わずこうして稼ぐのもひとつの生きかた、と誰しも羨《うらや》んでいるふしもある故に、澄子は黙って傍で見ているだけなのであった。

相変らず女とくっついたり離れたりしている父親のほうは、口だけは昔通り威勢がよくてもやはり少しずつ年を取っており、八流から金を貰いに高知へ出て来たときなど、もう帰るのが億劫《おっくう》だと云って民江の部屋で泊ってゆくこともある。若いときからこの父親の為にのみ働き続けたと云う思いは民江にずっと付き纏《まと》ってはいても、躰が女盛りに向うにつれてこの勤めが親故か自分故かの境い目はつかなくなり、そう云う事を考えるのさえ面倒でもうどちらでもいいような気になってゆくのであった。

伝吉が泊る夜、人から「針を蔵に積むような久千代さん」と云われるほどの約《つま》しい戒めを解き、父親の為に酒と肴《さかな》の用意をしてやっているとやっぱり一番懐《なつか》しいものが胸に溢れて来、

「お父っちゃん、耳掃除してやろか」

などと甘えてその躰に触れたりする。六十を過ぎてからの伝吉は、昔のように民江をただ金箱と思うだけではなくなっているようで、ときには民江の気を迎えて、

「民江、お前近頃優しゅうなったのう。この分ならお父っちゃんがよいよいになっても邪慳《じゃけん》に扱いはすまいのう」

などと心の弱りを覗かせたりもする。

考えてみれば、民江がアルマンに目も見えなくなるほど逆上《のぼ》せられなかったのも絶

えずこの父親の顔を胸の底に映しているからであって、民江の男の好みも終始伝吉ほどの年齢かそれ以上ならどれほど老人でもよく、その上相撲でもとれる体格ならなお嬉《うれ》しく、父親と全く掛け離れた若い男にはぎりぎりのところでやはり心が寄添っていかないのであった。芸妓遊びは金のある男でなければ出来ず、金のある男に若いのは居《お》らず、と云うこの世界の眺めからすればそれは当然かも知れないが、なかにはアルマンのような俄《にわ》か成金の若輩もいる事を思えば、民江の好みを支配していたのはやはり父親への思いであったに違いなかった。

その父親が亡《な》くなったのは昭和四十六年の冷たい秋雨の降る朝で、大阪から戻った弟治夫と共に民江は、息を引取った安芸市の市民病院の一室に前日からずっと詰めていた。大男だから伝吉は以前から中風になるのを何よりも怖《おそ》れていたが、民江はそれよりも、年取って手先の鈍くなった伝吉が自分で釣って来ては料理する大好物のふぐの庖丁《ほうちょう》の入れかたを誤り、中毒しはせぬかと云う心配があり、日頃やかましく云っていたのに、死因はそのいずれでもなく胃癌《いがん》だったのは、一人暮しの酒の飲み過ぎ、食物の不摂生などが崇《たた》ったものだったろうか。

伝吉は足腰が弱ってからは漁にも出られず、安芸市から生活保護を受けてずっとあの板小屋に一人暮していたが、民江がときどき様子を見に戻るたびがっくりがっくり

と目に見えて老《ふ》け込んで行くように思った。第一、強い海風でさえ押し返すほどのど
ら声だったのが死が近くなるにつれてその声が細く弱くなり、民江が励まして、
「そんな蟹《かに》の念仏みたいにぶつぶつ云わずに、相撲甚句《じんく》でもやってご覧や」
と云ってみたが、あまり巧《うま》いとも云えぬ一杯機嫌の伝吉のその甚句は再び聞くこと
は出来なかった。もうかつての海竜山の勇名を口にしても、八流にも赤野にも知った
人は殆《ほとん》ど無く、淋《さび》しい晩年だったが、入院した当時はまだなかなか元気で、医療保護
でつけて貰っている付添婦の手を握り、
「儂《わし》が快《よ》うなったらお前と寝よう。のう」
などとふざけていたと云う。
伝吉が昏睡《こんすい》のうちにとうとう息を引取ったとき、民江は白いシーツの上から父親の
大きな躰《からだ》を搔《か》き抱き、喚《わめ》くような大声で泣き続けた。窓の外には陽の差し始めたなか
を秋雨がさらさらと降り続けていて、まだ蔵《しま》わない鉄の風鈴が無心に鳴り続けていた
情景はいまも民江の目に泛《うか》んで来る。
小さいときから民江の頭を叩《たた》き続けて阿呆《あほう》にし、優しい顔になったかと思えば必ず
金の無心ばかりの父親だったけれど、こんな仏顔となって永遠に眠って了《しま》えば、民江
は何も彼も剝《は》ぎ取られてもよい、生きていて欲しかったと身も世もあらず思う。この

勤めに出てのち母、弟、姉に次いで四人もの肉親を送って来たが、これほどに悲しく身にこたえた人の死は他になかったし、これからもあろうとは思えなかった。滅多に八流に戻りもせず縁の薄い弟は、子供たちを食い物にするばかりだった父親の一番の犠牲者であり乍《なが》ら、これほどまでに嘆き悲しむ姉の姿はむしろ不思議とより映らぬらしく、終始首を傾《かし》げ続けて葬式のあとは早々に帰って行った。

もう誰も住むことのない八流の家を片付けていると、長い男世帯のぞんざいさまで辛《つら》く目につき、剝げた赤箸、欠けた茶碗《ちゃわん》、魚の鱗《うろこ》の飛び散って貼《は》りついた流しにまで涙が湧《わ》き、それにどう云う訳か、もう三、四十年も前の海竜山時代、それを着て伝吉が得意になっていた紅絹裏《もみうら》の派手な袷《あわせ》まで押入れの隅から出て来て今更のように切なくなって来る。

それに民江は、四十歳を越した辺りから、昔ときどき感じた桶《おけ》の底にいるような頭の感じが今度は鈍痛を伴ってやって来るようになり、それが昂《こう》じて来ると目を明けていられないほどの眩暈《めまい》に取り憑《つ》かれる事があった。出世して勤めを退き、溝上に囲われている澄子の家へ顔を出したときなどこんな症状を訴えると、

「そらあんた、誰にでもある更年期よ。うちやて此《こ》の頃は蒲団《ふとん》の上げ下しに胸がドキドキして暫《しばら》く休まんならんもの」

と事もなげに云われ、四十がったり、四十くらがり、の云われもある事で、そんなものかと一時胸を宥《なだ》めてもあまり頻繁に起るときは仕方なく医者へ駈《か》けこめば、医者はこの症状を「自律神経失調症」と云う。民江はこの長い名前をすぐ難なく云えるようにはなったが、考えてみれば自分は小さいときからほんとの阿呆ではなく、こう云う名前の病気だったのかも知れない、と思った。あの胸をぱっと開いて暴れ廻りたいときと、反対に鬱《ふさ》ぎの虫に取り憑かれたときとが交互にやって来た事を思えば、これが医者の云うバランスの崩れかと気が付き、それに眩暈が始まると目の前の線がシーソーのように上下するのは、十五の年初めて大連へ渡った際の、熱河丸の船底の揺れの幻影が重なっているとも考えられ、今更のようにこの病いの根の深さが思われて来る。

こう云う躰の弱りのせいか、この眩暈と頭痛が民江の持病になってからは自分でもやるせないほど気持が父親のほうへ寄って行き、町の暮しは性に合わん、と八流を動かぬ伝吉の許《もと》へ民江のほうから頻繁に訪れたりした。それでいて父親の、手許が震えて茶碗を落したり、平地を歩いていても転んだりするのを見ると無性に腹が立ち、

「お父っちゃん、しっかりせな困るやんか」

と声を荒げたりしたのを、死んだのちになって苛立《いらだ》たしい悔いと共に思い出す。

考えてみればそれは腹立たしさと云うより父親が老いてゆく事の不安だったかも知れず、それと云うのも自分ももうそろそろ躰に故障の出始めた年齢にさしかかっていて老いの感じが判《わか》るせいなのかも知れなかった。かねてからお父っちゃんが死んだらうちの先ゆきは真暗、と考え詰めていたその父親がいざ亡くなってみると、そのあと幾月かは胸のなかは空っぽになり、八流の松原のなかに並んだ母たけ、姉初子、弟稔、それに新たに父親の加わった岡崎の墓に何かにつけ民江はよく詣《まい》ったものであった。世の中もずい分進んだ今では、あれほど珍しかった安芸線の電車も伝吉の死後三年ほどして廃線となり、この海岸線も安芸市のほうから松原が取り払われて代りに高い堤防が作られているが、しかしまだ八流近辺は相変らず浜風が松林を縫って吹き抜け、廃駅の廻りには昔乍らの雑草も茂る。波打際《ぎわ》の小さな蟹が引潮に乗って沖へ運ばれてゆくのを眺めていれば、腹巻のなかの小銭を数え乍らこちらへ歩いて来る父親の姿もふと見えて来るような気さえする。思い返せば限《き》りのない記憶のなかで、民江がたったひとつ父親の死と引換えに得たものがあるとすれば、それは手枷《てかせ》足枷の全く無くなった自由の感覚であった。

朋輩《ほうばい》からはよく、「久千代さんは付合いが悪い」と云われるほど金を約《つま》しく貯《た》めたのも後に父親を控えて居ればこその事だったけれども、もう誰にも何処《どこ》へも仕送る必要のなくなったこれから先は、稼いだ金は全部自分のものなのであった。その感じが躰中にじわじわ浸《し》みてくるにつれて頭の上に青空が拡《ひろ》がり、手も足もぐっと振廻しやすく思い始めたのは父親の死後半年も経《た》ってからの事だったろうか。

それは確か新築の山海楼の庭に牡丹桜《ぼたんざくら》が重そうに揺れていたから民江はもう四十八の春になっていた筈で、その夜、地方《じかた》を頼まれて出た座敷で民江は惚《ほ》れ惚《ぼ》れするような一人の男に出会った。そのとき一緒だった、器量で売っている若い蘭子《らんこ》などは、

「いやっ、あんな爺《じい》さん！　野暮ったいし渋ちんやし、久千代さん、あのひとの何処が良《え》え？」

とさっと手を振るけれど、民江が惹《ひ》かれた気持を白状すればやはりその男に父親の面影を見た感じがあった。

そっくり、と云うのではないが、たくましい躰つきに黒い皮膚、頭が胡麻塩《ごましお》なのも死ぬ前の伝吉を思わせるものがあって心が揺すぶられ、民江は生れて初めて胸が異常に昂《たか》ぶり、我知らずその男の傍に寄添って離れられなかった。自慢にはならないものの躰は売っても追従《ついしょう》は売らぬ、と云うほど無愛想な民江が、この夜はいつも飾り物に持っているレースのハンカチを男の膝《ひざ》に拡げてやり、徳利《とっくり》を持ちっ放しで、

「さあ、盃《さかずき》にぼうふらが湧きます」

と勧めてやり、「お流れ頂戴」とぐいぐい受けてやる様子を仲居の一人が目に留め、

「ありゃ久千代さん、出血サービスじゃこと。この向きでは先ゆき雲となるか雨となるか」

と冷やかしたのへ日頃のような伝法な云い返しもせず、逆上《のぼ》せたような目で黙って見返したばかりであった。

酌をし乍らぼつりぼつりと聞くと、男は高知の目抜き通り帯屋町にもう三代続いている荒物商だと云い、あまり酒を飲まない故《ゆえ》に、こうした場所は付合い以外に足を向けた事がない、と重そうな口振りで云う。確かに遊び馴《な》れてはおらず、帯屋町の商店主にしては垢抜《あかぬ》けないが、そう云うところがまた野人だった伝吉に重なるところがあって、民江はしんから商売用の世辞抜きで、

「お客さん、またうちを呼んで貰《もら》えます?」

と久千代の名刺を渡し、

「約束して頂戴。必ず」

と精いっぱいの愛嬌《あいきよう》を見せて指切りをせがんだりした。

この晩民江は男が帰ったあと後の座敷へ出るのがふと嫌になり、検番へ電話して、

「ちょっと頭が痛うなったきに、これで打切りにさせて貰います」

と頼み、受話器の向うで、

「困るよ久千代さん」

とぼやいているのも聞かずその儘《まま》家に帰った。

まだ胸がときめき躰中が弾んでいて、帰るなり真直《まつすぐ》民江は仏壇の前に行き、蠟燭《ろうそく》を上げ、

「お父っちゃん、今日、あんたの生れ替りみたいな人にうち廻《めぐ》り逢《あ》いました。どうぞこの人と首尾出来るようお導きして頂戴《ちようだい》」

と声にして手を合わせればほんの少しだけ動悸《どうき》は鎮《しず》まり、改めてまるで蕩《とろ》けそうな思いがけだるく躰中を充《み》たして来る。

白粉《おしろい》を落そうとして鏡台の垂れを上げてみると、そこには例の自律神経失調症以来、全く笑顔を忘れた憂鬱《ゆううつ》そうな顔が今日ばかりは目もうるんでぼうっと火照《ほて》り、気のせいか自分でも何処となく可愛《かわい》らしく見える。坐《すわ》った儘帯を解き、着物を肩から滑らせて長襦袢《ながじゆばん》姿で一服つけると、横膝している裾《すそ》の割れ目から小麦色のなめらかなふくらはぎが見え、何気なし掌《てのひら》を当ててみれば春の長日で温められたような艶《つや》めいた肌の温《ぬく》みが伝わって来る。民江はそのふくらはぎを劬《いた》わるように撫《な》で乍ら、

「うちは生れて初めて男と云うものにしんから惚れて了うたらしい。一目惚れや、べ

た惚れや」

と悪酔いでもしたときのように、繰返し呟《つぶや》いているのであった。

赤十字病院へ澄子を見舞った帰り、三人は播磨屋橋で車を下り、山海楼で芸妓《げいぎ》をしている妹のところへ行くと云《い》う妙子と別れてのち、悦子は民江と連れ立って交差点を渡り、風に吹かれ乍らぶらぶらと鏡川の方へ歩いて行った。

さっき車から下りる拍子に、民江の左手の指のものが強い陽差しを弾《はじ》いたのが悦子の目を射て思わず眉《まゆ》を顰《しか》めたところ、民江はその左指をぐっと遠くに伸ばし、ひらひらさせ乍ら、

「すうちゃんとお揃《そろ》いの指輪や。プラチナの三匁《もんめ》もあるのやで」

と自慢げに披露したのがきっかけで、

「悦ちゃん今からうちへ行こ、ねえ」

「そうしようか」

と云う相談が出来たところであった。

昔、播磨屋橋の南側一帯は大きな料理屋や芸妓置屋のあいだに食べ物屋も混り、吹く風さえ粋《いき》な、などと云われたものだが、今は表通りはすっかりビルに変って了い、

悦子の生れた松崎の家、その隣の浄土宗の寺、澄子の実家の木下散髪店、それから悦子の好物の辻占《つじうら》入りの花あられの店や洋服を作って貰ったハ・アゲーフさんの店などもうあとかたもなく、此処《ここ》、と指差されても信じられないほど様変りしているものの、それでも横町に曲れば路地奥にはやはり民江のような稼業《かぎょう》の人間が住むアパートはそここに見える。以前はこの辺りを歩けば絶えず三味線の音が路上に流れて来たものだったが、今は窓にカラーの下着が干されてあったり、聞えて来るのはテレビの音ばかりだったりする。

昨日墓参りの道で勇太郎は悦子に、

「民江のいごっそうにも困ったもんじゃったが、此の頃何やら宗教に入ったとみえてちょっとはましになった」

と如何《いか》にも肉親のような隔てのなさで云っていたが、それはもうひとつ、民江の相談相手となってやっていると云うよりも、「放って置けば何をしでかすか判らん民江」を監督する為《ため》に、勇太郎はときどきこの南播磨屋町の民江の家を覗《のぞ》いてやっているらしかった。病気の澄子でさえ勧誘を斥《しりぞ》けているその宗教に民江がふらふらと入って了った原因は、同じ検番の若い朋輩京丸に証文無しで貸した虎《とら》の子の百万円がなかなか返して貰えず、夜も眠れないほど悩んだ果てだったと云う。勇太郎はそれを、

「たん子のやつ、食うものも食わず百万円も臍繰《へそく》りよって」

　とその貯金高に呆《あき》れたような口振りだったが、悦子はそれよりも、貸した金を取り戻したさにお父《と》っちゃん以外のものを祈り始めたと云う民江の慌《あわ》てふためいた様子を想像しただけで、一瞬噴き出すほど可笑《おか》しかった。きっと民江は、頭にネットを被《かぶ》ったりピンを差したり、或《ある》いは起きぬけの寝巻の儘だったりで、

「神様、あのお金をどうぞ返して下さいませ。もう利子もおまけも要りません。元手だけで我慢します。お願いします。お願いします」

　と一心不乱に脇目《わきめ》もふらず、あのどす声で喚くように祈り続けたに違いなく、それは苦労して獲《と》った魚を笹《ささ》の先からぽとぽとと落して歩く熊《くま》の愛嬌にも似て、悦子にはとても滑稽《こっけい》に思われたが、勇太郎は「笑い事じゃなかったよ」と云う目で、

「ま、無事戻ったからよかったようなものの、あれで一切戻らなんだらたん子は病院行きやったかも知れんよ」

　と云ったが、悦子は心のなかで〝いや、たん子はたとえ一文無しになっても、気など狂いやしない〟と思った。それを勇太郎の前で口に出して云える確証はないが、あの大作りな躰と怪力、それに満州渡りの度胸と、小さいときから阿呆の莫迦《ばか》のと云う世間からの罵詈《ばり》雑言《ぞうごん》をものともしなかった強さとを持っていれば、金くらいの手違い

でこの先の自分の人生を抛《なげう》つ筈《はず》はない、と悦子は自分に引き較《くら》べて判るところがあった。

若い京丸は芸妓を止《や》めてその頃、自分で小料理屋を出す事になり、かねて喫茶店に誘っても、

「お茶代もったいないきに、お断り」

と云うほど吝《けち》な久千代なら定めし貯め込んでいるに違いないと見当つけて、

「月一割、いや一割五分の利子をつける。銀行よりずっと割がええよ。あんた定期預金おろしてでもこっちへ廻すほうが得になるがねえ」

と持ちかけ、民江のもの知らずの欲心はすぐそれに乗り、胴巻を逆さに振って有り金さらえたと云うところらしかった。

これで民江の貯金高は忽《たちま》ち仲間うちに知れ渡り、勇太郎のように「あいつ、いつの間にそれほど？」と驚く人のあるかたわら、「あれほどの付合いの悪さでいて、たったそれだけ？」と意外な口ぶりの人もおり、その噂《うわさ》のなかではいずれも、

「まあ証文も取らずに口約束だけで貸すとは」

と一度は呆れられ、そしてつまりは〝やっぱり評判通り久千代さんは八分目〟と云うところへ話は落着く事になる。

悦子が笑ったのは、昔から民江はどんな深刻な場面にあってもふっと一点、底の抜けているふしがあって、それは以前、貯金箱の金を盗んだ貞子との大喧嘩《おおげんか》のときでも、傍で二人の摑《つか》み合いを見ているうちに悦子は何故《なぜ》か可笑しくなり、暫《しばら》くののち、

「たん子、さっきはチンケやったねえ」

と下から指差して表情を擽《くすぐ》るようにすると民江自身も忽ち、

「へへへ」

と笑い出し、

「貞子に引っ掻《か》かれて痛かったよ」

などとけろりと云う癖があるのを悦子は今でもよく憶《おぼ》えている。今度のこの百万円の話も、一時は京丸の許《もと》へ暴れ込んで行きはしても、暫くすれば憑《つ》きものの落ちたように、

「ありゃ、やり損なったよ」

ぐらいで案外あっさりと忘れて了《しま》うのではないかしらん、と悦子は思った。そうでなくては五十近くまで父親に貢《みつ》ぐばかりの理屈の合わぬ暮しが続く訳はない、と考えていた事を、悦子は民江と並んで歩き乍《なが》ら口に出し、

「それでたん子、あんたその何神様とやらの信仰は今でも続けてるわけ？」

と問うと、これにはちょっとバツが悪そうに笑って、

「お金が戻ったからにはもう祈らんならん事はないと思うてサボっておったところ、またお願いせんならん事が出来て、いまは熱心に拝みよる。丑寅勤行《うしとらごんぎょう》と云うのもやりよる」

とそこまで話したところで、アパートのドアの前であった。

アパートとは云っても、三階の民江の部屋は鏡川の堤の上の唐人町から小橋を渡ってすぐ入れるようになっていて、悦子は土間に踏み込んで部屋のなかを見渡したとき、そのきちんとした様子に意外な感じを持った。民江の事なら食べた食器は流しに漬けっ放し、脱いだものは放りっ放し、と思っていたのに、これはまあどこも彼処《かしこ》も舐《な》めたように掃除がゆき届き、ものの置きかたひとつ歪《ゆが》められていない。さっき病院で澄子が何かの拍子に、

「たん子はお道具持ちやからねえ」

とつけ足していた通り、四畳半の茶の間、六畳の居間には置くべきところにはちゃんとそれがあり、それはまた日頃の手入れを誇るように貫禄《かんろく》を見せて光っているのであった。

悦子はふと洒落本《しゃれぼん》か何かに、〝売薬店と女郎衆の部屋は箪笥《たんす》が光らねえと信仰がう

すい〟と書いてあった言葉を思い出し、そう云えば昔から芸妓衆はとりわけ衣裳《いしよう》を大事にし、それを入れる道具をもとくに丁寧に扱う話も振返られ、今更のように民江のこの道での年月の長さを思わせられる。同時に悦子は、民江が例の自律神経失調症とともに肝臓障害を訴えているのも、その原因は彼女自身の云う、

「座敷に出るとどうしても酒を呑《の》まん訳にはいかんからねえ」

との理由だけでなく、百万円とこの道具類を貯《た》めるに就《つい》ての長いあいだの食事の貧しさが関わっているに違いない、と思った。

以前電話のやり取りのうち悦子が、何か好きな食べ物があったらこちらから送ってあげよう、と云ったのに対し、民江は言下に、

「そんな、食べて了《しも》うたら無《の》うなるものにお銭、使いなさんな。悦ちゃん相変らず無駄遣いしよるらしいね」

と云い切ったのを聞いて、民江だけに限らずこの世界に長らく生きて来た人たちの考え方にふと触れたような感じがした。この人たちはきっと、朝昼晩佃煮《つくだに》にお茶漬けばかり、食べ物を買う金があれば帯〆《おびじめ》の一本、足袋の一足増やすのが得策だと考えて生きて来たに違いなく、それは口いやしかったが為に、まるで犯罪者のように未《いま》だに語り伝えられている貞子の死から推しても判《わか》るのであった。

それに、昔のように商売の場所を料理屋が貸してくれた時代と違い、今は客との首尾もときどきは自分のアパートを提供しなければならず、そうなればいつ何どき、誰が訪ねて来ても慌てて片付けるようなていたらくでは恋の真似事《まねごと》も成立ち難《にく》くなる。悦子の家のように、家中の皿小鉢をありったけ出して念入りな食事のあとはまたお茶お菓子と続き、暫くすれば次の食事の準備の為にものを漬け込んだり浸したりで、一日中流しの乾く暇のない有様では突然に人を迎える訳には行かず、いきおい台所を清潔に見せる為にも食事は極く手短かに済まして了うのであった。

民江は自分から「利巧貧乏バカの世持ち、と云うが本当やろ」と云い乍ら卓袱台《ちゃぶだい》の前に坐って「悦ちゃんお茶飲む？」と聞いてから、ティーバッグの紅茶にポットの湯を注いで出してくれたが、悦子は内心、澄子の留守宅をときどき掃除に行く民江が、四角な座敷を一瞬のうちに丸く掃き「掃除賃」に風呂《ふろ》を沸かして入って来ると云う、百円の風呂代まで節約するほどの民江にお茶をご馳走《ちそう》になるのは気の毒だと思った。が、民江はお茶を振舞う事に就て考えるよりも、自分の打明話を少しでも早く聞いて貰《もら》いたかったようで、早速に一冊のアルバムを取出してそのなかの一枚を指差し、

「これがうちのすうちゃん。荒物屋の広瀬」

と悦子に教えたが、その写真は全体に焼きが黒く革ジャンパーを着てオートバイに

跨《また》っている姿がやっと判るばかり、肝腎《かんじん》の顔は蔭《かげ》になって見えなかった。それでもオートバイに乗る事自体、もう足許も危いような老人とは少々違うらしく、悦子は自分の想像と大分かけ離れていた事を率直に云《い》うと、民江はちょっと得意げに、

「そうよ。年は六十五でもまだしゃきしゃきや。うちはねえ、今まで男に身上《みあが》りをした事なんか一度もなかったけんどね、この人にだけは別や。この指輪も、一緒になるときうちが貯金をおろしてお揃いで拵《こしら》えてプレゼントしたものよ」

とつくづくと眺め入るのを見ると、悦子は民江の金銭上の固い防衛ぶりを聞いて来たあとだけにただ事でない感じが漂い、これは悦子の知る限りの民江の像のなかには全くない、もうひとつ別の民江だと悦子は思った。

民江は四十八歳の春、父親によく似た広瀬栄郎《えいろう》に出会ってからと云うもの、自分でも奇妙だと思えるほど心がやさしく霑《うるお》い、親の死以外流した事のない涙が何かにつけすぐじわじわと湧《わ》いて来るようになったと悦子に云う。たった一度の、それもまわりに大勢人の居る座敷での短い時間だったのに、昼は死んだ父親の面差しに重なって目の前にちらつき、夜は夜で、眠りに入るまであの咽喉《のど》の乾いたような感じに躰が苛《さいな》まれる。何でこんなかしらん、何でこんなかしらん、と自分でも首を傾《かし》げる思いになるのは、こう云う人恋しさが内から湧いて来る覚えが生れて初めての故《ゆえ》らしかった。考

えてみれば十四の年から客を取り始め、十八、九の頃には一晩最高四人の客を扱ってさして疲れも覚えず、そのなかには互いに惚《ほ》れた腫《は》れたの話もないではなかったが、あれは皆徒惚《あだぼ》れだったのや、と民江は思った。それと云うのも幾十年このかた、金がもの云う世界に身を置いていれば、惚れもしないのに惚れた素振りもし、今度こそ相惚れと思い込んでも金の切れ目が縁の切れ目だったりして、恋が金の助けなしに出来るとは自分でも思っておらず、その徒惚れさえ躰だけの惚れかたであって、心から靡《なび》いたのはこの人より他に誰も居《お》らぬ、と気がつけば、父親の死後巡り合った因縁が深く思われて来る。もう一度逢《あ》いたい顔見たいと考え乍ら歩いている風呂帰り、ふと見上げると狐《きつね》にでも騙《だま》されているような淡い夕月が掛かっていて、そんなとき、民江は訳もなく涙が出て来るのであった。

恋しければその人の消息を知りたく、先夜の仲居の一人の袖《そで》を摑まえても、

「さあ、滅多に遊びに来ん人やからねえ。広瀬荒物店なら知っちょるが、あの人の噂は聞いた事もない」

と云う話で、その手掛かりのなさは炎天下、目が眩《くら》んでも取縋《とりすが》るものとてない野原のまん中に一人立っているようなものだと民江はよく思った。

それでも聞き耳を研ぐ為に座敷は休まず、出の拵えをしようとして民江は一夕、両《りょう》

衿《えり》を寛《くつろ》げたっぷりした乳房を見せて鏡に向っていたところ、どう云う拍子か指の股《また》からぽたぽたと化粧水がこぼれ、両乳のあいだに滴《したた》り落ちた。その冷たい感触は瞬間民江の躰に火をつけたようになり、鏡に向ってふと目を据えると、着ているものを全部脱ぎ捨ててすっくりと立った。強そうなうなじ、どんな頑丈な男でも抱けそうな広い肩、両の乳房はまだぷりぷりと上向いていて、豊かに肉の付いた腹から太腿《ふともも》にかけては風呂上りのいい匂《にお》いがほんわりと立ち上って来る。

「この躰ならあの人と寝たって」

と思えば、相手へ橋も掛けられずこうして一人で居る事のたまらない淋《さび》しさがしんしんと身に沁《し》み、その儘《まま》の姿で民江は部屋うちを歩き廻ってみる。そのうちふと気が付いて、

「あっ、そうや」

と思ったのは、長いあいだの習慣で芸妓《げいぎ》は座敷でのみ客を待つもの、と考えていたのに、今はいつどこで逢曳《あいびき》しようと全く自由と云う事であった。

相手は幸い商売人ではあり、素人《しろうと》家を訪問するのと違ってこちらが客を装《よそお》えば店の開いている限りはいつでも出掛けてよい筈で、それを何故早く思いつかなんだ、と自分の頰をぴしゃりひとつ叩《たた》くと、艶《つや》やかな色の紐《ひも》をあっちへ引きずりこっちへ引っぱ

りして大急ぎで着物を着、帯屋町へと駈《か》け出して行った。駈け乍ら民江は、足の軽さにも増して自分の心の軽さに驚き、これまで一文にもならぬ事はお父《と》っちゃんの為《ため》にやめよう、と自らを抑え続けて来たものが、いま一度に放たれた勢いなんや、そのせいや、と思っている。が、広瀬荒物店には店員こそ見えても主《あるじ》の姿は摑まらず、これだけは日頃勇敢な民江でも底に惚れた弱みのある事とて押しては行けず、仕方なく惜しい思い乍ら一番値の安い笊《ざる》をひとつ買って帰った。それでも、どうやら道の開いた感じがあり、それからは毎日必ず髪を結っては帯屋町へ出掛け、広瀬荒物店の前を二、三度覗《のぞ》き込み乍ら往復する。

民江の思いがやっと通じたのはこの毎日の散歩を始めてどのくらいののちだったろうか。店員とお揃《そろ》いのジャンパーを着て道のすぐ脇の商品にはたきを掛けている、紛れもない栄郎の姿を見つけたとき、民江は動悸《どうき》が咽喉もとで激しく打っているのを感じ乍らもずかずかと傍へ寄って行き、

「広瀬さん、あたし久千代。どんなに会いたかったか知れません」

と一口に云ったところ、背の高い相手は一瞬〝お前、頭が変やないか〟と云うふうな目つきで民江を見、それから考えあぐねたように背を曲げてから商売人の笑顔になり、

「ああ、いつかの山海楼の？　それはそれは」

とだけの挨拶《あいさつ》だったのは、いきなり店先で会いたかったと云われても面喰らうしかなかったところであろう。

初対面以来、一人相撲で胸を焦《こが》し続けて来た民江は相手のその態度に苛立《いらだ》ち、一足詰め寄って、

「まあ他人行儀な。今晩こそどうしてもうちへ来て頂戴《ちょうだい》。電話、待ってます」

と早口で云うと同時にまた名刺を押しつけ、

「きっとよね。来てくれなんだらうち悶《もだ》え死にするよ」

と云い、相手がぽかんとしたところで、奥から若い女の声で、

「お父さん」

と呼び掛けがあり、急いで離れた民江の背中に、

「あの小母《おば》さん、お客さんだった？」

と聞いている声が追いかけて来たが、今更小母さん、と呼ばれても動じはせず、お客さんではなく芸妓が誘いに来たのだと判ってもこれは商売じゃない、と胸を張っているのであった。

その晩、座敷を休んで電話の傍に頑張っていた民江の耳に、

「あんた久千代さん？　困るよ店へいきなり来られちゃあ。儂《わし》は娘に絞られてねえ」

とは云ってもそれは笑いを含んでいる声であった。民江はその声を手繰り寄せるように、

「何がどうなっても構わんきに、うちへいっぺん来て頂戴。一生のお願い」

と云うと、今度は声を出して笑って、

「〃来てくれなんだら悶え死にする〃やろ？　よしよし、そのうち参じましょう」

と云って電話は切れたが、民江はぺたんと坐《すわ》ったまま、いつまでも受話器を耳から離さないでいるのであった。

思う相手にやっと橋が掛かり、差し向いで会う事までは叶《かな》ってもその栄郎がいつも笑い乍ら云う、

「儂は広瀬の種馬でのう、養子の身じゃきに」

のせいかどうか、民江の家に寄るのはこの頃扱い始めたと云うポリバスの外交販売の途中だったから、民江が〃気の違わぬが怨《うら》めしい〃とまでに望んでいる二人の首尾の機会はなかなかやって来なかった。栄郎のほうも、遊び馴《な》れないとは云っても、もう孫まである身でこれほどまで女に焦《こが》れられれば次第にその気になってゆくようで、そのうち男のほうから段取りして民江を誘ってくれたのは、業者の会合が高松にあっ

たそのあとの一日であった。

民江は汽車に乗って高松まで行き、約束の旅館に入って胸を躍らせ乍《なが》ら待っていたが、会議が長びいているのか相手はなかなかやっては来ず、待ちくたびれてふと窓を明けると、もう秋だと云うのにどう云う訳かうるんだ低い月がすぐ前の瓦屋根《かわらやね》の上に掛かっていて、思わず手を伸ばして触りたくなるような親しさに見えた。民江は、男に惚れると女の気持はだんだん子供のときに帰るもんや、と思い、それは広瀬だって同じだと思うと、向うに子があり孫があり、こちらにもうず高いほどの男との過去があったところで、それが二人の仲に何の障害になろうとも思えなかった。

その旅館での明けがた、民江はそら耳にあの八流の怒濤《どとう》の音をずっと聞いていて、そして片手では濡《ぬ》れた岩肌を必死で握り締めている感じがあった。長いあいだ、名さえろくに知らぬ男と一緒に数え切れないほどたくさんの朝を迎えて来ても、この朝ほど深い思いの籠《こも》っている事はなかった、と民江は思い、一人心のなかでこれがうちの結婚式や、としっかり思った。が、目が醒《さ》めて来るにつれ、次第に鮮やかになるのは起きればまた別々に離れなければならないと云う現実で、それは思いがけず手痛い悲しみとなって民江を辛《つら》くさせて了う。外がすっかり明け、眠りこけている栄郎の顔に朝陽が差して来ると、民江は見えないものの手で引き剥《は》がされるのを固く拒むように

なおいっそう相手に取縋り、

「ほんまの夫婦と云うのは、夜が明けても離れないでええと云う事なんや」

と気が付くと突然、今まで格別羨《うらや》んだ事もなかった世の夫婦と云うものがひどく憎々しく思えたりするのであった。

一旦契《いったんちぎ》りが出来ると、若い頃は別として結婚後は浮気のひとつした事もないと云う堅物の栄郎でも、週に一度は巧《うま》く暇を作り、その合い間には三分で切れる外の電話を使って慌《あわただ》しく民江に連絡もして寄越す。またいきなりドアの外にダダダッ、とオートバイの音をさせて現れる日もあり、馴れて来ると以前のように卓袱台を中にしてもじもじと互いに煙草《たばこ》を喫《す》い合う時間は無駄となり、入って来るなり内からドアに鍵《かぎ》をかけて、

「そうせがむな」

と云い乍らズボンを脱いだりする。

頭は胡麻塩《ごましお》、歯は入れ歯でも、オートバイを乗り廻すだけまだ躰《からだ》は若々しく、それになまじ遊んでいないだけに民江にとってはさまざま勝手の違う面があり、それがひどく新鮮であった。共寝の最中、

「お前そのサービスは商売用か？」

などの皮肉を云って民江を蔑《さげす》みなどしないし、あらぬ嫉妬《しっと》をやいて困らせたりもせず、民江を当り前の、それもちゃんと足りた素人として扱ってくれるのが何よりも嬉《うれ》しい。その代り、商売の手広い割には自分で金を持っていないから、芸妓の旦那《だんな》のように面倒見てくれる訳ではなく、勿論枕代《もちろんまくらだい》などの小遣いを貰う事もないが、それよりも民江がいつも突き当って心萎《な》えるのは、栄郎がひどく小心で、民江との仲を家の者に知られるのを何よりも怖《おそ》れている事であった。

長年遊び馴れた男なら、女房子供に有無を云わさぬ才覚があるけれど、養子の身分も関わってか古女房よりも長男夫婦の目を恐《こわ》がり、その為に約束を反故《ほご》にされる事もしばしばある。その臆病《おくびょう》さを民江がときたま詰《なじ》ると、

「ばれて了《しも》うたら一切がパアやぞ。要慎《ようじん》に越した事はないやないか」

と云い、そのときは内心、そっちがパアになってもこっちが切れはせん、と力み返るものの、そう云う修羅場になればこの気弱なひとがどれだけ困るかと思えば、ぞっこん惚れているだけに涙を呑《の》んでただおとなしく待っているだけとなる。

民江は、こんな関係を続けているうちには、今まで一人暮しは掛かりも少ないから気楽でよい、と決めていた了簡《りょうけん》がときどき崩れ、身銭を切って栄郎に昼飯など出したあとでは、電気釜《がま》ひとつの飯を一人で日に三度食べる味気なさがしみじみ胸に来て、

「ああ、いやいや。何してもひとり」

とむやみに頭の地を掻《か》いて苛立ったりする。辛いのは風邪などひいて寝ているときで、以前は男は客以外の何者でもなかった故にこちらが病気のときなどは全く無縁のもの、と思っていたものが、すうちゃんともなればこう云う身の弱りのときにこそ来て欲しい、と眉間《みけん》が熱くなるほどそればかり思う。

それでも生れて初めて〝心が恋した〟充実感を民江が内に持っている事が出来たのは、二年足らずの月日であった。澄子が大怪我《おおけが》をした年の正月三日、珍しくオートバイでなく仕事始めの廻礼の帰りだと云って徒歩で寄り、屠蘇《とそ》代りの冷酒を猪口《ちょこ》に一杯口をつけて帰ったのが栄郎の民江の家に現れた最後となった。そのときは、温めてあった寝床へ民江が誘っても、

「今日はいかん」

と首を振り、

「何処《どこ》ぞ具合でも悪い？」

と問うと、

「そう云う訳でもないが。ま、今日は家で正月客も待ちよるきにこの儘帰る事にしよう」

と長居せずに立ち、そのとき民江は何故《なぜ》か安芸の病院のベッドに横たわっていた父親の顔が相手に重なって、

「商売人は暮の忙しさが正月になってからこたえて来るものやねえ。栄さん頰がこけたよ」

と思い、また云《い》いもしたが、栄郎はいつものようにそれに対して丁寧に相槌《あいづち》を打たず、黙って聞き流した儘であった。あとから思えばこの頃から年なりの疲労が重く澱《よど》んでいたらしく、民江は思い返すたび、この日のもの憂《う》そうだった栄郎の姿が悲しく目に泛《うか》んで来る。

そのあと向うからは全く音沙汰《おとさた》がなくなり、どれほど民江の気を揉《も》ませた事だったろうか。かねて店へは来るな、電話もいかん、と固く云われていても、二週間三週間と消息が途絶えればじっとしていられなくなり、歩いてほんの七、八丁の帯屋町まで民江は一日いく度通ったか。無事ならそれでいい、せめて顔だけでも、と念じ乍ら知らん顔して通る広瀬荒物店には首を伸ばして覗いてもそのひとの姿は全く見えず、以前此処《ここ》で会ったのはあれは何曜日の何時頃だった、と指を繰り、その時刻に禁厭《まじない》をかけて出掛けてみても、店の主の消息さえ聞く事は出来なかった。毎日夜が来て、座敷の口が掛かればいっとき気は紛れるが、お茶挽《ひ》いて一人家に居る晩など、そら耳にオ

ートバイの止まる音を聞いてたびたび暗い往来を見に行ったりする。気が苛立っているせいか、例年銀杏《いちょう》の若葉の頃が一番ひどい例の自律神経失調症も今年はもう起りはじめ、ふと自分を巡って飛び廻る虻《あぶ》などが原因で今にも爆発せんばかりに血が頭に上り、自分で自分を扱い兼ねるときもあった。

思案に余れば、いくら口止めされていたとて人に相談する道しかなく、寝ている澄子の傍でこの顚末《てんまつ》を掻き口説けば、澄子は寝た儘の目だけで民江を詰《なじ》るように、

「恋いたほど飽いた、と云うからねえ。あんたちっと熱烈過ぎたのよ。ほどほどと云うのが長続きの秘訣《ひけつ》やないの」

と云うのは五躰《ごたい》満足でまだ男を求めてやまぬ民江の健康に就《つい》ての羨みもあるらしかった。それでも互いに日蔭《ひかげ》の身の立場もあって、澄子がつけてくれた知恵と云うのは、

「満州と違って狭い高知じゃきに、知らん顔して検番で聞いて廻ってごらんや。帯屋町の荒物屋なら詳しいひとが必ず居る筈《はず》や」

との事で、また実際、山海楼の仲居のなかに出身が栄郎の実家と同じ田舎だと云う人がすぐ見つかったのは、三軒隣は引っ張り合い（親戚《しんせき》）と云う、二十万都市の有難さでもあった。

そのお秋さんは栄郎とは幼友達だと云い、

「ああ栄ちゃんの事かね。何やらあのひと近頃入院したとか云う話やったねえ。高知病院とか市民病院とか」

と確かでない話の儘《まま》打切られたのは、日頃吝《けち》の久千代で名が通り、仲居にチップのひとつ出さぬ事を相手もよくよく知っていたものとみえる。民江はその一言を頼りに電話で根問いして廻り、やっと捜し出したのは高知病院の一室で手術の日を待っている栄郎で、自分で電話に出た声は弱々しくいっそう臆病そうで、真先に、

「此処を誰に聞いた？」

と聞き、

「お秋は口の軽い女子じゃきに、何も喋《しゃべ》ってはいかん。此処へ来る事も電話もこれっ限りにせよ」

と繰返すばかり、民江が涙声で、

「栄さんそれはあんまりや。うちがどんな気持で居《お》るか判《わか》らん筈はないやろがね。栄さん、ねえ」

と掻き口説くのへ、珍しく声を荒げて、

「ええ、聞き分けのない」

と電話は向うから切れて了った。

そのあと民江はどこでどう過したやら、気がついてみると医者に止められていた筈の酒を以前行きつけの小料理屋でしたたかに呷《あお》った果て、「もう死んで了いたい、死んで了いたい」と喚《わめ》き続けていたと云う事で、酔いが醒めて来ると、この事態に民江自身が死ぬどころではなく、一週間後には手術台に上ると云うすうちゃんの為《ため》にありったけの知恵を絞れば、以前百万円貸金の戻ったご利益《りやく》のある本尊様にお願《がん》を込める以外に方法はないように思えて来る。早速に押入れからそれを取出し、はたきを掛けて一心に祈り続けてもまだ気分は落ちつかず、同じ地区の入信者たちに相談を持ち掛けると、

「大きなお願ごとのときは、本山へ走るがよい」

と勧められ、もう自分の稼業《かぎよう》も何もそっち退《の》けにして汽車に飛び乗り、本山で祈りに祈って戻るなりその足で病院に駈《か》けつけてみれば手術を明日に控えて面会謝絶だと云う。

ドアの隙間《すきま》からほんの一目だけ、と看護婦の袖《そで》に取組ってみても、身内ではない身が判れば敢《あ》えなく押し返され、すごすごと帰った家ではただもう本尊様に向って勤行《ごんぎよう》するより他ないのであった。これが若い頃なら他に気を紛らわせる方法もあったろうが、長い年月、金を貯《た》めるのを目的に一切の遊びを自分に固く禁じて来ていれば今更

思いを散らす事は出来ず、一念凝って栄郎の無事平癒を願うばかりとなる。もう目は目無し鳥、耳はふくろう耳と云うばかりのひたむきさで、頼みは殆《ほとん》ど一時間おきに病院に電話して知る病状の情報だけだが、これには看護婦のほうが音を上げ、

「判った判った、判りましたよ。広瀬さんが歩けるようになったらこちらから電話を掛けるように必ず云いますから、もうあまりたびたび聞いて来ないで頂戴《ちょうだい》」

と頼み込むほどの始末であった。

飲まず食わずの十時間勤行と云うのに挑戦したのも手術の日からで、本尊様の前で手を合わせ一心不乱に題目を唱えていると、躰中が痺《しび》れて鋳型《いがた》に入ったようになり、声は嗄れて後頭部からときどき意識が薄れて来る。それでも頭のなかにポッンと灯を点《とも》しているようなたったひとつの願い事だけを見つめ続けて頑張り、やっと十時間に到達したあとは手を合わせた姿の儘畳の上に横倒しになり、自分のほうが息も絶え絶えになっているのであった。

待ち兼ねていた病院からの電話は手術後九日目にあった、と民江はこの辺り実に正確に記憶していて、

「うちが入院を知ったのが三月の八日で本山へ走ったのが十三日、手術が十八日で初めて電話くれたのが二十七日やった」

とすらすら述べたが、この最初の電話を受けたときの気持と来たら、とここまで語って来た民江の目に光るものが見え、

「到底口では云えんねえ。もう目先が真暗になって了うて、電話を持った儘うちは一言もものが云えなんだ。この世の終り、と思うたよ」

と云う言葉が決して誇張でない証拠に、真顔になって目頭を拭《ぬぐ》い乍ら、

「手術したのは睾丸《こうがん》の病気やった訳よ。それもせめて片金だけでもうちの為に残しておいてくれればええのに、両金とも除けて了うて」

と嘆くのを見て、悦子は民江がおどけているのかと思いちょっと笑おうとしたが、すぐ頬の肉が引き攣《つ》って了った。民江は悦子にじっと目を据えて、

「うちはいま、花にたとえたら真っ盛りと云うところや。この女盛りをやねえ。燃えて燃えて燃え尽してやねえ。それこそ命までも掛けたすうちゃんが、両金全部切って了うとは、泣いても泣いても泣き切れん気持や。うちもよくよく運のない女よねえ。ねえ悦ちゃん、そう思わん？」

とぐっと膝《ひざ》を進めて来る。

悦子はすっかり息を呑まれ、詰め寄って来る民江の顔をまじまじと瞠《みつ》め乍ら何か云わなくては、とうろたえ、それで口をついて出た言葉と云うのは、

「あんたも淋《さび》しいでしょうけどさ、もうそう云う事に興味を持たず、これからは広瀬さんを茶呑み友達と思ってさ、いろいろ相談に乗って貰《もら》えばいいじゃない？」

お互いもう五十だもの、と精一杯の慰めを込めたつもりだったが、それを民江はどう受取ったのか忽《たちま》ち相好が変り、みるみる子供の頃のあの錯乱一歩手前の面差しになって、

「何を云うか悦子」

と卓袱台《ちゃぶだい》を平手で叩《たた》くときっと決めつけて、

「亭主持ちと云うのはそんな気楽な事を平気で云うきに好かんと云うてある。自分は毎晩好きなようにやりよるくせして。

うちの身にもなってごらん。旦那はもう銀の穂すすきで役立たずになって了うた。これから先、この女盛りの躰でどうやって暮して行ったらええのや。あんた人の話かと思うてあんまり勝手な事云いなさんな」

と大声で怒るのを悦子はまあまあたん子、気を鎮《しず》めて、と宥《なだ》め乍《なが》ら、これは百万円貸し失うどころの話じゃない、とこちらも胸の内では困惑とも感嘆ともつかぬ思いが竜巻を起しているのであった。

悦子は、もう今になって自分と民江は世界が違う、などとしらを切るつもりはない

が、それでもさきほどからの話を聞いていれば、花で云えば真っ盛りだとか、女盛りを燃え尽してとか、悦子にとってはとうの昔に色褪《いろあ》せてしまった言葉を民江はまだ堂々と臆面もなく自分に当てはめて使っているのを聞けば、一瞬胸のなかの沈澱物《ちんでんぶつ》を掻きまぜられたような感じになり、自分とは僅《わず》かしか年の違わない相手の容貌《ようぼう》をふと詮索《せんさく》するほどの思いにもなって来る。年なりに薄くなっている生え際《ぎわ》、口の脇《わき》の竪皺《たてじわ》、低いむかし声、とやはり民江の外見はそれなりの衰えはあるものの、稼業柄一種独特の花の匂《にお》いのようなものがあって、それが取り分け強く感じられるのはたったいま、今どき珍しい命がけの恋沙汰を聞かされたせいでもあったろうか。

栄郎を恋えば恋うほど世の夫婦関係に深い憧憬《どうけい》を持つようになっているこんな民江に、日常もうくたびれ果て、ここ十年も夫婦のあいだで艶話《つやばなし》のひとつした事もない悦子の打明話などしたところで、

「嘘《うそ》ばっかり。人間死ぬまで色気と痔《じ》の気のないものはないよ。云い繕いなさんな」

と鼻で笑われるのは判り切っている。さりとて、

「またいいひとが見つかるわよ」

などと一時の出まかせを云えば、これはまた余計民江を刺激する結果ともなり兼ねず、悦子は民江の馬力の強さに圧倒され乍らも、

「そのうち広瀬さんもまた快《よ》くなるかも知れないし」

とこの場合、当らず触らずの慰めかたをするより他ないのであった。

また悦子は心のなかで、この押しの強さに相手は案外民江を持て余していたのかも知れないとふと思い、これはやはり芸妓《げいぎ》の側からの惚気話《のろけばなし》であって、女から本気でプラチナの指輪を贈られた男はその始末に困ったであろうとの推察も起きたけれど、それはこの際、民江に云える言葉ではなかった。

悦子は東京に帰ってのち、この度の十年ぶりの帰郷は澄子の無残な姿を見た事にも増して、もう五十歳の民江が花盛りの恋をしたと云う打明話がいつまでも耳に尾を引いて去らなかった。と云うのも稼業こそ違え同世代の女であるのは悦子も民江と変りないし、日頃は原稿紙相手に格闘していても、一人で風呂《ふろ》に入る夜更《よふ》けなどふと、「五十は女盛り」と繰返し云った民江の言葉を、改めて自分の躰《からだ》にも見出《みいだ》したときには、もうやみくもに民江のような恋も出来ない自分に思いが寄る事もないではない。それでも、それ以上気持が煽《あお》られないのはやはり底にどうせ民江は男商売、と見縊《みくび》っているふしもなきにしも非《あら》ずで、そう云う自分を悦子はまたときどき憎んでみたりもする。

民江と別れたあとの消息は、電話代が勿体《もったい》ない、と云う相手にこちらから連絡を取るしかないが、ひと月に一度ほど長々と話し合うのは澄子のその後の容態を知りたい為と、出来るなら民江がすうちゃんと無事縒《より》が戻るのを悦子は蔭乍ら祈っている為でもあった。すうちゃんの手術後もう全く連絡も途絶えている、と帰郷のときに聞いた状況はその後もちっとも変らず、民江はそのたび、

「一人となったら意地も抜けたよ。もうどうでもなれとも思いよる」

と絶望的であったり、或《ある》いは、

「嫌な事は髪を洗ったら忘れる、と云うからねえ。此の頃は毎日髪ばっかり洗いよる」

とちょっとおどけてみたり、それでもやっぱり、

「うちは待ちよるよ。いつまでも待ちよるよ。こうなったらもう寝んでもええ。顔だけでも見たいと思うしねえ」

と云うのが本音で、そしてそれは何の進展もない儘、日が経《た》ってゆくばかりであった。

悦子が帰郷してから二年目の正月、テレビなど見ていた三日の夜更け、電話が鳴って、取上げた悦子は、

「あ、たん子、こちらから掛けてあげるから一旦《いったん》切りなさい」

と云《い》うと民江は珍しく、

「いやええよ。この電話代はうちが奮発する」

と断わってから湿った声になり、

「悦ちゃん聞いて。うちのすうちゃんとうとう死んだよ。今日が葬式やった」

と暫《しばら》くは鼻をすする音だけがあった。

睾丸炎の手術後、何となく健康がすぐれなかった栄郎は去年師走《しわす》に入院し、元日の朝尿毒症で亡《な》くなったと云う。前回の退院後もう店に出ず、一年半ほど内に引き籠《こも》っていた為ろくに消息も知れなかったが、仲居のお秋さんが知らせてくれたのはもう危《き》篤《とく》状態のときで、家族が詰めているため病院へも行けなかった、と云い、

「けんどうちは、地獄谷の焼場まですうちゃんを送って行ったよ。棺《ひつぎ》が釜《かま》へ入るところで誰にも知られず一人で別れをして来たところ」

と沈んだ声のなかに一筋救いのあるのは、お供の車がたくさんあるなかの一台に知らん顔して乗って行ったらしく、

「何あんた、白い手拭い被《かぶ》っちょるもの、親戚の一人、と云や、判りはせん」

と云うのを聞いて悦子は受話器のこちらで固く凝らせていた肩をほっと解くと同時に、何かがふっと判ったような気がした。

きっと民江は「うちのすうちゃん」のため人波を掻《か》き分けて乗込んでゆき、混雑に紛れて棺の隅でもいとしげに撫《な》でて戻ったに違いないが、民江にとって広瀬栄郎とのこの恋は唯一無二《ゆいいつむに》の自慢だったのだと悦子は思った。小さいときから澄子には才覚で負け、貞子には器量で負け、妙子にはものの弁《わきま》えで負け、廻りから莫迦《ばか》扱いされて四十年を過していれば、人が落日に向う思いに陥る年齢にさしかかってこちらはなお花盛りの恋が出来る事で、民江はひとつだけ皆に勝ってみたかったのではなかったろうか。男から貢《みつ》いでも貰わず、商売とは全くかけ離れたところで実を結んだこの思いを民江は定めし廻りにみせびらかしたかったろうし、また自分自身にも誇りたかったものであろう。話を聞かされた悦子までが一時的にしろ胸の内までかき廻されたのを思えば、人に侮《あなど》られ乍ら生きて来た人間のしぶとさが今頃になって痛いほど悦子に伝わって来る。悦子は電話の終りに、

「たん子は凄《すご》いバイタリティの持主だからこれくらいの事で力落さずにね、また頑張ってね」

と云うと鸚鵡《おうむ》返しに、

「何？　そのガイタリ、ガイタリ何とかと云うのは？」

と民江が聞き、その詰まりようが可笑《おか》しくて二人でふと声を挙げて笑った。

三章　花《はな》勇《ゆう》の貞《さだ》子《こ》

最初の芸名は花勇《はなゆう》、大正十三年十一月三日生れの福岡貞子《さだこ》が亡《な》くなったと云《い》う話を、いつ頃、誰の口から聞いたのか、悦子の記憶はその辺りはっきりしないが、最後に逢《あ》ったのは確かに昭和十九年の三月二十日前後、とこれには鮮やかな印象がある。と云うのは、その頃悦子は数え年十九歳で結婚する事になっていて、式の予定の月末を控え家中ざわざわしているなか、折角祝い品を持って訪れて来た貞子をゆっくり上へ上げもせず、ほんの玄関先で帰して了《しま》った残念を、その後もときどき思い返していた為《ため》でもあった。

悦子は自分が次第に年を取り、病気もし、日常そぞろ死を思うようになってみれば、これまでそれが運命だとあきらめて送って来た身の回りの人の死について、しきりに心が引き戻されるときがある。亡き人を恋うなどのむやみな感情からではなく、誰にでも必ずやって来る生の終末だけに、親しい人たちの死を迎えるに至るまでのさまざまな経過を、自分で確かめてよく納得しておきたい思いがあった。松崎の両親の死は終戦後相次いでやって来たが、当時悦子は子養いの真最中で慌《あわただ》しく二人を送り、やっと子供たちから手が離れてのち、長患《ながわずら》いだった父親の晩年の胸中や、風呂場《ふろば》で急逝した母親のしあわせが大分判《わか》るようになって来たのも、順序としては次は自分の代と云う自覚のせいなのであろう。とくに今回、死との距離の伸び縮みにありったけの力を振絞っている澄子の姿を目の辺《あた》りに見れば、一時期一つ家に育った同世代の貞子の死に強く思いが寄り、ただ亡くなったとだけしか知らぬその最期《さいご》を詳しく掘り起してみたい気持になって来る。

あの昭和十九年の春の日の、薄暗い玄関の上《あが》り框《がまち》に斜めに腰かけた貞子を思い出すとき、悦子は不思議に必ず、松崎へやって来た最初の貞子の姿が重なって泛《うか》び上って来る。あのとき貞子はまだ子供だったし、このときはもう二十一歳の筈《はず》だったのに、どちらも同じ花の頃だったせいか、このときの貞子に光背のように白い桜の花を背負っていた感じが付き纏《まと》うのは、たぶん芸妓《げいぎ》として美しい盛りの年齢にさしかかっていた事もあったろうか。貞子がわざわざ届けに来てくれた祝い品は帯だったが、戦争末期のあの頃はもう衣料品まですべて切符制度になっていて、結婚とか出産についてはは別に何百点かの特配があった。その特配切符を全部使ってもとても箪笥《たんす》を充《み》たすほどの量は買えず、それにその頃の品はどれもスフ混紡で品の悪い光沢を持っていてその上弱かったから、嫁入り前の娘を抱えている家ではどこでも血眼になっていい古着を捜しており、古着の持主が代金は米で、などと云えば米の入手からして親は八方駈《か》けずり廻ったものであった。悦子の着るものの支度は家業柄、子供のときから不自由のない程度に揃《そろ》えてあって切符は下着を買うだけで間に合ったが、それでも一枚でも多くを持たせたい母親の身に取っては、貞子のこの贈物はどれだけ有難く値打ちあるものか知れなかった。帯は勿論《もちろん》新品ではなかったけれど、一度も締めたあとの見えないのは一目見て判り、それに淡いブルーに朱で華鬘模様《けまんもよう》を織り出した西陣のその袋帯は、共の織り糸で手打ちしたおもしろい形の帯〆《おびじめ》と対《つい》になっているものであった。帯には熨斗《のし》は掛かっておらず、風呂敷から畳の上にいきなり出されたとき悦子は、

「あら可愛《かわい》い」

と丸い玉結びになっている帯〆の先にちょっと手を触れたものの、礼の言葉はそれだけで帯はすぐ傍の母親の前に押しやって了った。

そのとき貞子がどんな顔をしたか、何を云ったかに就《つ》いて悦子は全く憶《おぼ》えていないが、それは多分、成長期になって急に増した悦子の我儘《わがまま》な態度に周囲はもう全く馴《な》れっこになっていた為もあったのではなかろうか。あのとき悦子の心のなかには確かに

貞子をいっそううとましく思う気持があって、そのひとつは嫁ぐ相手の家が堅い職業である故《ゆえ》に、芸妓などから祝い品を貰《もら》いたくない気持であり、もうひとつは貞子の花盛りの眩《まぶ》しさが、厳しい戦時下にあって毒薬のような禁忌を感じさせたからであった。華美と奢侈《しゃし》は仇敵《きゅうてき》だと学校で教え込まれていれば悦子の目に化粧はなべて凶々《まがまが》しく映り、自分の嫁入道具のなかにもクリームのひとつ入れなかったし、結婚式も簡素に女はもんぺ男は国民服と云う、当時の申し合わせを頑固に守った。

あのときは昼間だったから貞子は素顔に頭もひっつめの筈だったのに、悦子は松崎の家業から逃れたさ一心で早い結婚を思い立ったせいもあって、坊主《ぼうず》袈裟《けさ》の譬《たと》えで貞子の好意まで呪《のろ》わしく、貰った帯は荷のなかに入れはしたものの、その荷は満州まで運ばれ、のちに行李《こうり》ごと満州人の暴動の際そっくり盗まれて了った。一度も結ぶ事なく、最初の一瞥《いちべつ》以来しみじみと手に取った記憶もないこの帯について、悦子は貞子の死に関わりあって今ごろふと心を噛《か》まれる折ふしがある。

それと云うのも、先頃まで顔をそむけていた父親の職業を、もの書きの身になって目を据えて見れば半ば憤《いきどお》りを込めて書いておきたい材料はたくさんあり、その商売の絡繰《からくり》を調べてゆけばゆくほど今頃になって判って来る事がさまざまあった。そのひとつに、悦子は澄子の見舞に帰高する前、手許《てもと》に置いてある父の書き物のなかから、昭和十四年初頭より終戦までのあいだ、丹念につけてある営業日誌を取出しめくっていたところ、貞子について意外な発見があった。芸妓娼妓《しょうぎ》の住替え期間と云うのはまことにさまざまだが、この厚い一冊のノートのなかで貞子ほど頻繁に名の出て来るのも珍しく、数えてみると僅《わず》か六年のあいだに実に八回と云う、一個所平均八カ月足らずの尻《しり》の軽さで転々と土地を変っている。この回数を見たとき、悦子は貞子の若死にはここに原因があったのではないかと思い乍《なが》らその状況を書き出してみたところ、

本籍地高知市農人町
福岡ハルエ私生子、福岡貞子
(一)昭和十四年三月二十五日
高知市山海楼より大阪今里末広亭へ
前借千八百円、芸妓五年年季
(二)昭和十四年九月九日
大阪末広亭より高知市山海楼へ
前借二千円、芸妓五年
(三)昭和十五年五月三十日
高知市山海楼より宇和島市浮世亭へ

前借二千六百円、芸妓七年半自前
㈣昭和十五年七月二十六日
宇和島市浮世亭より高知市堺町富本へ
前借三千二百円、芸妓五年
㈤昭和十六年十一月十三日
高知市富本より大連大斗楼へ
前借四千円、娼妓五年
㈥昭和十七年二月五日
大連大斗楼より新京一力楼へ
前借四千五百円、娼妓五年
㈦昭和十七年十一月二十日
新京一力楼より吉林市亀乃家《かめのや》へ
前借五千円、娼妓五年
㈧昭和十九年三月三十一日
吉林市亀乃家より牡丹江《ぼたんこう》市松月楼へ
前借五千五百円、娼妓五年

と並び、契約は大抵五年でも短いところは僅か二カ月足らずまたは二カ月半あまりですぐ替り、住替え毎《ごと》に確実に借金を増やし乍ら、しかも外地に出てからは芸妓でなく娼妓となり、それも奥地へ奥地へと流れてゆく様は芸妓の典型的な転落の例を見る思いがする。

悦子はこの営業日誌を前にして一瞬やはり声を呑《の》み、同時にさまざまな疑問に取りつかれたが、それなら貞子は、これほど重い足枷《あしかせ》のある身で悦子に祝い品を届けに来たのはどんな状況のときだったろう、と思った。日誌を見ると、昭和十九年三月三十一日吉林から牡丹江へと最後の住替えをしているから、多分往復費用は借金覚悟の上、一時親の顔でも見に高知へ戻ったそのあいだの事かと思われる。それにしてもこのときの身代金《みのしろきん》は五千五百円と云う、日誌のなかで較《くら》べても並みの子の倍近い高額にも驚かされるし、それを踏まえて考えれば、あのときあんな涼しい顔をして帯を届けに来た貞子の度胸のよさが悦子にはいっそ不思議な事のように思われて来る。芸娼妓の年季奉公と云うのは衣食ともに丸抱えが原則であって、衣裳《いしよう》は無論、下着足袋からちり紙代化粧品に至るまで楼主から支給されるし、またたび住替えの渡奉公なら却《かえ》って自分の荷物は持たないほうが身軽でいいと云う訳になる。そうすればあのときの貞子の帯は、自前芸妓などが商売用にたくさん作ってあるもののなかからひょいと一つ引き抜いて来たのではなくて、自分の衣裳とてない年妓《ねんこ》の貞子が、殆《ほとん》ど虎《とら》の子のように蔵《しま》い持っていた一品だったのではなかったかと悦子は思った。

こう云う商売の女が如何《いか》に衣裳に執着を持つか、それは自分の食を詰めてでも箪笥二棹《ふたさお》をいっぱいに充たしている民江の例でもよく判るが、まして買いたくても品のなかったあの時代、一本の袋帯はずんと重い意味を持っていた事が今頃になって悦子に判って来る。戦時下の事とて悦子の結婚式は極く簡単で、身の廻りの人以外殆ど知らせなかったが、そのときちりぢりになっていた松崎の四人のうち、偶然高知に戻っていた貞子はこのニュースをどこかで聞込み、何はさておいても身ぐるみ脱いで悦子の結婚を祝ってくれたものであろう。それを思えば、あのときこう云う仕掛けは何も判らなかったとは云い乍ら、貞子を冷たくあしらった自分の態度はもう取り返しのつかない悔いとなって返って来る。

悦子は松崎に居た四人に対し、それぞれに後めたさと、少しずつ異なった親しさを今もって抱き続けているが、澄子にはどこまでも年長者としての貫禄《かんろく》負けがあるなら、民江は一番年が近くて一番よく喧嘩《けんか》しただけにいや応なしの連帯感のようなものがあり、妙子《たえこ》にはいつも落着き返って気圧《けお》されていた感じがあるなら、貞子は真先に松崎にやって来て殆ど二人だけで一年近く暮したと云う理由で、他の三人よりももうひとつほんものの姉妹に近いような感情があった。

　貞子が初めて松崎にやって来たのは忘れもしない悦子の小学校入学のあと間もない日、学校から帰ると中庭の桜の大木の下に白い手拭《てぬぐ》いで固く頭を縛った女の子が悦子の着物を着た儘きょとんとした顔で立っていて、その足許には油雑巾《ぞうきん》のように汚ない衣服がつくねられてあった。どう云う訳か悦子はそのとき、落花を浴びながら突っ立っている女の子の瞳《ひとみ》が青いガラス玉のおはじきのように澄んでいたのが頭に深く刻み込まれ、今でも貞子を思い出すときには必ずその切れ長の透き通った瞳が目に泛んで来る。のちに祝いの帯を届けに来てくれた貞子に桜の花の光背を負っていたような印象が消えないのも、多分そのとき印された情景があまりに強かったせいなのであろう。

　松崎ではそのときまだ子方屋《こかたや》業を始めるつもりもないままに貞子を引取っただけに、その扱いかたが判らず、とりあえず、

「不幸せな境遇の子じゃきに、悦子同様に育てよう」

　と云う事になり、連れて来た日に先《ま》ず家中挙げてこの子の頭の虱《しらみ》退治から始めたものらしかった。頭の地に水銀軟膏《なんこう》をいちめん擦り込みしっかりと手拭いで蒸し込んだあと、酢を垂らした水で幾度も濯《すす》いでから風呂に入れ、皆で寄ってたかって苔《こけ》のような全身の垢《あか》をこそげ落すのを、悦子は女中たちの後から爪立《つまだ》ちして覗《のぞ》いた事をよく憶

えている。

その夜、家族揃って京町へ出掛け、洋服屋の陳列からグレーに臙脂《えんじ》で縁取りしたすてきな春の洋服を、父親が自分にではなくその子に買ってやったとき悦子はびっくりし、それからとても悲しく思った。悦子は父親が四十半ばになって生れた遅子の一人娘で、人にものを分けると云《い》う事を知らずに育っただけに、父親が、

「今日から貞子を姉と思うて、仲好《よ》うやれよ」

と云う女の子の出現は一時脅威に近いものだったが、それでも馴れれば一人よりは二人のほうがずっと便利な事が多かった。第一、学校で忘れ物をしたときには二年上の貞子の教室へ借りにも行けるし、学校から帰っての遊びも今までのように渋々乍らの女中相手でなく、互角にわたり合ってゴム跳びも出来るしお手玉も着せ替え人形も出来る。一人では遊びに出して貰えない場所でも、貞子となら手綱の紐《ひも》も大分延ばされ、悪戯《いたずら》が暴《ば》れても二人並んでなら叱《しか》られやすいと云う利点もある。それまでずっと母親の添寝でなければ眠られなかった夜も、貞子とふざけ乍ら一つ寝床で寝るのも楽しかった。

悦子は姉妹仲の面白さにすっかりのめり込み、取っておきの人形も玩具も全部貞子と共有物にし、着る物も学用品も平等であるよう母親に注文つけたりしてそれがまた

ちゃんと聞き入れられたのは、松崎もまだこの子に金は出したものの先ゆき芸妓にすると云う確かな段取りをつけていなかった為《ため》もあったのであろう。松崎が子方屋兼業に踏み切ったのは次に澄子がやって来てからだが、二人の親とももどもひっきりなしに借金の申し込みがあり、それに親は将来芸妓に、と強く望んでもいたから、最後にはこれも本人の為、と考えたものらしかった。澄子が来るまでのあいだ、貞子は知らない人から「松崎の上嬢《うえいと》さん」と云われるほど大事に扱われたが、悦子はそう云う期間でも、農人町の裏長屋の実家に貞子について行ってやるときだけはふっと、彼女が自分から遠くなるような感じがした。その頃、貧乏がどんなものか悦子にはまだ判る由《よし》もなかったが、じゅくじゅくと腐りかけたどぶ板を跨《また》いで入ってゆくこの貧民長屋は、鼻がひん曲るほどの悪臭と汚穢《おわい》に充ち、悦子は初めてここで壁の落ちた一間きりの暮しと云うものを見たし、襤褸《ぼろ》を被《かぶ》って寝ている病人や、戸口の脇《わき》に溢《あふ》れた小便桶《おけ》と竈《かまど》が並んでいるのも見て強い衝撃を受けたものであった。

戸籍にハルエ私生子、とある通り、貞子は父親の知れない子だったらしく、悦子が知ってからは貞子の下に二人の小さな男の子を抱えて母親はずっと薪売りをしていて、いつ訪ねても家のなかに子の父親らしい男の影は見えなかった。この母親はとりわけだらしなく襤褸を引きずっているために近所隣では、「淡島さまのハルエ」と呼ばれていたらしいが、悦子は子供心にこの母親を、まるでつばめの巣が巣藁《すわら》を垂らしているようだと思った。淡島さまなら垂らしている布がさまざまに華やかだけれど、この母親は年中模様も判《わか》らぬまでに汚れたガス縞《じま》一枚限《き》り、頭はいつの昔梳《と》かしたかと疑うほどのもじゃもじゃで、笑うと黄いろく歯糞《はくそ》の溜《た》まった疎《まば》らな歯が見え、その上いつとても目を患《わずら》っていて瞼《まぶた》のまわりは膿《うみ》いろの目やに塗《まみ》れと云う有様でいる。

悦子は、傍へ寄るさえ身震いの出そうに汚ないこのハルエを「赤目のおばさん」と呼び、貞子の母親として子供なりに敬意を払っているつもりだったが、この長屋へ来ると貞子はいつも豹変《ひょうへん》して下品になり、松崎では「あんた」「お母さん」「何々して頂《ちょう》戴《だい》」と云っていた言葉が「お前《まん》」「お母《か》やん」と変り、「何々してや」とか「しいや」とかの、学校でも禁じられているようなぞんざいな云いかたをするばかりか、顔付きまでどこか締まりの無くなって来るのを悦子は不思議な事のひとつとして憶えている。

同時に、赤目のハルエが子を負うて引くと云う、古い籐《とう》の乳母車の上部を切り取った、籐の切り口が指を傷《いた》めそうにぴんぴんと跳ねている薪車もはっきり憶えており、冬の夕方、長屋の戸口に傾けて置かれたその車の上に薄雪の積っていた情景など、今でも目の前にあるように見えて来る。

あんなひ弱な薪車では薪の束はいくらも積めはしないし、従ってその労賃も親子三人の口すぎには最初から足りもしない事が判っておれば、悦子は今にしてこの営業日誌のなかの貞子の借金の増えかた、住替えの多さもその蔭《かげ》にやはりこれも例外でなく、親の要請と云う理由があった事は推察出来なくもない。ただ、事務的な営業日誌ではあっても、松崎に居た四人の子の住替えに就《つ》いては、父親はその都度僅か乍らでも感想めいたものを述べてあって、貞子が大連大斗から新京一力へ替る際には、

「貞子、民江と折合いが悪い由にて早急に住替え希望の電報立て続けに寄越す為、已《や》むなく一力へ取引きをなす」

と小さい字で書き込まれてあるのを見て、悦子は子供の頃の貞子と民江の摑《つか》み合いの喧嘩を思い出し、これも住替えの一因ではなかったかとふと思った。

記憶を手繰って表を作ってみると、貞子が山海楼から今里へ住替えのときには妙子と一緒の筈《はず》で、大斗楼では二カ月半民江と一緒、新京一力楼では澄子と六カ月余り一緒に働いている訳になる。今度澄子の怪我《けが》が動機となって互いに消息を確かめ合うようになったとき、悦子は真先に貞子の事を聞いてみたが、電話では民江も妙子もただ亡くなったとだけしか知らず、悦子が一番知りたく思う、どこでいくつのとき、どう云うふうに死んだかについては誰も答えてはくれなかった。澄子の病院で三人がおち合ったときも、昔話はしても誰の口からも貞子の名が出ないのに悦子は不審を持ち、

「ねえ、知っているだけでいいから貞ちゃんの事教えて頂戴。若死にして可哀想《かわいそう》じゃない？」

と云うと、先ず澄子がやはり年長者の余裕を見せて、

「貞ちゃんは自分の器量を鼻に掛けておったところがあったからねえ」

と、その後は非難めいた響きに変ろうとする間際《まぎわ》で口を控え、大連大斗楼で貞子を苛《いじ》めたと営業日誌にある民江は、

「あのひと、いくつになっても鉤《かぎ》の手《て》の癖がなおらなんだもの、危うて付合いは出来ざったよ」

と同情の余地もないふうに云い、大阪で共に勤めた妙子は慎重な口ぶりで、

「あたしは置屋《おきや》が違ってたから、往《い》き来はなかったですよ」

と上手に逃げて了《しま》った。

ただ、三人が〝これだけは憚《はばか》りなく云える〟と云うふうに言葉が合うのは、貞子の比類ないほどの口いやしさであって、その為に何処《どこ》へ行っても嫌われ、この妓は口で命を縮める、とまで見通していた人もあったと云う。貞子のいやしんぼは全く見境いのないもので、甘辛を選ばず酒も好きなら羊羹《ようかん》も好き、ウイスキーのがぶ飲みもよければみつ豆屋の梯子《はしご》も果てしなしと云う按配《あんばい》だったから、人の物に手を掛ける癖もこ

の飲みたさ食べたさとは無関係ではなかったらしく、山海楼では仲間うちに「餓鬼の花勇」で通っていたそうであった。

悦子は聞いていて自分も小さい頃から現在まで、食べ物には一入《ひとしお》強い執着を持っている事とてこの話にはしんとするものがあり、そう云えば松崎でまだ貞子と二人だけの頃はよく連れ立って買い食いし、夏など掻《か》き氷の匙《さじ》をなめなめ、互いにイチゴで真赤になった舌を見せ合った事など思い出す。あの頃は今ほど万事が衛生的でなかったし、貞子が寝床にまで飴玉《あめだま》を引き込んで片頬をふくらましていれば、悦子も負けじと両頬へ飴を詰め、そのまま眠り込んで了った夜などもある。貞子がもし、三人の云うように自ら制御も効かないほどの食いしん坊の果て、それが原因で亡《な》くなったとしたら、それは昔の松崎の頃の子供二人の食べ放題だった習慣が尾を引いていたのではないかと思うと、悦子はなお貞子の最期《さいご》を詳しく知りたいと思った。と云うのも、疑う訳ではないけれど怪我はしても胃腸の丈夫さを誇る澄子、食を詰めてまで世持ちのよい民江の話では「食べ死んだ」と云う貞子を先ず憎む気持がないとは云えなく、それに何と云ってもあの抜群の器量、人が振返るほどの姿のよさに対する朋輩《ほうばい》としての嫉《ねた》みも関わっているに違いないと思えば、悦子は何となくこれ以上の根問いが憚られて来る。

日誌によれば牡丹江市で貞子は終戦にあっている筈で、澄子の話では、「確かうちと前後して高知へ引揚げて戻った筈や。それから後は検番へも出てないきによけい消息が知れんわねえ」

とだけの情報で、亡くなったと云う知らせは三人とも悦子同様、いつ誰から聞いたやらさっぱりとおぼろで、風の便りと云う他はないのであった。とすると、頼むは勇太郎だけとなるが、澄子の見舞のあと家に戻って悦子がそれを聞くと、最初は、「さあ、貞子が男と世帯持ったと云う話は小耳に挟んだ事はあるねえ。死んだと判ったのは」

と遠い目つきでしきりと記憶を手繰り寄せようとするのを悦子は励ますように、ほら昭和二十三年にお父さんが疎開先《そかいさき》から戻って、二十五年にほら亡くなって、そのときの葬式には澄ちゃんの他にたん子は、貞ちゃんは、と傍から助けているうち、そうや、と勇太郎はズボンの膝《ひざ》を叩《たた》き、

「腐れ目のハルエの従姉妹《いとこ》のお玉と云うのが、一番詳しい筈や。これは儂《わし》とどっこいどっこいの年で、いまも山海楼の仲居をしよる」

と思い出してくれたのはいいが、七十に手の届く年齢で現役の仲居を勤めているとはちょっと思えず、念の為、その場で受話器を取って確かめてみると案の定、そんな

人は居《お》りません、との返事しか貰《もら》えなかった。が、勇太郎は頑固に云い張り、

「子供の貞子をうちへ売りに来たのも仲居のお玉やったし、その後のあの子の住替えにも必ずお玉が一枚嚙《か》んでおったのは確かや。

　儂は去年、元気でまだカリカリしたお玉と京町でバッタリ会うたからねえ。あれならまだどこかで働きよるに違いないよ」

　と譲らず、悦子はその言葉に望みを託して電話の前に座蒲団《ざぶとん》を敷いて坐《すわ》り、念入りにしつこく、もう一度山海楼の古い人から辿《たど》り辿りして行ったところ、山海楼の元仲居、福岡玉枝《たまえ》なる人物は現在海辺に近い養護老人ホームに健在だと判った。

　芸妓ばかりか仕込みっ子に対しても、今もって何の感傷も持ってはおらぬ勇太郎は、その老人ホームに早速玉枝を訪ねると云う悦子を腑《ふ》に落ちぬ、と云うふうに眺め、

「貞子ほどの見かけ倒しはおらなんだ、と親父《おやじ》は最後までこぼしよったがね。あの子の世渡りのだらしなさと来たら、阿呆《あほう》でもいっそ民江のほうがましと思うくらいなもんや」

　と死者を貶《けな》して憚らないが、悦子はそう聞くと逆に、あの帯を贈ってくれた恰度《ちょうど》三十年前の貞子の姿がよけい目に迫って来る。

　翌日、悦子は飛行機の切符をキャンセルし、もの書きになる以前福祉関係の仕事を

していたとき一、二度訪れた事のある海沿いの老人ホームへ、一人でバスに乗って玉枝を訪ねて行った。道々、老人ホームで三味線など弾いているのは必ずと云っていいほど芸妓のなれの果て、だと聞いたその昔のホームの職員の言葉を思い出し、澄子の行末民江の将来についてちらと較《くら》べる思いがあった。三味線を弾く弾かないは別として、男女の区別なくこう云う養護老人ホームには戦前の水商売の人たちがかなり入っており、またここで最期を迎えると云う事は、この人たちに共通した身寄りの少なさと、ひとつには暮しが派手で老後の蓄財など叶《かな》う筈もなかった為もあったろうか。が、これは娘二人を育てた悦子の身の上とて先の事は皆目知れず、余計な同情など持たぬがよい、と思い決めて門をくぐったそのホームでの福岡玉枝は、予想外に元気でしゃんとした人であった。

玉枝は麦稈帽《むぎわらぼう》をかぶって庭の草むしりをしていたが、悦子がその旨《むね》を告げると大声を出して、

「はあはあ、あんた松崎の嬢《いと》さん。そう云や幼な顔が残っちょる。憶《おぼ》えちょりますす憶えちょります。貞子とよう連れ立ってねえ、そちこちしよったものねえ」

と抱きつかんばかりの響きのよさを聞いて悦子は内心、この小母《おば》さんほんとうは自分を憶えてないに違いない、と思い、長年客商売をして来たひとのサービスのよさに

苦笑いした。勇太郎が〝カリカリしたお玉〟と云ったように口も八丁手も八丁、その元気さで園内飛び廻って押しを効かせているらしく、悦子との話は、

「部屋のなかはじめじめして気が滅入《めい》る。人に聞かれとうない話もあるきに浜へ行こ」

と、仲間に外出を一声頼んだだけでまるで自分の家の庭のようにアッパッパにゴム草履でスタスタと先に立ち、松林のなかを抜けて砂浜へと下りて行った。

長い海岸線には人影も疎らで涼しい風が吹き抜け、海はいちめんの光り凪《なぎ》で、玉枝はその光り矢が目を射るのも構わず麦稈帽を脱いで渋紙いろの顔を陽にさらし、砂の上にぺたんと後手をつくとさすがに深く息を吸って、

「そうかね。松崎のお父さんお母さんも死んでもう二十年余りになると？　小奴《こやっこ》さんも寝たきりで？　久千代さんはまだ出よる？　これじゃあ私だけ長生きして、皆に済まんみたいなもんや」

と躰《からだ》ばかりか気まで確かな事を云うのを聞いて、悦子はこれなら貞子の記憶もかなりよく手許《てもと》に手繰れるに違いないと思った。悦子は話の始めに先《ま》ず帯の事を云うと、

「それそれ。あの子はほんま気前が良うて気が良かったきに、あれほどの芸と器量を持ち乍《なが》らとうとう一流芸妓にはなれなんだ。一言で云うたら、年を取るほどお母のハ

ルエに似て来て、死ぬ前はもうハルエが貞子か貞子がハルエか見分けのつかんほどやったよ。惜しかったねえ、残念やったねえ」

と歯軋《はぎし》りに似た響きになるのは、薪売るしか能のない母親に替って貞子を後見し、あわよくばその福にあやかろうと云《い》う魂胆もなかったとは云えないところだったのであろう。

それにしても、死ぬ前の貞子があの赤目のおばさんに引き写しだったとは意外な事実を聞くもので、年を質《ただ》すとハルエは戦後四十一歳で亡くなり、貞子はその二年後二十八歳で、ともに死因は胃潰瘍《いかいよう》だったと云う。してみると、悦子が淡島様よりもっと汚ない、つばめの巣藁のような老婆《ろうば》と感じたあの頃はハルエはまだ二十代の若さだった筈となり、その異様なまでの老《ふ》けようにはそう云われて思い返してみると鬼気迫るほどのものがあった。ハルエの父親は玉枝の母親と兄妹《きょうだい》だったが、これは沖仲仕をしていて海に落ちて早く亡くなり、母親はあの農人町の裏長屋に十四のハルエ一人残して男と駈落ちして了ったと云う。ハルエが父親の知れない貞子を生んだのは十六の年だったが、この頃からハルエは誰云うともなし「口の明いた甕《かめ》」と綽名《あだな》されるようになり、女郎買いの金もないずるい男たちのあいだでは、

「農人町の長屋へ行ったら、何回やっても一文も要らぬ」

と評判が立っていたそうであった。

無鑑札で躰を売る女を当局は固く取締るが、やって来た男を拒みもせず金も要求せぬハルエははたからみればただもうだらしがないとしか見られず、そうやって孕《はら》んだ貞子に次いで下二人の男の子もいつの間にか腹が膨れては一人で生んだものであった。人の噂《うわさ》では、ハルエは飯よりも煙草《たばこ》が好きで、ほんの一つまみの粉煙草、小指の先ほどの巻煙草の吸いさしひとつで喜んで躰を貸したのは、「煙草好きにて淫《みだ》ら者」と云う言葉通りのものだったろうか。

第一ハルエには男と寝ても金は受取らぬ、と云うほどの気概など全くなく、かと云って欲しくても金をくれとは云えぬ気の弱さだったから、父《てて》なし子《ご》を生んで口が増えるたびに暮しのひどさは陥《お》ち込んでゆくばかり、乳母車に「線香」と云う、製材所の挽《ひ》き落しの薪を分けて貰って積み歩いたところで、一日に僅《わず》か五銭十銭の子供の小遣い程度のものしか取れないでは行きつく先は判《わか》っており、見兼ねた玉枝が松崎へ話をつけ、いよいよ貞子を連れに長屋へ行ったときは子供三人、部屋の隅で壁を剝《は》がしてはその土をしゃぶっていたと云う。これほどの暮しでもハルエは何ひとつきっぱりと発心するでなし、相変らずずるずるべったりと明け放しの甕の口に男を受入れ、このあとまだ二人の子を身籠《みごも》っては幸いと云うか、二人とも死産している。世の男たちのなかにはよくよくのもの好きもあると見え、目やにの噴き出た、歯糞《はくそ》の黄いろい、傍によれば悪臭芬々《ふんぷん》のハルエと寝ようとするとは何とまあ、と一度玉枝が嘆いたとき、ハルエは鳥の巣のような頭を猛然と振りたて、

「乞食《こじき》やって、腹の太るものはおる」

と反撃した。

かさに塗《まみ》れた道端の乞食でも男女の別もつかぬ瘋癲者《ふうてんもの》でも、女である限り男は寄って来る、まして私は乞食でも瘋癲者でもない、と玉枝に一発食らわしたハルエは若布《わかめ》のように垂れた襤褸《ぼろ》着物の懐《ふところ》を探って、

「ほら、これ」

と見せたのはどこでどう手に入れたのか、この地獄のような暮しのなかでそれだけはきっちりと隠し持っているハート型の綿紅であった。ハルエはきっと、顔は洗わなくとも口は漱《すす》がなくとも、男を迎える夜にはこの綿紅を唾《つば》で湿らせては鮮やかに唇に塗りつけ、せめてもの女の気持を味わいたかったものであろう。ひょっとすると眼病と不潔のなかに埋《うず》もれてはいても、貞子の顔立ちの良さはこの母親譲りであったかも知れず、それを知っていたのは一緒に寝たたくさんの男たち、いいややっぱりハルエでさえ気がついていない事なのかも知れなかった。

貞子を松崎に売ってからは、玉枝に頼んだり自分から泣きついたりして松崎から借り出した金は、薪を幾百束幾千束売っても得られないほどの高だったから、楽して食べられればそれに越した事はなくこのあとずっと死ぬまでの年月、貞子ただ一人に縋《すが》っている暮しであった。かと云って、あの壁の落ちた長屋の毎日が突然小ざっぱりと変ったと云うではなく、生得のだらしなさは何処までもついて廻り、目に見えた変化と云うのはたまに白い眼帯を掛ける事と、小銭が自由になったせいで俄《にわか》に量の増えた煙草のやにがなせる業で、あの黄いろだった前歯が今度は黒くなった事のふたつだったと云う。

貞子が壁土を嘗《な》めるような長屋から、白飯に魚の惣菜《そうざい》までついている松崎に移ったとき、子供乍ら定めし天上の暮しとも映ったに違いないが、貞子はそれをどう受け取っていただろうか。何も判らず親に売られた仕込みっ子でも、馴《な》れて目が明いてくればそのうち次第に生家の貧乏のせつなさが身に沁《し》みて来るものなのに、貞子にはその点、すべてなりゆき任せでこれと云った了簡《りょうけん》は何ひとつ持たず世を過して来た感がある。松崎ではお父さんが貞子を評してただ一点、

「この子には性根がない」

とだけいつも嘆いたのは、貞子にこの長屋暮しを憎むだけの意地のない事を指して

いたものであろう。松崎から貰った小遣いも掌《てのひら》に温める暇もなくすぐ使って了《しま》い、着せて貰う洋服も靴もぞんざいに使い汚し、仕込みっ子中貞子だけは別に斟酌《しんしゃく》なしお父さんに学用品代などの請求をしたものであった。民江が貞子と大喧嘩《おおげんか》したのは、手癖の悪い事ばかりでなく、ひょっとすると、自分は欲しくても云えぬ、

「お父さん、色鉛筆買《こ》うて頂戴《ちょうだい》」

「お母さん、体操服、新しいの買うてもええ？」

と云う言葉を、貞子はまことにすらりと云い、またそれがすぐ叶えられた挙句には民江にそのお古ばかり廻って来た、そう云う腹癒《はらい》せもあったとも考えられる。

それに、どう云う訳か貞子は最初からとても三味線の音締めがよくて、悦子など、家の何処《どこ》に居ても貞子の手だけは聞き分けられたものであった。調子に一分の狂いもなく、間合がきっちりと正確で、声が透き通るように冷たいのは、のちに客の一人がその器量を指して月光のような凄《すご》さ、と譬《たと》えた事とともに、貞子に恵まれた天性のものであったろう。貞子が小学校を終えた十四の春、花勇の芸名で山海楼に出たとき、大袈裟《おおげさ》に云えば辺りがどよめくほどの反響があった。肌の白さ、青い切れ長の瞳《ひとみ》、引き緊《し》まった唇許、それに出ず入らずの躰つきまで難のつけようもなく、誰かが「足《た》らいびと」とも云ったように、すべて整って余すところない押出しのよさだったと云う。

将来は山海楼を背負って立つ看板芸妓、と誰も望みを託しているなかで、たくさんの芸妓を扱い馴れた山海楼のお父さんだけは、

「あの子の器量には文句はないが、ただ一つ、耳朶《みみたぶ》の貧弱な事だけが気に掛かる」

とこぼしていたのは、顔はおかめでも耳が福耳なら栄耀《えいよう》を摑《つか》む例を知っている人の、やはり炯眼《けいがん》と云うべきだったろうか。

出たての花勇は客のあいだで、

「濃きあやめのつぼみ」

などと呼ばれ、そのきりっとした立ち姿から受ける印象が「緊まる瑠璃《るり》いろ」にも譬えられて評判を呼び、じきいい旦那《だんな》もついたが、この山海楼の最初の座敷は一カ月しか続かなかった。その大きな理由は絶え間なし金を欲しがるハルエの要請であったのは云うまでもあるまいが、その他に、口いやしくてだらしない貞子の性癖がぽつぽつと廻りに知られ始めた事もあった為かと思われる。

この頃の貞子か、或《あ》いは次に山海楼に戻ったときの貞子か悦子の記憶ははっきりしないが、だらしない、と人から云われる貞子の姿を、悦子は自分の目で確かめた事が一度だけある。それは雨上りのあと、髪も結い、出の衣裳《いしょう》をつけた貞子と何の拍子か連れ立って外から松崎に戻ったときで、表格子《おもてごうし》から玄関までの、両側に椿《つばき》のある長い

敷石の道を歩いている折であった。途中、石が陥ち込んでいて大きな水溜《みずたま》りがあり、悦子がスカートを翻《ひるがえ》してひょいと飛び越えたところ、続いて貞子もぴょんと飛んだとき、着物の裾《すそ》から白い脱脂綿に褐色の血の痕《あと》のついたものがばさっ、と云うほどの重さで水溜りのなかに落ちた。悦子が見ている前でその白い脱脂綿はみるみるココアいろの汚水を吸うとともに、綿に染《し》みている血も溶けて水に拡《ひろ》がり、ぎょっとするほどの汚なさで目を射たが、振返った貞子は別に慌《あわ》てるでもなく、悦子の顔を見て、

「悦ちゃんはまだよねえ」

と云い乍ら汚水のなかからそれを抓《つま》み上げ、ぽとぽとと水の垂れているものを玄関脇《わき》のコールタールを塗った塵箱《ちりばこ》のなかに放り込んで了った。

そのとき悦子はまだ小学校五年の筈《はず》だったから女の生理の話を知る由《よし》もなく、ただ異様に穢《きたな》いものを貞子が着物の裾から落し、それをそのまま塵箱に入れて了った情景だけが鮮やかに刻み込まれた。のちに悦子にもその日がやって来たとき、誰に教えられるでもなく生理の始末の失敗は女の何よりの恥である事や、便所に落すさえ紙でさらに幾重にも包んでから、と云う心遣いが判って来るにつれこのときの情景は不思議に生々しく蘇《よみがえ》って来たものであった。この一事からだけ推し測ってものは云えないが、貞子が下穿《したば》きもつけないまま始終立て膝《ひざ》をし、朋輩《ほうばい》たちから、

「ま、また花勇さん、奥の神様見せて」

とたびたび注意を受けた事とは無関係とは云えず、それはまた誰彼の見境いなし客を取ったと云う、のちの貞子の姿と並べて思い泛《うか》べる事も出来る。

芸妓《げいぎ》は座敷で客の料理に固く箸《はし》をつけてはならないが、貞子の食いしん坊の我慢はそこまでがやっとで、座敷以外は口の動いてないときがなかったと云い、かっぽれを踊る最中、

「ヨイトサッサッサ」

とかけ声を出した途端、口のなかの飴玉《あめだま》がぽろりと落ちた話や、いつも胸に煎餅《せんべい》をしのばせておく為、衣裳の衿元《えりもと》がねとねとしているのを平気で着ていた話、そのせいで始終歯いたに悩まされていた話など、貞子と食べものの話は聞き飽きるほどたくさんあったと云う。

妓楼では普通、一旦《いったん》住替えて行った妓を再び抱える例は殆《ほとん》どないが、貞子の場合は山海楼を一カ月で大阪へ出たあと、半年足らずでまたもとの古巣に返り咲いたのは何と云ってもまだあやめのつぼみも色褪《いろあ》せなかったからであり、その前には多少口いやしくても大目に見て貰《もら》えたものであろう。それでも、半玉の頃には駄菓子屋の品で満足していて小遣いも少なくて済んだものが、のちになって酒煙草にまで拡がって来る

とだんだん端た金では借金の始末がつかなくなり、それが勢い客を選ばずと云う評判に繫《つな》がって行ったようであった。

山海楼で最初の客を取るように仲居が勧めたとき、まだ年端《としは》もゆかぬ半玉なら十人が十人とも恐怖のいろを目に泛べ、逃げられるだけは逃げようとはかない抵抗を試みるのに、貞子だけは、

「そのひと、うちにお銭くれる？」

と確かめると、先に立って離室《はなれ》の座敷へ入って行った。まだ子供子供したかぼそい躰の最初の客取りと云うのは、馴れている仲居でさえ痛々しい感じがつき纏《まと》い、翌朝必ず様子を見に行ってやる慣わしだが、貞子は客を送り出したあと、貰った小遣いで早速南京豆《なんきんまめ》を買い芸妓部屋の火鉢のなかにするするとその皮を落し乍ら、顔には全く涙の痕さえなくさも旨《うま》そうにそれを無心の姿で食べていたと云う。

仲居たちは、

「まだ子供の癖に泣きもせず嫌がりもせずすっと客と寝るのはあの子だけや。一体どんなふうにして寝よるのやら」

と露骨な噂をし合うけれど、評判だった濃きあやめのつぼみがいっとはなし、「色ばかりで緊まらぬ瑠璃」とか、「外面如菩薩内心如餓鬼《げめんにょぼさつないしんにょがき》」などと云われだしたのは、

一緒に寝た客たちの口から洩《も》れたものに違いなかった。灯ともし前の時刻、貞子が念入りに糠袋《ぬかぶくろ》を使って風呂《ふろ》に入り、双肌《もろはだ》脱ぎでそのとろりとした肌に白粉《おしろい》を塗ってゆくとき、廻りの同輩でも思わず自分の手をおいて見惚《みと》れ、仲居やおちょぼは花嫁の支度でも見るように駈《か》けつけてくる。漆黒の髪の鬢《びん》も整え、目尻《めじり》にはぽちっと紅も入れ、裾を引いてきりりと立ったときの水際《みずぎわ》立った姿の良さ、座敷に出て「今晩は」と淑《しと》やかに挨拶《あいさつ》すると辺りを払って鮮やかで、初対面の客は必ず息を呑《の》むほどであった。

が、芸妓花勇に焦《こが》れて枕《まくら》をともにした客は翌朝大抵げんなりした顔つきで、

「あれは衣裳着せて立たせておくに限る。眺め芸妓じゃ」

と云うのは、客と二人の寝床で寛《くつろ》いでくればあられもなく立て膝し、口をぴちゃびちゃ鳴らせてただもう飲み食いするばかり、

「その恰好《かっこう》と来たら、小犬が椀《わん》に首を突っ込んで脇目も振らず食う姿その儘《まま》」

と云い、もう二度と再びこの子と寝ようと思わぬ、と誰もが云う。貞子の立ち姿には洗い上げた清潔感があるのに、ものを食べるときの貞子と云うのはたとえ茹《ゆ》で卵に黒い指のあとがついていようと、真黒に蠅《はえ》のたかった餅菓子《もちがし》であろうと、少々饐《す》えたすしであろうと何のためらうところもなく口に入れ、そんな姿を見れば、芸妓と云う、躾《しつけ》の足りた女を買いに来た筈の男には少なからず幻滅であったに違いない。

芸妓の運には人により天地ほどの差があって、よい旦那をしっかりと摑んで永続きすれば住替えの苦労なしで親の無心も叶《かな》えてやれるし、自分の持物衣裳も増えて財産になって行くが、貞子の場合、珍しげに寄って来る男たちの一人として深間にならなかった事も内地、満州を転々とし乍《なが》ら借金を肥《ふと》らせた大きな原因であったろう。もう年老いて、どんな言葉にも恥を感じなくなっている玉枝は砂浜に投げ出した足を交互に組替え乍ら、

「あの子はね、あたしの思うにどうも不感症やったねえ。不感症と云《い》うのは男が悪いと云うけんど、あの子はその点ではええ男に巡り合えなんだきに可哀想《かわいそう》やと思うよ。恰度《ちょうど》、口の明いた甕《かめ》の母親と一緒よ。二人とも腹の上に男を乗せたまんま、べちゃべちゃとものを食うて、それで満足やったのと違うやろか。こんな安っぽい寝かたじゃあ、貞子も旦那がつく訳ないわねえ」

とずばずば云い、内地でのこの評判はまた満州へも持ち込まれて、〝誰とでも嫌と云わぬ花勇〟は数え年十八の年、大連大斗楼に住替えのときからもう芸妓でなく、躰《からだ》一本の娼妓《しょうぎ》へと落ち始めてゆくのであった。

流れ者の女たちは昔からよくその土地の水に合う、合わぬ、と云う言葉を口にするが、これは云い替えてみるとそのときどきの運不運の占いであって、だからこそそこの

なりわいが水商売と云う特殊な呼びかたもされる訳なのであろう。貞子の場合で云えば、水に合ったと云える土地は最初の高知山海楼と、最後の満州牡丹江市松月楼だけだったようで、その間転々とした六カ所の妓楼ではいずれも宝の持ち腐れで折角の器量をくすぶらせてばかり、だからこそ腰が落着かなかったのか、または腰を落着ける気がないから芽が出なかったのか、今となっては本人に聞く由もないが、それを玉枝のお玉は、

「そりゃあま、両方とも云えるやろうねえ」

と距離を置いた眺めかたで云う。

それと云うのも、玉枝は満州へ渡っておらず、傍で貞子を見ていた訳ではないけれど、水が合って売り出す妓と云うのは、先ず楼主に好かれ仲居に好かれ、一楼挙げて売出しの態勢を固めた上に巧《うま》く乗るかたちとなるというこの世界の定石をよくよく知っている為で、そういえば売れっ妓《こ》必ずしも美人ではなく、むしろそれより如才ない世渡りの術《すべ》を心得ている妓のほうが人気を得ている例が多くある。玉枝は、

「あの妓ほど人に疑いをかけられやすい妓はなかった」

と嘆くが、それは手癖が悪いと烙印《らくいん》を押されている事ばかりでなく、自分からにこにこと愛嬌《あいきょう》を振りまくたちではない故《ゆえ》に、ほんとうは気好《よ》しのその性質まで色眼鏡で

見られているというのであった。病院の澄子は、「貞ちゃんは器量を鼻にかけていたから皆に嫌われた」と云っていたが、これは必ずしも嫉妬《しっと》ばかりでなく、人に誤解を受ける底には貞子の自分の容姿を恃《たの》んだであろう気位の高さが泛び上って来る。

貞子が渡満第一歩を印した大連大斗楼では、貞子のこのつんとした態度を見て傍へ寄る仲居がおらず、一人が民江の肩を叩《たた》いて、

「あんた、子方屋が一緒だったそうだから万事引廻しておやりよ」

と押付け、民江はわざとかそれともうっかりしていたのか、貞子に玄関脇の名札を返す事を教えなかった為、貞子は最初の五、六日間ずっとお茶挽《ひ》き続けたと云う話もある。つまり、客の相手をしているあいだは黒札で、妓供《こども》部屋で客待ちしているあいだは赤札と云うしきたりを貞子は全く知らず、初店《はつみせ》の事とて念の上に念を入れて作った出の顔に固い帯の裾引き衣裳の儘、きっと首を上げて出番を待っている貞子の傍を、ちらちらと目をやり乍ら往《い》き交いする仲居や朋輩たちの、言葉もかけぬ冷淡さとそのくせ好奇に満ちた様子が思われる。貞子はそれでいて例の癖の、口に飴玉くらいは絶やさなかっただろうが、自分から人に笑いかけてまで客を取る事をしなかったのは、いずれ、男は誰でも自分を一目見れば靡《なび》くもの、とたかを括《くく》っていたところもあった為ではなかろうか。

貞子が松崎へ向けて〈ココオリヅラシ」シカエタノム〉の電報をしきりに打ち始めたのは就業後ひと月も経《た》たないうちからで、それは古参の民江にときどき意地悪をされる事ばかりでなく、仲居たちが申し合わせたように貞子にばかり満州人朝鮮人を当てがったと云う理由もあるらしかった。五族協和などと云っても、終戦までの日本人の大陸における威張りようと来たら、苦力《クーリー》を虫けら以下に扱って誰も反省を持たなかったほどだから、金を持って正面から登楼して来た客でも妓たちは皆、その大蒜《にんにく》臭い体臭に鼻を抓んで逃げ廻り、どの店でも一度で首を縦に振るような妓は殆ど居なかった。楼主たちも、自分だけは、使っている満州人とは風呂も便所も別にしてい乍ら、そこは商売故に妓供たちには「客を振ってはいかん」とつねづねくどく云い、仲を取る仲居は「あたし今日はお客様」だの、「今日はお馴染《なじ》みさんの来る日で」と肩をすかされた妓を順に辿《たど》って行った挙句には必ず新参者へ鉢を廻して来るのであった。ここらが水商売の人間関係の微妙なところで、みるからに穢なげな渡り鳥苦力が、やっと稼いだ金を懐《ふところ》に一生一度の贅《ぜい》とばかり日本人の女を買いに来たとき、仲居はそれを古い妓には頼めず、日頃高くとまってばかりいる感じの貞子に押しつける小気味よさもないとは云えなかった。

満州のどの住替え先でも、貞子はそれを一、二度は断りもしたろうが、つまりはいつも満州人朝鮮人ばかり引受けさせられていたのは、これは内地で小遣い欲しさに客の選り好みをしなかった事とはちょっとばかり訳が違う事のようにも思われる。客と寝れば何でも買ってくれる、と考えていた子供の頃とは違い、羽振りのよい客を獲得すれば躰も楽、借金の高も減る、という絡繰《からくり》ももう判《わか》って来ている。それでいて選り屑《くず》も選り屑、人の嫌う垢塗《あかまみ》れの客と黙って寝たと云う事の蔭《かげ》には、そこに、昔から性根のないと云われた貞子の、何かの確かな意志が動いていたとは考えられなかっただろうか。小さいときは別とし、やや長じてからは一時的にしろ松崎の嬢《いと》さんとも紛《まが》う生活に入り、山海楼に出てからはあたりがどよめくほどの賞讃《しょうさん》を受けたからには、本人が意識するしないに拘《かかわ》らずそれなりの誇りというものが身についている筈で、それが一転して娼妓よりもまだ下の酌婦のような客取りを命じられたとき、貞子は一瞬、恥に全身を震わせ乍らも咄嗟《とっさ》に了簡《りょうけん》したのは、ここが仮の宿の仮の勤めと云う思い込みではなかったろうか。

きっと貞子は、自分の器量によって一楼を全盛に導く事が出来る日が来るのをしっかりと信じていて、その為にいまの恥を耐え文句も云わず、次を夢みては転々と住替え先を変えて行ったのではなかったろうか。母親に送金の必要はあったろうが、これは一カ所に根を下して稼いでいれば追借金は可能な話ではあり、それに悦子が拾った父親の営業日誌からでも、貞子の欄の明細に「質屋の受出し」の金があるのを見てさえ、やはり腰の浮いている勤めぶりが推量出来るのであった。日誌には大連から新京へ替る際二百五十円と、新京から吉林へ替る際百二十円の着物質受け料とが記されてあり、自前稼ぎならともかく、年妓《ねんこ》の身で僅《わず》かな持ち衣裳を質に入れるとは、そこによくよく金に困っていた貞子の落魄《らくはく》の姿が泛んで来る。銭勘定の不得手な貞子は、小遣いをねだる馴染み客もない儘食べるもの身を飾るものを見れば見境いなく手に入れたいが為《ため》に、いくら稼いでも借金は増えるばかりか小遣いのやりくりにさえ困り、ときどきは質屋に泣きついたり、また折には衝動を抑え切れずつい人の物に手を掛けたりしては、いっそう評判を落して行ったものであろう。この頃の話に、貞子が道に落ちている銅貨をさえ拾っては駄菓子を買ったと云う噂《うわさ》もあり、あれほどの器量もこう貧して鈍しては光を失って見える、と云う人もあったと云う。芸のほうも、いくら筋がよくても使わなければ銹《さ》びつき、満州人相手では聞かす術もないところから、大斗楼へ入った直後から振り向きもしなくなり、人が三味線の稽古《けいこ》する傍で立て膝してはものを食べるばかりだったと云われている。

貞子が客に笑顔を見せなかった事の理由に始終歯痛に悩まされていたという話もあり、片頰を押さえて痛みを耐えていた姿は恋煩《わずら》いにやせた女にも似た風情《ふぜい》が見えて一《ひと》入《しお》だったと云われるが、そのくせまた部屋の隅で錆びた小刀などいじっているときには、時に遇《あ》わずにくすぼっている女の怨《うら》みのようなものも感じられ、なお人は寄りつかなかったそうであった。山海楼の例でも判るように、売れっ妓には売れっ妓の威勢があれば、売れない妓には売れない妓の自堕落な崩れも取りつき、吉林の店の頃から貞子には昔の芸妓の品も薄らぎ、帯を緩く締める癖もつけば、飽食のあと、懐手で小楊子《ようじ》を使い乍ら平気で客の前にも出るようになったとも伝わっている。悦子はこの話を聞いて、無口で自分の処世に就《つ》いても何ひとつ語らない貞子はこの頃、人の居ない娼妓部屋に入って一人泣き乍ら不遇の身を耐えていたのではないかと思い、そしてまた、いや貞子に唇を嚙《か》んで泣くような意地はあるまい、ただ出る月を待つべしと次の場所へ望みをかけるだけで生きていたのかも知れぬ、とも思った。

貞子が悦子に帯を届けに来たとき、子供の目のせいかさして崩れたふしもみえなかったが、このあと再び渡った牡丹江《ぼたんこう》の町は北満ハルピンから汽車でたっぷり七時間、まわりを低い丘陵に囲まれた盆地で、当時はまだ前線基地のひとつとして兵隊の町と云う印象があった。ハルピンよりも気候はなお苛烈《かれつ》だったが、ここの遠山大路には日本人の商売人が集っていて、そろそろ物資の乏しくなった満州の土地でもここに行けばまだたっぷりと何でもあり、松月楼はそのすぐ近くに本店別館共に軒を並べていて万事便利であった。相性がよかったのか貞子は最初からここの楼主夫婦に気に入られ、客も毎夜のように日本人の兵隊ばかり、満州人の割込んで来る隙《すき》もなく、やがて将校の馴染み客まで出来るようになればすべて巧く運び、貞子は山海楼以来、今度は予想だけでなくほんとうに松月楼を背負って立つ娼妓となった。多分、この頃の物資不足や、また場所が国境近い満州の土地で芸娼妓の躾をうるさく云わぬ点もあったろうし、流れ者にしては貞子が抜群の器量を持っていた事で、もの食いのいやしさも愛嬌のなさもすべて差引きされたものであろう。

それにこの牡丹江で花が咲かなければもうあとは国境の町、東寧《とうねい》とか虎林《こりん》とかへ落ちてゆくしかない事を、いくら身過ぎの不器用な貞子でも判っていたのではなかったろうか。本人がその気になれば不思議なもので、満州三カ所のあいだにいつの間にか染みついていた自堕落の垢もすっかり取れ、若葉の燃えるような勤めぶりだったと云うから、五千五百円と云う嵩《かさ》高い借金も目に見えて減って行った事と思われる。金が自由になった貞子は手当り次第ものを買い、なかでも化粧品はコティまで揃《そろ》え、それで鏡の前に坐《すわ》って幾時間もやつした顔は、年も二十一の盛りとあって匂《にお》い立つほどのあでやかさ、柳が歩めば花がもの云う、などと譬《たと》える人もあって、それに冬になると好んでよく着た緋《ひ》うらの黒い吊鐘《つりがね》マントとともに牡丹江市の名物に推された事もあった。姿のよい貞子が入口に立って髪の雪を払う風情、鬢をいたわりつつ暖簾《のれん》をくぐる姿、扇子片手に絽《ろ》の着物の裾引《すそひき》姿も故郷を遠く離れた兵隊たちの旅情を擽《くすぐ》り、貞子に真剣に焦《こが》れた男たちも幾人も居たというのは掛値のない話であるらしかった。

松月楼の頃の楽しさは引揚げてのちも貞子は折ふし玉枝に語り、

「石の上の木の葉を拾うたら凍りついていたりね。氷花が風に揺れるりんりんという音もいまだに聞えて来るようや」

と遠い目をしていたのは、貞子の短い生涯のうちこの頃が一番充実していたと云うべきであったろうか。それにしても芸妓《げいぎ》でなく娼妓が全盛となるのはやはり躰がよくて閨《ねや》上手でなければならないが、これに就て貞子を不感症だという玉枝は、

「なにあんた、娼妓の売れっ妓は大抵不感症よね。そうでなかったら一晩四、五人もの相手が勤まるもんか。貞子も牡丹江まで流れて行った果てにようようこれが商売、と気づき、それらしゅう振舞うたのとは違う?」

と見透かしたような話になるけれど、先日も民江の、

「あの勤めは躰にこたえるからねえ。普通の客とすうちゃんとの噛分けして適当にやらん事にはこっちが参るよ」

と云う話を聞いて来たばかりの悦子は、玉枝の云うのもほんとうかも知れないと思

った。

それでも貞子のこの生涯一のよい期間は、翌年七月頃までしか続かず、数えてみれば僅か一年余りに過ぎなかった。この頃になると軍の移動が激しくなり、ときどきは銃声なども身近に聞えたり不安な流言蜚語《りゅうげんひご》も流れたりして落ちつかず、そのうちソ連参戦の噂が下使いの満州人たちのあいだから囁《ささや》かれ始め、やがてその通り八月九日にはソ連軍は国境を越して進撃中、となればもう商売どころではなかった。町中慌《あわ》てふためき北からの避難民とともに取りあえず南下、とばかり汽車に殺到すれば、今まで虐《しいた》げられていた満州人たちが急に偉くなって日本人の荷物をつぎつぎ掠奪《りゃくだつ》、と云う光景が繰り拡《ひろ》げられるなかで、日頃軍と昵懇《じっこん》の松月楼主が必死で頼み込み、吉林行きの軍のトラックに松月楼関係者全員便乗させて貰《もら》ったのは幸運であった。

こんなふうに軍のトラックに水商売の人たちが優先的に便乗させて貰い、一般市民から非難を浴びた話はこの時期あちこちで聞かれたが、貞子はその上にまだトラックを待たせて頭の飾りから化粧刷毛《ばけ》に至るまで荷をしようとし、これはさすがに兵隊に怒鳴られたという話が残っている。金銭に無欲なたちなのに、自分を美しく見せる為の小道具に異常なほどの執着を示したのは、松月楼全盛時代のよい思いがよくよく身に染みついたものか、或《あるい》いはまた、天性自分の容姿を恃む気持が深かったものであろう。やがて吉林の日本人収容所で終戦を迎え、越冬もしたが、ソ連兵の凌辱《りようじよく》を恐れて日本人女子は皆坊主《ぼうず》刈《が》りになり、顔に鍋墨《なべずみ》を塗って天井裏や床下に隠れ廻るなかで、貞子だけはどんなに勧められても長い髪を切らず、ときどきは荷を解いて薄化粧さえしていたそうであった。故意に女らしい華やかな色をすべて消して了《しま》った収容所のなかで、漆黒の髪を高々と結い、唇に紅を差して坐っている、みるからに女女したものがちらちらして居たとしたらどうなるか、それは同じ満州で、一年もの収容所生活のあいだ飢えた狼《おおかみ》のようなソ連兵をとっくり見ている悦子にはあとを聞かないでもよく判る事であった。貞子は皆が大鼻子《ターピーズ》と呼ぶ赤鬼のようなソ連兵に夜な夜な引っ立てられて行っては、その代償に煙草《たばこ》やチョコレートを貰い、それを誰にも分けず、収容所の壁に凭《もた》れていつも一人で食べていたと云《い》う。

満州の終戦直後と云うのは、独身の女たちは例外なくこのソ連兵の毒牙《どくが》に恐れ戦《おのの》いていたもので、一部ではもと娼妓《しようぎ》たちが敢然と立って、

「私たちが相手をしますから素人《しろうと》のお嬢さん方は安心していて下さい」

と防壁になった話も伝わっているが、貞子の場合はそう云う気概があった訳でなく、ただ、髪を切りたくなさ、器量を損ねたくなさの一心で漫然と装《よそお》っていたものに違いなく、ソ連兵の相手をする事をそれほど嫌がらなかったのは、以前言葉の通じない満

州人ばかり宛《あてが》われたのを思ってじっと耐えてでもいたものだろうか。それにしても、あの見ただけで身震いのするようなソ連兵を貞子が相手にしたとは悦子の気持が何か納まらず、これはきっと、貞子は食糧のためでなく、いつも一際《ひときわ》目立つ故《ゆえ》に引立てられ、抵抗を許されなかった状況だと考えたかったけれど、しかし内地に居ても食糧の乏しさに泣いた経験のある玉枝の見るところは違っていて、

「あの口いやしい妓が、一日一杯の高粱飯《コーリヤンめし》とやらの配給でよう怺《こら》えられるもんか。内地でもあの頃は素人の娘がガム一つでアメさんと寝た話は珍しゅうはなかったきに」

と云う。貞子も殆《ほと》ど身一つで逃れただけに売り食いする持物もなく、迫って来る厳冬の季節に立ち向う為には、最初は仕方なくと云う思いではあったものの、そのうち次第に貰いもの目当てのほうに気持が傾いて行ったとしても、それは許されるべきであったろうか。収容所ではそのうち、ソ連兵に人気のある貞子ひとりに凭れかかり勝ちになり、娘たちは貞子を拝み倒して替って貰ったりもし、一時は日本人のあいだでもとても有難がられたと云うが、そのときの素人娘たちの胸の内側を云えば、貞子に対して恩と蔑視《べっし》交々《こもごも》の思いだったのではあるまいか。気好しの貞子は「はいはい」と気易《きやす》く請け合い、娘たちは「やっぱり貞子さん」みたいな褒め言葉を浴せかけたに違

いないが、そのくせ貞子が貰って来る食べ物を羨《うらや》み嫉《ねた》み、つまるところ貞子の元の商売を蔑《さげす》む事で胸を撫《な》でていたに違いないと悦子は思った。

のちに世帯を持つ事になった大工の亮吉《りょうきち》との出会いは、葫蘆《ころ》島《とう》から乗った引揚船のなかで、ここでも姿こそ垢染みたもんぺではあっても貞子の髪の長さと肌の白さとは大いに目立ったものであった。知り合ったきっかけと云うのは、乗船前、引揚者は皆一列に並んで白いＤＤＴをところかまわず振りかけられるとき、貞子は、

「髪にだけはかけんといて頂戴《ちょうだい》」

と首を振って嫌がっているのを、偶然すぐ隣に居た亮吉が手拭《てぬぐ》いを貸してやったのが始まり、とも或いはまた、船中での食事の少なさに堪えられず、貞子が炊事係の船員に握り飯ひとつと躰《からだ》との交換を交渉中、通りかかった亮吉が割って入ったと云う、見て来たような話もあると玉枝は云い、

「どっちにしろ、そこで亮さんに巡り合わなんだらあの妓はこれと云った才覚もないきに、もうもとの芸妓にも戻れず、どこぞの淫売《いんばい》宿で野垂れ死にしちょったかも知れんねえ」

としみじみ声を落すのはその後の暮しを具《つぶ》さに見ている為であって、こうして引揚げ後はもう芸妓でも娼妓でもないただの大工の女房貞子の姿となって来る。

引揚船のなかには乳呑み児《ちのご》と若い男は居《お》らぬと云うその頃の通説を破って、まだ三十過ぎの亮吉が乗っていたのは、亮吉の右の耳が全聾《ぜんろう》の為に兵役を逃れた故で、引揚げまでは吉林の樺甸《かでん》で親方の家に住んでいたそうであった。片聾とは云っても外見からはほんの心もち首を傾《かし》げている程度に過ぎず、技術者のもてはやされる満州で腕のよい大工なら定めし実入りもよく楽しい目にも合ったろうに、貞子には一目惚《ぼ》れでよくよく打込んだものと見え、下船後故郷の熊本へは帰らず、その儘《まま》貞子に蹤《つ》いて高知へ来て了った。船の日数は葫蘆島から佐世保まで二泊三日だが、船内に伝染病患者が出たため港外に四日間も碇泊《ていはく》し、そのあいだに二人して夫婦になる話を決めたらしかった。

一旦《いったん》娼妓稼業《かぎよう》をすると、女郎に操《みさお》なしの譬え通り、男に対して貞操観念が麻痺《まひ》するとよく云われるが、亮吉はそういうところをもすっかり呑み込んだ上で貞子との苦労を厭《いと》わなかったものか、それとも噂通り、握り飯ひとつで帯を解く貞子を最初から目にした為、長い前歴を具さに聞かなくとも一挙にして覚悟を決めたのかどちらかだった事であろう。亮吉の実《じつ》のある態度にひきかえ、貞子の場合はしかとした思いもないまま成りゆき任せにしたようなふしも見え、のちに、世帯を持った長屋の大家から、

「貞さん、あんた〝棟梁《とうりよう》の男盛りに惚れにけり〟かえ。ええ亭主に当ったたねえ」

と冷やかされたとき、別に頬も染めずまた冗談ともとれぬ響きで、

「そんなんやないよ、小父《おじ》さん。あのひと居てくれるとうち便利やから」

と云ったのを聞き、大家はおや、と貞子の顔を振返ったと云う。

便利と云う言葉は、決して長くはなかった二人の暮しを如何《いか》にもぴったり云い表していて、貞子が焼跡から母親のハルエを捜し出し、三人でもとの農人町からほど遠からぬ平安町のバラックで暮し始めてからこっちというもの、一家を挙げて亮吉一人にぶら下っているだけであった。娼妓が妊娠するのは極めて稀《まれ》な例だが、昭和二十一年十二月に引揚げてからどう云う弾みか貞子は翌年十一月に男の子を産み、翌々年十月にまた年子で次男を産み、さらに三年目の夏には三男を妊《みごも》り、母親をも加えてこの狭いバラックのなかは芋の混み合うような有様となり、ハルエは自分も厄介になっていい乍《なが》ら、

「一旦子を孕《はら》み始めると、女の躰は梅雨に入ったと同じこっちゃ。いつ止《や》むとも見通しもつかん」

といつもぶつぶつ云っていたと云う。幸いと云うか、旧円封鎖など行われた戦後経済のなかで、好景気にうるおっていたのは何と云っても百姓で、農村では競って普請《ふしん》をすれば大工の仕事はひきも切らずあり、それも普通では手に入れ難《にく》い食糧の土産つ

きとあっては、子沢山の世帯に願ってもない有難さの筈《はず》であった。
が、肝腎《かんじん》の貞子は当り前の家の事は何ひとつ出来ず、台所をやらせれば足袋はびしょびしょ芋の鍋は始終噴きこぼし、たわしの水さえきっぱりと切れない手つきでは、見兼ねて手を出す亮吉のほうがずっと捗《はかど》ったし要領がよかった。子供たちに着せる物の針仕事とまでは望めなくとも、せめて亮吉の帰りまでに座敷くらい小綺麗《こぎれい》に片付けておけばいいものを、朝出るときも帰ってても家のなかは足の踏みどころないまでの散らかしよう、こう云うなかで貞子は昼間たっぷりと寝た涼しい顔で蒸《ふか》し芋を一心に食べていたり、化粧に余念がなかったりする。女手が二人もあってこの態《ざま》とは、定めし亮吉もたまには堪忍袋《かんにんぶくろ》の緒も切れたろうが、玉枝の知る限りは叱言《こごと》のひとつ云わず、毎日飯粒やら芋屑《いもくず》やらを練りつけた皺《しわ》だらけの法被《はっぴ》を着て黙々と仕事に通っていたと云う。

何の因果やら、器量だけが取り柄の女に魅入られて故郷も捨て、働いた金はほとんど形にならず、母娘《おやこ》してなし崩しに使われて了うと云う生活に亮吉は何の生甲斐《いきがい》があったのか、きっと貞子によほど底惚れの挙句に決めた生きかたであったに違いなかった。一日、玉枝がこの長屋を訪《と》うた夕方の光景に、子供たちはかまど猫のように汚れ、腹を空かせて泣き喚《わめ》き、ハルエは眼やにを出して座敷の隅に蹲《うずくま》り、仕事から戻ったばかりの亮吉が法被のまま忙しく七輪を煽《あお》いでいる傍で貞子は手伝いもせず、まるで芸妓の出の拵《こしら》えのように肌脱ぎになって化粧をしていたと云う。悦子はそれを聞いて、貞子はたぶん、これが美しい自分に捧《ささ》げられる当然の待遇であって、この亮吉の尽しようと稼ぎくらいではまだまだ足りぬ、と考えていたのではなかったかと思った。子供の襁褓《むつき》は洗わなくとも、亭主の飯の支度はしなくとも、夜々、念入りに装った自分の躰で亮吉に相手してやればそれで文句は云わさぬと云う自信に溢《あふ》れ、亮吉もまた、そういう貞子を充分に許してやっていた事であろう。そう思えばはた目はどうであろうと、この期間二人はたしかに幸せであったに違いなく、それはまもなくやって来た貞子の死によって余りに呆気《あつけ》なく打切られただけに、悦子にはその情景がなお色濃く見えて来る思いがする。

母親のハルエが亡《な》くなったのは貞子が三人目の子供を妊っていたときで、時折千《せん》ぶりくらいは煎《せん》じて飲んでいたらしいが別に医者にもかからず、まだ四十代だと云うのに老人の大往生のような手の掛からない最期《さいご》であった。昔からの目病みに加え、不規則な粗食や煙草好きも祟《たた》ってかなり以前から胃も悪かったらしく、それを殊更《ことさら》に云わなかったのは病気に対する知識など全くなかった事と、養って貰っている娘夫婦に対する多少の遠慮もあったものであろう。死ぬ半年ほど前には痩《や》せ衰え、吐く息が臭くて寄りつけないほどになっていたが、それでものろのろと躰を動かし孫の守りくらいは引受けていたと云う。この母娘は日頃からさして睦《むつ》まじいほうではなく、一日鼻つき合わせて坐《すわ》っていても口をきくのは二言三言、という関係で、亡くなったときも貞子は別に涙もこぼさなかった。考えてみれば女とは云い乍らこの母親の甲斐性なしの為《ため》に身売りさせられ、金を絞り取られ、弟たちもいるのに貞子一人が終りを看取《みと》らされもすれば、その人の死に遭って恩怨《おんえん》いずれかの激しい感情があってもいい筈なのに、貞子が泣きもせず乱れもしなかったのは却《かえ》って亮吉のほうが驚いていたくらいであった。貞子はきっと、小さい頃から抗《あらが》ってもどうにもならない諦《あきら》めを胸に持って運命に身を任せたが為に、べつに骨身が砕けるような思いもせず、たった一つ、自分を美しく装う事だけを楽しみに生きていたのではなかったろうか。

ハルエのほうは貧のどん底暮しが長かったから、壁土や洗濯糊《のり》まで食べて躰を痛めたと云うのは判《わか》るものの、貞子の胃病は全く我が性根のせい、と云うより他なく、亮吉から渡された金でいつも真先に怪しげなカストリ焼酎《しようちゆう》を買い、暇さえあれば飲むか食べるかのどちらかだったと云うのでは、坂道を転げ落ちてゆくように母親の後を追ったものであろう。こちらは早くから胃の痛みを訴えた為に買い薬は飲んでいたらしいが、薬と一緒にカストリを飲み、子供のお八つでさえ取り上げて絶えまなし抓《つま》み食いをすると云う癖をやめず、これにはさすがの亮吉も声を荒げた事も一度や二度ではないらしかった。役立たずのハルエでも生きているうちには何となく家の仕事もこなしていたと見えて、亡くなってみれば乱雑さはいっそうひどくなり、そこへ三人目の子供が生れたあと、貞子がときどき寝つくようになってからは家のなかはもう目も当てられないひどさだったと云う。四歳に三歳に当歳の赤ん坊が枕許《まくらもと》で騒ぎ、泣き喚くのに、起きていても満足に食事の支度も出来ない母親はなすすべもなくただ寝ているだけ、亮吉は三度に一度は仕事を休んだり早退《はやび》きしたりして面倒を見ているものの、何と云っても男手では隅々まで手が廻らず、家のなかは掃き溜《だ》め同様で、昔ハルエが住んでいたあの農人町の長屋と見紛《みまが》うほどであった。

死ぬ前の貞子が、あのハルエに通じるところが多かったと云うのはこんな長屋の情景もあり、胃病特有の顔いろの悪さに加え、かつての器量恃《だの》みの気位の高さも次第に萎《な》えて了ったからであり、死ぬ前はしきりに煙草を欲しがったそうであった。玉枝が訪ねて行ったとき、おしっこ臭い綿の切れた蒲団《ふとん》のなかに埋れて貞子は眠っていたが、その頬のこけた寝顔を見て亮吉がしみじみと、「こいつが元気なときの寝顔は、水を上げている花のようでしたがねえ。こうして見ると死んだおふくろと瓜《うり》ふたつになって了いました」

と呟《つぶや》いた声音《こわね》がいまでもときどき玉枝は自分の耳に蘇《よみがえ》ると云う。一時は濃きあやめ、とまでに謳《うた》われた花も二十一、二までに色をつくして咲き、いまは化粧刷毛《ばけ》を持つ気力さえ無くしているのを、傍で見ている男はどれほど辛《つら》い思いだったろうか。

貞子は取りわけ熟柿《じゅくし》が好きだったから、このとき玉枝は赤くびいどろに透き通った大粒を持って行ったところ、貞子はそれを見て突然元気が出、亮吉に背を支えて貰《もら》ってすぐさまかぶりついたが、その食べ物に対する病人とは思えぬ精悍《せいかん》さと、食べ終えて口の廻りを赤くした顔の凄《すご》さには玉枝も暫《しば》し息を呑む思いだったと云う。これが玉枝の貞子の顔の見納めで、帰り際に振返ったとき、昔、底無し沼のように青かった瞳《ひとみ》もいまは灰いろに濁り、きりりと緊《し》まっていた唇許《くちもと》からは黄になった萩《はぎ》の葉のような歯が覗《のぞ》いているのを見て、もうハルエの迎えも近いのを感じ、心のなかでそっと手を合わせたそうであった。このあと貞子は二、三回ほど薄明りの芥子《けし》の花にも似た血を吐き、近くの病院に入ったときにはもう既に手遅れで、翌年の正月明けを待つのがやっとの状態で昭和二十六年一月八日の朝、二十八歳の生涯を閉じた。自慢の長い髪も埃《ほこり》だらけにして枕に乱したまま、年に似合わぬ老《ふ》けた表情で息を引取った貞子を見て玉枝は不愍《ふびん》さがどっとこみあげ、その死顔には腕に縒《よ》りをかける思いで念入りに厚化粧をしてやったと云う。亮吉はかねて覚悟をしていたらしいが、改めて元気で眠っていたときのようなその顔を見て男泣きに泣き、葬式のあいだじゅう魂を抜かれたようになっていたのは、貞子との別れがよほどこたえたものであろう。ここまで語って来て玉枝は大きな息をつき、

「今思えば、若死にした貞子は幸せやったねえ。足掛け六年のあいだ、暮しの苦労は一切亮さんに負わせて自分は毎日極楽とんぼ。子を産んでもまめに育てるじゃなし、食いたい放題食った挙句死んだのやから、あれで結構満足やったろうよ。本人もすぐに成仏《じょうぶつ》したものと見えて、私しゃあれからあの妓《こ》の夢も見んもの」

と云《い》うのは悦子も同感であり、なおその上に云えば貞子は息を引取るまで、亮吉の事を便利と思いこそすれ感謝などまるでしていなかったのではなかったろうか、と思った。昔、転々と住替えしていた頃、自分の器量がきっと花開く場所が来る、と信じていたように、貞子は亮吉との暮しのなかでももっと自分を美しく装《よそお》える贅沢《ぜいたく》な座が何処《どこ》かに待っている、と期待してはいなかったろうか。比較的金取りのよい職人の女房ではあっても、子供三人に母親までの口を抱えていれば、貞子の欲しい高価な化粧品や芸妓《げいぎ》時代のような衣裳《いしょう》には到底手が出なかったろうし、貞子はその不如意《ふにょい》に半ば腹を立て乍ら耐えていた事も思われる。悦子はこの話を聞き乍らあの昭和十九年の、松崎の玄関先で会った貞子の美しさをしきりに思い、このひとならどんな傲岸《ごうがん》さも許

されていいのではないかと思った。貞子が死ぬ前年の夏、庭先の蛍が皆貞子の傍まで来てはふっと消えるのを見て、亮吉はひどく不吉なものを感じたと云うが、早く命を終るだけ、貞子は蛍でさえ灯を消すほどの凝縮した美しさを内に籠《こ》めていたかも知れなかった。きっと貞子は、その躰が男と寝ても何も感じなかったように、生涯一人の男にも惚れる事なく、もし惚れたとすればそれは自分の器量だけだったのではないかと悦子は思った。

玉枝が、「一番むごかったのは残された亮さん」と云う通り、亮吉は貞子の四十九日が済むと家を畳み、三人の子を連れて戦後初めて、老いた両親の待つ熊本へ帰って行った。もう花の便りもちらほら聞かれる高知駅に玉枝が送って行ったとき、ヤミ市で買った裄《ゆき》の長い服を男の子二人に着せ、赤ん坊を背負い、貞子の位牌《いはい》を入れた荷をしっかりと胸に抱いた亮吉は意外に元気そうで、

「子供たちが大きくなったら揃《そろ》って墓参りに戻って来ますからね。それまでお頼みします」

と云っていたと云う。

その後玉枝の許には絶えて消息はないが、それに就《つい》ては全くなじらず、

「あれで亮さんも小ざっぱりした身装《みなり》でもすりゃちょっと振返るようなええ男やった

から、向うで後妻の来手は仰山あったのと違うやろか」

と後腐れもない顔で云い、不実な男ばかり見馴《みな》れたこの世界では見上げた心掛け、と褒め言葉を惜しまないのであった。

悦子は、知りたかった貞子の最期が明らかになってみると、貞子が芸妓でも娼妓《しょうぎ》でもなく素人《しろうと》の女房として死んだ事についてふっと安堵《あんど》があり、貞子自身はどう思っていようとよそ目にはやっぱり似合いの夫婦だったろう、とそれを口にすると、玉枝も満足そうにアハハと笑い、

「そう、割れ鍋《なべ》に閉じ蓋《ぶた》にしちゃ、亮さんのほうからお釣りが来るやろがね。ま、もう昔の事じゃきに」

と後手についていた、砂に塗《まみ》れた掌をはたいた。

四章　染弥《そめや》の妙子《たえこ》

今朝、夫の幹雄が出勤するとき妙子《たえこ》は送って出、車のボンネットに黄いろい粉がいっぱいこぼれているのを見て、

「何かしら、これ」

と寄って行き、そのひとつを抓《つま》み上げてみてから、その珍しさに、

「あら、松の花」

と声に出して云《い》った。そう云えば二台の車を駐《と》めてある家の下のこの平地は、まわりを背の高い赤松の疎林《そりん》に囲まれていて、ときどき黒くなった松かさを運転手がタイヤの下から取り除いては、すぐ下の窪地《くぼち》へ投げている姿をいく度も見かけている。こちらに移ってから春はもう三度目なのに、今朝に限って松の花が目についたのはこれも何かの縁かと思いながら、運転手が長い羽根箒《ぼうき》でその花粉を払い、いつものように幹雄を乗せてゆっくりと坂を下っていったあと、妙子は子供のときのように着物の身

八つ口から両手を懐《ふところ》に入れ、暫《しばら》くその場に立ったままでいた。

山の春は遅くて、五月も半ばを越したというのに朝はまだ毛糸の胴掛けが欲しく、辺りを見廻してもわらびぜんまいがいっせいに拳《こぶし》をふり上げる萌《も》え盛りの季節にはまだ少し間があるように見える。ただ、日頃は何の感慨もない家の周囲の風景も、今朝は黒塗りの車の上に鮮やかな黄の花粉を目に灼《や》きつけたことでふっと糸口を見つけた思いになり、同時に固く閉じていた胸の扉が少しずつ開いてくる感じがあった。

それというのも五、六日前東京の悦子から夜分電話があり、「近く松本に出かけるのでその帰り、お宅にお邪魔していいかしら？」というおもむきで、妙子は鸚鵡《おうむ》返しに、

「どうぞどうぞ。主人もきっと喜ぶと思いますよ」

と飛び立つように答えたが、その日が近づくにつれて何か心が落着かず、誰かに何かを催促されるに似たような焦《あせ》りがだんだんと拡《ひろ》がって来つつあった。この家に一度悦子を招きたい思いは幹雄ともども以前からあって、たびたび電話でその旨《むね》悦子に伝えていたから、落着かないことの原因はそれ自体ではなく、実をいえば妙子の子供時代の記憶が大へん曖昧《あいまい》で、悦子ほどよく憶《おぼ》えていないという気怯《きおく》れがある。二年前、澄子の怪我《けが》の知らせを聞いてもと松崎の仲間たちと悦子とが高知に集ったが、やはり

そのときの話題といえば何といっても昔話ばかり、澄子も民江も実によく松崎時代を憶えていて、〝あのときはこうこうだった〟のお互いの経験披露の果て、

「ねえ、そうやろ妙ちゃん」

と相槌《あいづち》を求められるたび、妙子は恥かしいほど何も憶えておらず、皆に申し訳ないように思った。強いて思い出せば、土佐では盂蘭盆《うらぼん》の送り火に門口で焚《た》く松明《たいまつ》を半分残しておき、その松明で飯を炊《た》くと夏病みが早く癒《なお》るという云い伝えから、松崎では毎夏、庭に茣蓙《ござ》を敷き、子供同士で小さな茶釜《ちゃがま》に盆飯を炊いて遊んだその楽しさだけが頭にあって、それを話すと民江はたちどころに、

「盆飯？　そんなことがあったかねえ。うち全然知らんよ」

といい、悦子が仲で、

「記憶というのはみんな斑《まだ》らでしょ。個人差があるのよ」

と宥《なだ》め顔で云うのへ民江はおっかぶせて、

「妙ちゃんは昔のことは思い出しとうない筈《はず》よ。社長夫人やもの。忘れたほうが都合がええわけよ」

と強い口調でいった言葉は妙子の胸にずしんと落ち、そのときは悦子たちと一緒に、

「またたん子の僻《ひが》み根性！」

などと笑い話にしてしまったが、これはその後もずっとまだ心に根を下したままでいる。悦子はそれに就《つい》てこだわりを持ってはいないだろうが、妙子としては二人差向いで話すとき一切がおぼろ、で済ますのは何かしらを切り通しているような後めたさがある。民江の云うように、芸妓《げいぎ》に売られるほど貧乏だった子供時代を無理に忘れようとしたわけでは決してなく、ありのままに云えば幹雄と結婚してこの二十六年間、昔を思い出す暇とてない日々一所懸命の生活だったから、妙子は自分の小さな頭脳のなかに不必要なものは入り切らず、どんどん消え去ってしまったのだと思った。

この山の家は、河口湖の駅から甲府へ向う国道を湖に沿って分かれ、山のみぞおちのような建石の谷を暫く登ると、舗装の切れた道の行き止まり、坂の中途に建っていて、本社は六本木にある土地開発会社の寮というかたちとなっている。会社は最初この高地一帯を別荘分譲地として買い占めたが都合で一時休止し、甲府の市街地の開発に手をつけ始めたため、幹雄はこの山荘を根城として毎日甲府の現場へ出向き、妙子も住込みの従業員や本社からの客などの面倒をみる蔭《かげ》の役割もあって、三島の大場にある家を閉めて、ここ暫くこちらに移って来ているのであった。

妙子は赤松の梢《こずえ》を暫く仰ぎ、朝寒の外からまだ暖房を入れてある居間に戻ると、男は板前、女は掃除婦という組合わせの、よく気のつく住込み夫婦が朝の茶を入れて持って来てくれ、妙子はそれを、目の下の疎林のあいだから花の蕾《つぼみ》のかたちに見えている河口湖を眺めながらゆっくりと飲む。そういえばこの夫婦茶碗《めおとぢゃわん》の縦長の湯呑《ゆのみ》ももうほぼ七年近く、割れもせず失いもせず使い続けていて、それは妙子にとって割合いと安穏な月日がそれだけ続いていることの、一つの証《あか》しでもあった。山の中でもここは陽溜《ひだま》りになっており、冬でも思ったほどの厳しい寒さではないが、その代り朝といわず夕といわず、真綿のような霧がおきてはときどき視界を遮って流れてゆく。悦子から来訪の由《よし》の電話を貰《もら》って以来、それが気になっているのか妙子はいつも夜明けに目ざめては手洗いに立ち、暫く寝床で子供の頃の記憶を辿《たど》ろうとして、この霧に取巻かれるようにその努力がとぎれてしまう。

それが現実の山の霧か頭のなかの呆《ぼ》んやりと煙っている部分かよく判《わか》らないままここ数日焦っていたものが、今朝は不思議に何も彼《か》もはっきり澄み、霞《かすみ》の向うから次第に鮮やかに泛《うか》び上ってくるものに、さっき見た松の花の遠い記憶があった。ぴかぴかのボンネットの上のそれは一入《ひとしお》色も濃かったけれど、こちらは朽ちて動かなくなった山小屋の水車に散りかかっていて黄も淡く、それに妙子がさっき赤松の下に佇《た》っていたとき、気のせいか時折響いてくる鶯《うぐいす》の啼声《なきごえ》の合い間に笛の高音のようなリリリ、という声までも捉《とら》えたと思った。あれは山深い谷間の川に棲《す》む河鹿《かじか》の啼声で、してみると、妙子の父の小西敬太郎が、生れ故郷の高知県の山村清水村から、一家を引きつれて高知市緑町へ住みついたのは多分妙子の三つ四つの頃かと思われ、その他にはときどき父親の云う、

「山の暮しはきつうてのう。楮《こうぞ》を五貫匁《もんめ》以上も負うて毎日八丁坂を担《にな》いあげたものじゃった。子供たちもよう手伝うてくれたよ」

という話にはまるで憶えがないのであった。手伝うとはいってもまだいとけない子供だったから、妙子は多分、水車小屋のまわりで河鹿の声を聞きながらおとなしく妹たちと遊んでいたものであろうか。

妙子は雪江、益美、妙子、八重子、光子の女ばかり五人姉妹のまん中だが、父親が高知市に移住したこのときは、両親の関係はいったいどんなふうになっていただろうか。と云うのは、のちに戸籍謄本《とうほん》を見たとき自分以下三人が皆庶子になっているのを知ったものの、次に記憶の蘇《よみがえ》って来る高知市緑町の家では母親の姿は全く無く、いつとても女の子ばかり三人の淋《さび》しい毎日が泛び上ってくる。語るに足りるほどの家系ならばともかく、しがない日稼ぎの筏師《いかだし》の父親が娘にこまごまと連れ合いの説明をする筈もない、と今では妙子も怨《うら》みはしないが、当時聞かされていた話は、次女の益美が罹《かか》った腸チフスが妙子の母親に伝染《うつ》り、それがもとで亡《な》くなったとだけで、籍も入っ

ていない故《ゆえ》にこまかな状況はとうとう知らない儘《まま》に終って了《しま》った。継子《ままこ》の病気が伝染るほどなら一緒に暮していたに違いないが、妙子にその面影のかけらすら残していないとすれば、光子を生んだ直後亡くなったものであろう。

妙子が小学校へ上ってから当時の生活はきれぎれに戻ってくるものの、戸籍面に松《まつ》乃《の》とある、敬太郎の最初の妻から生れた上二人の姉は早くから奉公に出されていたものとみえ、緑町路地奥の二軒長屋のひとつの妙子の家に、稀《まれ》に里帰りで現れることがあった。あの頃はいつも小さい女の子ばかり三人、仕事で始終父親も空けがちの家でいったい何を着てどんなものを食べていたかと思うと、今でも妙子は胸の奥がきゅっと痛くなってくる。妙子が三女に生れながらずっと長女の責任を負わなければならなかったのは既にこの頃から明らかで、金だけは父親から手渡されても、小学校へ通うかたわら薪から米まで買って妹たちの世話をしていたのではなかったろうか。ほんとうは少々早とちりで楽天的な性格なのに、人からは思慮深げに見られたのもこんなふうに早くから母親の替りを勤めなければならなかった境遇の為《ため》かと思われる。この頃は冬になると毎年しもやけで饅頭《まんじゆう》のように手が膨れ、ときどき口が裂けては血がスカートに滴《したた》ったこともあったけれど、充分でない子供ばかりのこんな世帯がなんとか続いていたのは、隣の山中との隔てないつき合いのせいもあったろう。隣はあひるを飼っている家で、こちらと似たような年頃の男の子が三人おり、あひるはあのオレンジいろの水かきのある足でよく妙子の家に上って皿を引っくり返したり、それを追いがてら姉妹は始終隣へ行ったものであった。

この頃の、これだけはいまも決して忘れぬ忌《いま》わしい出来事に、八重子が危く殺されかかった夏の夜の悪夢がある。父親は仕事のため、昼間はいなくても夜になれば必ず帰って来るものと子供たちは固く信じていたから戸締りもせず、上《あが》り端《はな》近くに蚊帳《かや》を吊《つ》って三人枕《まくら》を並べて寝ていたところ、夜半、妙子は縄の束が畳を打つようなパラッ、パラッという音を聞いた。子供心に異様な気配を感じ、首を擡《もた》げて、

「誰？」

と声を出すと、闇《やみ》のなかから宥めつけるような、

「儂《わし》じゃ、儂じゃ」

という聞き馴《な》れない声がし、妙子が立ち上って電燈《でんとう》をつけたところ、その声の主らしい黒い影がパッと立ち上り、上り端から路地を風のように駈《か》け抜けて行った。このとき脇《わき》に寝ている八重子光子をすぐに起して騒ぎ立てればよかったけれど、よく眠っているものと安心して電燈を消し、妙子ももと通り横になった。が、たったいま目に灼きついた黒い影の恐怖が去らず、「いったいお父《と》っちゃんはいま頃まで何しよるか

しらん」と子供の胸にも父親を詰《なじ》りたい気持ばかり昂《たか》まって来て、ほとんど朝まで、古びた柱時計がゆるく時を打つ音を聞いていたのを憶えている。

　陽が出てのち父親が戻り、死んだように寝ている八重子の異常に気付いて見てみると、小さな首にくっきりと縄の跡が赤く腫《は》れ上っており、八重子は仮死に近い状態で眠り続けているのであった。幸いなことに医者を呼ばなくても八重子は息を吹き返したものの、その代りこの騒ぎで、父親が長いあいだ子供たちを置いたまま、よそで外泊していた事実が子供たちにも知れてしまった。男はどうやら変態的な痴漢であったらしく、路地奥の一軒にはいつも小さい女の子ばかりで寝ている様子を予《あらかじ》め知っての上で、八重子の首を締めたものに違いなかった。

　妙子はこのときの情景を思い出すたびいまも胸が閉ざされるわけは、首の縄痕《なわあと》を恥かしがって八重子が学校へ行きたがらなかったのもさることながら、毎日紺の法被《はっぴ》にぴかぴか光る鳶口《とびぐち》を操り、ひたすら自分たちのために働いてくれていると思っていた父親が、実は新地の遊廓《ゆうかく》で働いている仲居のもとに夜な夜な通っているのを知ったことは、たまらない悲しさであった。しかもこの事件をきっかけに思い止どまるというならそれもじき忘れられもしようけれど、逆に父親は居直ってしまい、見るからに白粉灼《おしろいや》けのしたこの仲居を家へ引入れてしまった。考えてみればこれが妙子の、まだ小学生にして初めて知った世間の風のからさというものかも知れず、この辺りからどうやら妙子の歩いて来た道が急に翳《かげ》り始めたような感がある。

子供たちが小母《おば》さん、としか呼べぬこの後妻は、手荒な真似《まね》こそしなかったものの、長年水商売の世界を漕《こ》いできたらしい強欲さのうえ極めて口の汚ない人で、

「この子らはちっとも可愛《かわい》げがない」

といつもながら罵《ののし》られていれば、自然子供三人は固まって小母さんに白い目を向けるようになってくる。後妻はその報復のように子供たちを手離すことを父親に勧め、狭い家のうちなら声も筒抜けに、父親に向い、

「光子はどこやらまだ素直なところがみえるきにこの子だけは手許《てもと》に置いてもええ。上二人をどこか銭になるような先へ奉公に出してつかはれ」

と詰め寄っている小母さんの言葉は、まるで地震雷の前触れのような底知れぬ不安を妙子の胸に呼び、その顔いろを窺《うかが》っては今日か今日かと戦《おのの》いていたものであった。小学校三年と二年の頑是ない子を奉公に出せとはまるで鬼の心だが、出さねば自分が帰る、とまで後妻に突詰められては、長いやもめ暮しに倦《あ》いた父親としては已《や》むを得ぬ思いでもあったろうか。

妙子が松崎時代をほとんど憶えていないのは、緑町の家にいてこの不安におびえて

いたものが松崎に行って取り除かれ、心がなだらかになった為もあったのではないかと思われる。それに松崎では一番後入りの妙子が行った頃には、どうやら子方屋《こかたや》らしい暮しの体裁も整ってきていて、先輩の澄子の差配に従って自分の身のまわりのことさえやっていればそれで済む気楽さがあった。悦子に阿《おもね》って云《い》うのではないが、三度の飯の支度もせず妹たちをせき立てる必要もない暮しはどれだけ妙子の荷を軽くしたことだったか。後妻の云う〝銭のとれる先〟の希望通り、妙子は年季五年三百円で松崎に、八重子はこれも同じ条件で子方屋吉川に売られたが、松崎に較《くら》べこの吉川の厳しさ難しさときたら、それこそ血の涙だった、と現在は気楽に年増《としま》芸妓を続けている八重子がいまも怨みを込めて妙子に話す折がある。子方屋の扱いだけで幸不幸は決められないが、吉川では八重子に肉親と会うことさえ許さなかったから、ときどき同じ小学校のなかで妙子は妹の姿をふと見かけるだけで、お互い何丁と離れぬ場所に住みながら年季の明けるまでほとんど消息の知れない年月を送った。

澄子の見舞に集った際、悦子が皆の子供の頃の印象を話して、

「妙ちゃんはうちへ来たとき、髪を伸ばし始めでね。うしろを二つに分けて括《くく》った先がちび筆の先みたいでおもしろくて私はしょっちゅう触らせて貰った。こう、いつも眉間《みけん》に竪皺《たてじわ》を寄せてちょっと陰気だったけど、四人のなかでは一番利巧そうに見えた

わね。どういうわけか両手首に輪ゴムを嵌《は》めていて、それに舞のお稽古《けいこ》のときは少し前踞《まえかが》みだったから、お父さんがときどき、『妙子、背中伸ばして伸ばして』なんて云ってたじゃない？」

と語るのを聞けばひとつひとつ思い当ることはあり、じっとりと陰気だったのは、あれは後妻との暮しのなかで我ながらひがみ切っていたせいと振返られ、手首の輪ゴムは子供ながら主婦業をやっていた名残り、それにいつも猫背だったことについては、松崎で盆飯の他に悦子にもいえないもう一つの悲しい思い出がある。

あの頃、松崎では猫を二匹飼っていたが、どういうわけか二匹とも誰よりも妙子によくなつき、三味線を抱えている膝《ひざ》の上にまで上ってくることがあった。妙子が小学六年の秋の夕暮、使いに出た帰り潮江橋を渡っていると、いつのまにやら捨て猫らしい汚れた三毛が足許にまつわりながらどこまでもついて来たことがある。妙子が立止れば猫も立止り、歩き出せば足音もなく下駄《げた》の踵《かかと》近くぴったりとくっついてくる様を見て哀れになり、思わず抱き上げてしまうともう再び地面に下せなくなってとうとう松崎へ連れて帰った。そのとき長火鉢の前からお母さんがつかつかと立ってきて、

「妙子、あんたこの上そんな汚ない猫を寄せつけるつもり？　あんたの舞の猫背がなおらんのは猫に魅入られた為かも知れんぞね。早うもとのところへ捨ててきなさい。

女が犬猫を可愛がるとろくなことはないと云うよ。子宝にも恵まれんとも云うし」

とこの人に似合わぬきっぱりした調子で頭から妙子に指図した。

妙子はそのとき、折角拾った猫をまた捨てに戻るむごさよりも、お母さんの云った「舞うときの猫背は猫に魅入られたため」という一語が深く胸につき刺さり、すぐ目の前のお母さんの、少し爪先《つまさき》をかがった白足袋にじっと目を落していたことを思い出す。妙子が猫を好きなのはあの何ともいえない柔らかいまるい毛の感触と、馴れた人にはいっぱいの媚《こび》を見せて甘えかかる可愛さがあるからで、そういえば松崎で妙子が二匹とも抱いて夜寝たりするのは、緑町の家では飼いたくとも餌《えさ》がなくて飼えなかった、その反動なのかも知れなかった。玄人《くろうと》の家では衣裳《いしょう》部屋の鼠取《ねずみと》りのためにどこでもよく猫を飼っているが、猫も体重一貫目以上になると祟《たた》るとか怨みがのりうつるとか云って忌み嫌われる故に、お母さんは妙子の不必要なほどの可愛がりかたを警戒する意味もあったものであろう。

あのとき以来、妙子はあの言葉を噛《か》みしめる思いで猫背に注意してこれはどうやらなおったらしいが、この頃になってまたときどき思うのは、「犬猫を可愛がると子宝に恵まれぬ」云い伝えで、結婚して二十六年間、ただの一度も妊娠の気配さえなかったのは、或《あ》るいはこのときお母さんは妙子の将来を云い当てたところなのかも知れぬ、と考えたりする。

松崎でしたたかこたえたのはこの一件くらいのもので、次は長い空白のあと、鮮やかに戻ってくる記憶は何といっても山海楼での舞妓《まいこ》生活であった。四人のうち澄子だけは小蝶《こちょう》預けだったが、あと三人は山海楼奥の抱えとなり、妙子も小学校卒業と同時に松崎を引き払ってこちらに移り、源氏名も咲弥の妹、染弥《そめや》として舞妓から座敷に出ることになった。妙子はふだんから雰囲気が暗くて高笑いなどめったにしなかったが、その割には音曲好きで舞三味線の憶《おぼ》えかたが目立って早かったし、それで最初から半《はん》玉《ぎょく》よりも舞妓として重宝されたものであろう。こちらの抱えとなればもう松崎のときのような甘えは許されず、一日五銭の小遣いなど誰もくれなかったからときどきは甘いものも欲しく、仲間たちの後について山入れ後の調理場にしのび込み、こっそり砂糖など盗んでは嘗《な》めたものであった。食事はめいめい箱膳《はこぜん》で、飯の制限こそなかったものの質は松崎の頃より著しく落ち、こんなこともあまり舞妓生活の楽しくなかったことの一因だったと云えようか。しかしほんとうはそんな他愛《たわい》ないことよりも、躰《からだ》に焼印を捺《お》されたように生涯消えずまた誰にも話せないのは、花柳界恒例の、年の足りぬうちから客に身を任せなければならぬ一種の儀式であった。その最初の老人が不機嫌な口ぶりで云った、

「何故《なぜ》そんなに顔をしかめて嫌がる？　お前の親父《おやじ》もおふくろもこういうことをしたからこそお前が生れたのやぞ。高い銭を出してまでしてやるのを有難く思え」

との言葉を聞いたとき、妙子はふとあの緑町の家で父親と後妻とのこんな姿を確かに見た憶えがある、と一瞬思い込み、恰度《ちょうど》一むらの夏草の茂みに顔を伏せているような腥《なまぐ》さに目も眩《くら》みそうになりながら、その時間を耐えていた記憶は消そうとしても消える筈《はず》のないものであった。

よく最初の男は忘れられぬ、と仲間うちでは云うけれど、妙子の場合は懐《なつか》しさなど一ひらもなくそれはただ憎悪《ぞうお》の感情でのみいまもなお鮮やかなのであった。まだ数え年十四の少女に「親もしたからお前もしろ」という云いかたは胸中の偶像に汚物でもかけられるに似て、妙子はその後暫《しばら》く、どうしても客を取らねばならぬと決まると必ず便所に走り込んで食べたものを吐いたりした。男嫌い、という気質ではないものの、躰が熟してくる年頃になっても自分から男を求める気にほとんどならなかったのは、最初の夜、客の言葉によって触発された、父親と嫌いな小母さんとのそれを必ず思い出したせいもあっただろうか。

妙子は地味な性格に加えてうすいやさしい眉《まゆ》、腫れぼったい瞼《まぶた》という外見もあって仲間うちでは目立たなかったが、差出口の多いこの世界ではその無口さが却《かえ》って「落着いていて賢い妓」という評判になり、山海楼馴染《なじ》みの古い客などに受けがいいようであった。それでも、舞妓に出て一年目には松崎の他の三人同様、年の足るのを親が待ち兼ねていたように住替えさせられることになり、行先は見も知らぬ大阪の今里、と聞いてふっと一瞬、死ぬことを考えたりした。それというのも、山海楼一年のあいだにはどうやらこの世界のえげつなさも判《わか》り、いい衣裳も美味《うま》い食べ物もよく客を取る妓から順、という、まことに明白な差別に対抗してゆくのには、余りにもこの商売に向かない自分の気質をよく知っている為であった。父親は妙子説得の理由として、

「お前が客を取ることをあんまり嫌がるきに、山海楼には向かんと云われてのう」

と尤《もっと》もらしい話だったが、そのときもう妙子は、〝嫌といっても聞き届けられたことはほとんどなかったのに〟と父親の嘘《うそ》を感じるだけの世智《せち》はあった。住替えは恐しい、と後退《あとずさ》りしても、莫大《ばくだい》な金高に縛られている身ではまわりの云いなりになるより他なく、それに今更緑町の家に戻ったところで、そこはあの薄情な後妻がどっかり座を占めていて妙子の端居の場所さえないことを思った。

大阪行きは貞子《さだこ》と一緒で、二人が勇太郎に連れられて浪花《なにわ》丸で高知岸壁を発《た》つとき、妙子は春の雨が水に輪を打っているのが涙で呆《ぼ》やけて困ったのに、貞子のほうはちっとも心配せず、たくさんテープを買い込んでは見送りの人群れに投げていたのがふと

気の救いであった。この時期には既に澄子は新京へ渡っており、まもなく民江も大連へ替ることが決まっていたから、そんな事も妙子の、故郷を離れる心細さをいく分宥《なだ》めてくれたものであろう。大阪へ着くと貞子とは別々になり、妙子は片江町の藤野きさという、自分も芸妓《げいぎ》を続けながらこのほど置屋《おきや》の鑑札を取ったひとの、たったひとりの抱え妓となった。

山海楼では二十人ほどの抱え妓たちと寝起きしていたものが、狭い家にきさと二人の暮しは最初気づまりではあったけれど、置屋開業したての事で衣裳は上から下まで全部新しいし、それにまだ馴れないせいかきさはそれほど妙子を締め上げはせず、ただひとつの事を除いては万事につけて居心地は悪くなかった。そのひとつというのはお定まりの夜の客の相手の件で、妙子抜きで話をこしらえておいてはそう仕向け、こちらも逃れるだけは逃れようとあれこれ頭を絞れば、向うも粘りに粘って遂《つい》には捻《ね》じ伏せられてしまう。妙子はこの片江町の家を思い出すとき、毎日夜になるのがとても嫌で恐しく、何とか昼間が長びかないかしらん、とどれだけ願ったか、その頃の袖《そで》に袂《たもと》を重ねる思案ばかりの自分の姿を今も目の前に泛《うか》べることができる。

まもなく、ふとした縁から上本町で割烹《かっぽう》をやっている高知出身の「万楽」の店の女将《おかみ》に目をかけられることになり、今里から上本町まで毎晩のように出花をつけて貰《もら》って、ほとんど万楽専属のようなかたちとなった。妙子は今の境涯に立って過去を振返るとき、幹雄と結婚したことをも含めてさして自分が幸運に恵まれたとは考えていないが、もしそれがあるとすれば満州へ稼ぎに出なかったことと、この万楽専属になったことの二つではないかとときどき思う。妙子が今里に住替えた昭和十四年春には、吉川へやられた八重子も小学校を卒業して山海楼へ出る筈になっていたから、このとき父親の懐《ふところ》にはかなり纏《まと》まった金が入ったに違いなく、その為《ため》に妙子の住替えをせっついて来なかったことと、あとひとつは万楽の女将の庇護《ひご》があったからこそ、専属になってからはそう頻繁に客を取らずに済んだし、五年年季の契約で一千六百円の借金が無事返しおおせたのであった。

戦争が激しくなった昭和十九年夏、妙子は晴れて廃業届を出してから高知へ戻ったが、もうこの頃は大阪でも疎開《そかい》のために店を閉めるところも目立ち、年季が少々残っていても抱え妓に借金棒引で暇をくれてやる抱え主も珍しくなかった。緑町の家には父親と後妻と、それに小学校卒業と同時に紡績工場に働きに出ている光子とがちんまり暮していたが、そこへこれもやっと年季の明いた八重子が戻ってくると家の中は忽《たちま》ち修羅場となり、ほとんど毎日のように父親まで巻き込んで巴摑《ともえがら》みの云い争いになった。

妙子は、醜いまでにいがみ合ったこの頃のことは思い出したくないけれど、乏しい配給の食糧のなかで、継母《ままはは》の口から、

「もう一人前になった娘が、何故ここへ食いに戻る?」

「食い盛りが三人揃《そろ》うて、私を飢え殺しにするつもりか」

「お前ら三人はしめし合わせて配給の芋まで私に隠す気か」

と悉《ことごと》く汚ならしげに罵《のの》しられると、子供たちは皆もうこの人の思惑通り黙って芸妓に売られた年齢とは違い、過去の怨《うら》みをも込めて猛然と逆襲する。初老の女一人と、若い盛りの三人とでは勝負は決まっていて、後妻は離縁を云い渡されるまでもなく、二十年正月には自分から米の通帳を持って未練気もなくこの家を出ていって了《しま》った。

八重子も多分そうだろうが、妙子は今になってどんなに心を開いてみても、この後妻だけは許せぬ思いがなおありありと胸の底に残る。父親が一時は五人もの女の子をつれてやもめ暮しをしていた不憫《ふびん》さは判るものの、自分と八重子を苦界《くがい》につき落した罪は、どんなに詫《わ》びられたところで生涯償いはつかぬほどにさえ思える。しかも素人《しろうと》がそれを思い立ったというならともかく、仲居だった自分もよくよく知り抜いている泥の世界へ平気で売り飛ばした事は、たとえ決心したのは父親だとしても、そこを飛び越して生《な》さぬ仲の後妻へと怨みが向けられてしまう。が、それを父親に向って二人

が一度もなじらなかったのは、自分たちの母親が昔後妻としてこの家に入ってくるとき、雪江、益美の上二人を同じように追い出したのではなかったか、という多少の懸《け》念《ねん》がつき纏うからであり、たまに藪《やぶ》入《い》りで戻る益美がそれらしいことを口にするためであった。それに就《つい》て妙子八重子の云《い》いぐさは、貧乏の為の女中奉公なら躰も汚れず後戻りも利《き》く、芸妓に売り飛ばした罪とは比較にならぬ、という構えでやはり亡《な》き母親を庇《かば》い後妻を一途《いちず》に責めたいのであった。

子供たちのために十年連れ添った後添いを離縁した、もう六十二歳の父親の心の内は果してどうだったか、そこまでは知る由《よし》もないが、少なくともそのあとの小西の家は、遠い昔のように平和であたたかなものであった。芋の粥《かゆ》を四つの椀《わん》に分けてすすりながら一人が、

「こうやって居ると、子供の頃を思い出すねえ」

と云えば一人も、

「ほんまやねえ」

と沁々相槌《しみじみあいづち》を打ちながら、しかしそこから先を云えば父親を責めることになる故《ゆえ》に、もう年も二十一、二十、十六の姉妹は弁《わきま》えて口を噤《つぐ》んでしまう。今里では比較的幸運に恵まれた妙子が、ここでは金輪際前の商売をすまい、と決心しているように、厳し

い吉川で定めしきつい客取りをさせられたと思える八重子も一言もそれをこぼさなかったのは、互いにこれでもうすっかり素人に戻れたという安堵《あんど》感《かん》に浸っているからに他ならなかった。

妙子は、五十年このかた、いつの時代が一番幸せだったかを問われたなら、ためらいなくこの昭和二十年の初頭から父親の死までの、僅《わず》か半年余りの月日を挙げるだろうと思った。夫の幹雄との生活も、昔と較《くら》べれば勿体《もったい》ないと思う事も多いけれど、常に独力で事業をやって行く男の連れ合いとして絶えず気苦労は途切れないし、まだ一片の雲もない上日和《じょうびより》という安穏な境地とは云えないところもある。父親と娘三人の生活は、今更世間態《てい》を取り繕う必要もなく、貧乏ありのままだったし、それにこの窮乏も戦争末期では人並みであって恥じるところは少しもなかった。

大阪から戻るなり妙子は八重子ともども桟橋の軍需工場へ働きに通っていたが、あの頃は一日の仕事を終え、油で汚れた軍手を洗ったあと、寝床に入って昔からかけてある柱時計の、のどかに打つ音を聞いては心穏やかに眠りに入ったことを思い出す。その頃の食糧の配給のなかでは、昆布が一番嬉《うれ》しく、僅かばかりのそれを大事に鋏《はさみ》で一センチ角に切り、白湯《さゆ》を呑《の》みながら口のなかで長いあいだ噛んでいたものであった。

父親は、

「〝昆布の長咀嚼《ながかみ》〟か。いまはこれが何よりのご馳走《ちそう》よのう」

と云いながら、衰えた歯でゆっくりと子供たちの三倍も時間をかけて嚙んでいた、その頬の肉の震えなど思い出せば胸に迫ってくる。

家に他人がいなくなれば、奉公に出ていた腹違いの二人の姉も以前よりは頻繁に顔を見せていたが、小西に水入らずの家庭が戻るにつれ、長女役の妙子は性格的に次第に強くなり、後妻に去られて急に元気を無くした父親を支えながら、事実一家の柱となっていったのはこれは当然のなりゆきだったと云えようか。いつか八重子に、

「あんた、電車を待つ行列のなかへ割り込んで来た人にさえ寄ってってきつく抗議しよったからねえ。私傍に居て恥かしかったよ」

と指摘され、

「へえ？　そんなことがあったかしらん」

自分らしからぬことを、と思ったが、父親と妹二人を抱えてあの窮乏の戦争末期を生きてゆくには、針鼠《はりねずみ》ほど毛を逆立てていたのかも知れぬ、と思った。

高知市はＢ29の本土爆撃への進入口で、行きがけの駄賃によく空襲に見舞われていたが、全市を徹底的に狙《ねら》い打ちされた七月四日のその日、不気味な蝙蝠《こうもり》のような敵機が空を真黒に掩《おお》ったあとは見渡す限りもう火の海であった。妙子と八重子は軍需工場

の防空壕《ごう》に居て難を逃れ、父親と光子を案じて緑町に戻ると、借家ながら十幾年住んだ家も家並も既に炎に包まれており、それなら家族で日頃避難先と決めてある明和小学校へ行こうとすると、何を考えたのか八重子が道端の水を入れたバケツを両手に提げてついてくる。

「八重ちゃん、それは何？　重いのに」

というと、八重子は一瞬ぽかんとし、そのあとすぐ気づいて、

「あ、そうやった」

とバケツを置いたが、普段落着いている筈の八重子でさえ動顚《どうてん》してこの有様では、と妙子の心細さ限りなく、それでも気を取直して、風の加減で飛んでくる火の粉を除《よ》ける為に二人ともそのバケツの水をもんぺの肩からざんぶり被《かぶ》った。町は燃えている故に裏の田圃《たんぼ》へ田圃へと道を取っているうち、

「川は熱い、湯になって居る」

と口々に云いながら大川から逃げてきた人波のなかから、近所の人らしい声で、

「小西の親父さんなら遊廓《ゆうかく》の裏の田圃で見たよ」

と知らされ、レールも焼けただれて真白に乾いた電車道を斜めに横切ってその場所へ急ぐと、確かに父親は光子とともに生きて蓮《はす》の田のなかに蹲《うずくま》っていたものの、それ

はもう常の姿ではなく余すところなく煤煙《ばいえん》でいぶられたような黒焦《くろこ》げの躰《からだ》であった。

妙子は今でも、この全身火傷《やけど》の父親を見たとき少しも驚かなかった自分を不思議に思うことがあるが、黒煙空を掩い、身近に火の粉の爆《は》ぜる音を聞いては邂逅《かいこう》の喜びよりも怪我《けが》の程度よりも一家四人、ともかく安全な場所へ逃げることを真先に考えていたに違いなかった。明和小学校には兵隊が居て怪我人の手当てをしてくれるらしいという光子の情報を頼りに、日頃は重くて負えない筈の父親を妙子が背負い、田の畦《あぜ》まで追ってくる火を避けてくねくねと廻りながら、ついそこに見えている明和小学校の講堂に辿《たど》りつくまでどれほどの時間がかかっただろうか。火の執拗《しつよう》さは、野を舐《な》めてくるうちはズック靴でも踏みしだく事が出来るが、水を張ってある田の際《きわ》にまでくると突然炎が立ちあがり、傍の人に手を伸ばして粘っこく絡《から》みついてくる。炎を払いながら父親を背負ったまま小走りに走ったり溝を跨《また》ぎ越えたりしているうち、ぽとぽとと道に滴《したた》り落ちていくものがあって、その滴《しずく》のもとを辿れば、それは火傷した父親の表皮が剝《む》けて真黒な汁となり、全身汗の玉のように流れ落ちているのであった。

やっと来た小学校の講堂は、二千人の在校生が集るさしもの広さもいまは地獄絵さながらの凄《すご》さに満ち、首や手足のない死体が魚市場の水揚げのように並べられてあるかたわらには、パックリと口を開けた傷のある瀕死《ひんし》の人たちが絶え絶えな声で、

「兵隊さあん、助けてえ、助けてえ」

と呼び続け、その声はドーム型の天井に反響して呪詛《じゆそ》のように耳に入ってくる。その脇《わき》に父親を横たえたものの、救急所は南校舎の端だと聞き、兵隊二人に縋《すが》りつくようにして担架を頼んだところ、運動場を横切って行く途中でまたもや艦載機の来襲に遭い、兵隊たちは砂場のまん中に担架を放り出したまま、壕へ入ったのか部署についたのか居なくなってしまった。これだけの火傷でも父親は気は確かで、喘《あえ》ぎ喘ぎ、

「お前たちだけで逃げろ。儂《わし》のことは心配要らん、早う壕へ入れ」

と促し続けたが、妙子はもうすっかり体力を消耗していたし、ここまで来て今更父親を置いて逃げる気にはならなかった。黒い小型機が唸《うな》りを上げて舞い下りて来ては機銃掃射をしているなかで、妙子が力尽きた声を出し、

「もうここで皆一緒に死のうよ」

と云うと八重子も光子も黙ってうなずき、

「そんなら最後やからこの取っておきのご馳走も食べてしまおうか」

と救急袋の底から大事に蔵《しま》ってあった昆布を取出して皆に分配し、仰臥《ぎようが》している父親の口のなかにも入れてやった。

妙子はそのとき不思議にしんと心が落着き、何故《なぜ》か腰の下の砂が生温かかったこと

と、校庭の隅に咲き誇っていた百日紅《さるすべり》の花が炎と紛《まが》うほど赤かったのを今でもずっと忘れないでいる。ひょっとするとあのときは、生れてこのかた何の記憶も止どめていない母親というものを、間近に迫りつつある死の予感とともに感じていたかも知れず、あとから思えば生れて初めて、母親に甘えてみたいような和らいだ気持に浸っていたようであった。幸い、黒い艦載機の弾丸は砂場に蹲っている父娘《おやこ》には一発も当らず、暫《しばら》くののち引上げて行ったが、空襲警報解除と同時に講堂の避難民は全部山の手の方へ移るよう軍から云われ、妙子はまた気力を奮い起して父親をリヤカーに載せ、行列のあとから次の避難場所、北山の浄光寺まで歩いて行った。

高知市はこのときの爆撃でほとんど灰になってしまったが、逃げ廻る身にはこの一日がどれだけ長く感じられたことだったか、漸《よう》く寺の本堂に父親を寝かせ、怪我を改めて見てみれば、躰中焼けていないところは長靴を穿《は》いていた部分だけ、あとは衣服も全部焼け落ちて剝け、皮膚ごと黒い襤褸《ぼろ》さながらであった。緑町の家の前に掘ってある壕はもともと完全なものではない上に、光子は壕の奥に、父親は入口に居たところへ油脂焼夷弾《しょういだん》が間近に落ち、文字通り一瞬のうちに焦げたのだと云う。妙子が、「お父《と》っちゃんさぞ痛かろう、苦しかろう」と沁々思いやったのはずっとのちのことで、このときは他の大勢の負傷者とともに、医者も来ず薬もないのを嘆くばかり、そのかたわらでは食糧も工面せねばならず、思い返せば下二人の頼りなさをなじる暇さえなく自分一人で苛立《いらだ》っていた感じがある。

父親はそれでもこの本堂で三日間生き、

「妙、トマトが食べたい」

という末期《まつご》の望みを叶《かな》えてやりたさに、妙子が山伝いにあてもなく百姓家を捜して出掛けた留守にとうとう敢《あ》えなくなった。あの日、一粒のトマト欲しさに妙子は白い乾いた道を埃《ほこり》を巻き上げながらどこまでも歩き、やっともう蔓《つる》も枯れたトマト畑を見つけて、自分の巻いている博多の伊達巻《だてまき》とそれを取り替えたあと、心急《せ》かされて帰ってみれば、父親はもはや赤十字病院の死体安置室に運ばれたあとであった。

このときの悲しさは、今赤いトマトを見てさえ目頭にすぐ露が滲《にじ》んで来るほどだが、実際は空襲下の葬《とむら》いで泣く暇も嘆くゆとりもなかったのではなかろうか。と云うのも妙子の記憶はここで大きく途切れていて、次に現れるのは焼跡に出来たばかりのキャバレー「シルバースター」で、滅茶滅茶に酒を呷《あお》っている自分の姿になって来る。父親の葬式は、多分他のたくさんの遺体とともに軍の手を借りて焼場に送り、何とか骨にはしただろうが、その辺りしかとした憶《おぼ》えがないのはきっと張り詰めていた気も緩み、暫くのあいだ放心していた為《ため》ではなかったかと思われる。間もなく戦争は終ったが、憶えている八重子の話ではこのあと焼け出されて無一物同然になった姉妹三人の暮しは実につらいものだったと云い、僅かな伝手《つて》を頼りにあっちの家、こっちの家と転々としては口過ぎしてゆかねばならず、一時、父親を中心に睦《むつ》まじかった姉妹も心がさんざんにささくれ立ち、こまかなことで云い争う日も多かった。

八重子はこんななかであの緑町の家の隣の男の子と巡り合い、前後見定めもせず簡単に結婚してしまったが、

「あのときはあれしか生きていく道はなかったのよ。姉ちゃんの厄介にはなりとうないし、かと云って今更芸妓《げいぎ》に戻るのはさらさら嫌やし」

と本人が云うのは確かに本音に違いなかった。結婚後、八重子がこのパチンコ狂で怠け者の亭主の為にひどい苦労を営《な》めさせられながら、つぎつぎと五人もの子を生んで抜き差しならないどん底生活に追い込まれたのを見れば、この本音は余りに無残な気がしてならないと思える。が、このときは躰の弱い光子が既に胸をやられており、その入院費を稼ぐためにも妙子は已《や》むを得ず、山海楼が復活するまでのあいだ戦前のここの芸妓のほとんどが勤めていたというシルバースターに籍をおき、日銭を取るより他、手立てを知らなかった。戦後のあの目を瞠《みは》るほどのインフレのなかで、工場勤めなどしたところで月給は光子の一週間の薬代にも足らず、勢い俄《にわ》か成金の男たちが

集る夜の世界へ金の為には引き戻されざるを得ないのであった。

八重子もあれほど嫌がり、自分も二度と嫌、と考えていた男相手の商売に、またずぶずぶと嵌《はま》り込んでしまった当座、妙子は自分で自分を扱い兼ねるほど心が荒れ、どうしようもなかった思いは未《いま》だにまざまざと記憶がある。夕方店に入り、進駐軍向きのケバケバしい衣裳《いしょう》を貸して貰《もら》って鏡に向い、口紅を強く引くとき、これが一人の身の上なら毒でも何でも嚥《の》んでやるのに、といく度思ったことだったか。そのやり場のない気持は、ミラーボールの妖《あや》しげな光の下で客にたかってはしたたかに酒を呷っている自分の姿への嫌悪《けんお》となって思い出されてくる。夜更《よふ》けて化粧を落し、相変らず転々としている間借りの一部屋へ帰る道すがら、妙子は自分が沁々と可哀想《かわいそう》になって、いつの間にか泣いていることもあった。が、考え直せば海辺の療養所でじっと自分の死をみつめている光子も哀れだったし、子供を背負って戻らない亭主を捜し、パチンコ屋を一軒一軒のぞいて歩く八重子も自分に較べて決してましだとは云えなかった。思えばそれもこれも、姉妹三人ながらに母親というものの肌触りを全く知らないままに育ったところに端を発していると云ってよく、いったいこの運命は誰を怨《うら》めばよいのか、妙子はひとりで口惜《くや》しさに身を揉《も》みながら、夜更けの路上で大声で唄《うた》をうたったりしたこともある。

光子が亡《な》くなったのは昭和二十三年の秋で、その遺体の、死者には多すぎると思えるほどたっぷりした黒髪を撫《な》でてやりながら、妙子は涙が止まらなかった。枕許《まくらもと》の僅《わず》かな遺品を整理していると、どこかの中元に貰ったらしい夕顔の絵の小さな紙扇子が出て来、開いてみると香料とは別の仄《ほの》かに女らしい香りがすうーっと立った。小さいときからいつも薬を手離せないほど弱い躰だったから、きついあの後妻などは、

「この子の躰には薬の匂《にお》いが染《し》みついておる。着物を着更えさせても消えはせん」

とずけずけ云《い》っていたが、その薬臭に包まれた身でも、十九という娘盛りにはせめて扇子になりと女の匂いを残したものだっただろうか。


この躰で紡績工場勤めは無理だったかも知れないが、そういうことを今更悔んでもいたしかたなく、妙子は勤め先から無理な前借りしてこの子のためにささやかな野辺送りを済ませてやった。葬式には二人の姉と子連れの八重子もやって来たが、一人でも過し難《にく》い戦後の世相のなかでは姉妹といえども全く頼ることはできず、この先、光子への仕送りという唯一《ゆいいつ》の張りを失ってしまえばどうやって生きていったらいいか、心は暗い方へ暗い方へ向きがちとなる。こういう世のなかだから妙子だけでなく誰も苦しいのは判《わか》るけれど、どう譲っても性分に合わぬ、と思っている水商売と縁の切れないのが妙子には口惜しく、もう自分一人口を養うだけとなってもおいそれと足を洗

う状態には至らないまま、やはり夕方になれば惰性でシルバースターの裏口へ入ってゆく。

山崎幹雄に出会ったのは、気持も渇ききりすっかり投げやりになっていたこんな頃のことで、シルバースターの客として来始めた彼の、酒豪の多い土佐でもとり分け飲みっぷりの凄さは忽《たちま》ち店の評判となり、女たちが入れ替り立ち替りして太刀打ちしては引退《ひきさが》ったあと、

「山さんと差しで飲めるのは、あんたしかいないねえ」

と朋輩《ほうばい》に云われ、酒の強さなら親譲りを誇る妙子が、

「好きなだけ飲ましてくれるなら」

と半ばやけっぱちで相手をしたのが最初であった。

酒の美味《うま》さ、酒の苦さがしみじみ判るのは、少なくとも自分の酒の癖をはっきり知るようになってから、とこの頃の妙子はそんなふうに思うことがある。女の身で酒を語るのは少し面映《おもは》ゆいが、子供の頃から人に酒を勧める商売に就き、長いあいだ酒呑《の》みの夫の相手をして自分もたしなんでいれば、酒ほど人を見すかすものはない、とその恐《こわ》さも判る。心揺れながら注げば酒は容易に盃《さかずき》に鎮《しず》まらず、心定まって飲めば石段をひとつずつ登るように酔いはきちんと確実に廻ってくる。河口湖のこの山荘で、糖

尿病のカロリー計算上、日本酒をウイスキーに切り替えている幹雄とともに夕食をとりながら、妙子は自分もほんのりいい気分でいて、相手の量にもストップのかけられるほどまだ醒《さ》めているのが一番適量で、ここに至るには長い年期が要ったと思った。これ以上度を過すと、幹雄ばかりでなく今年五十二歳になった自分の躰にもあちこち箍《たが》が外れたような個所が現れて来るし、年なりに盛り切った量をゆっくりと楽しみながら人の云う「噛《か》んで飲む」のがやはり一番いいのであった。

昔シルバースターで幹雄の席に初めて呼ばれた日、図抜けて体格のいい男が、まるで壺《つぼ》の口にどんどん注ぎ込むようにして飲む、鯨飲と云うもおろかなその有様をみてさすがに妙子も驚き、酔いたいという魂胆も何もすっかり醒めて、

「お客さん、お酒は噛んで飲まんと躰に毒ですよ」

と酒場の女にはふさわしからぬ老婆心《ろうばしん》をつい口にすると、相手は酔眼でかっきりと妙子を見据え、

「なになに？　あんたあべこべな事いいなさんな。昔から〝酒は噛まずに飲め〟と酒の神李白《りはく》さんがのたもうておる」

と云い、それからとても早口で「窮愁千万端美酒三百杯、愁《うれ》い多くして酒少《すく》なしといえども、酒傾くれば愁いは来たらず。酒の聖なるを知る所以なり。酒酣《たけなわ》にして心

自《おのずか》ら開く」と李白の詩を口ずさむと傍の妙子には目もくれず、また一人ぐいぐい呷り続けるのであった。

女の居るキャバレーに来て女に戯《たわむ》れもせず、馬が水飲むようにひたすら酒に首を突っ込んでいる幹雄を見て妙子は、

「へんなひと、何が面白うてここへくるのやら」

と思ったものの、それからは何かにつけこの客の様子が気がかりでならなくなった。いったい幾つくらいかしらん、年の判らんひとや、と思い、酒飲むだけなら赤提灯《あかちょうちん》のほうがずっと安いのに、と気を揉んだり、そのうちそれとなくマスターに聞いてみると、一見老《ふ》けてみえるもののあれでまだ去年高知師範学校を出たばかりで、月給の安い教師への就職を嫌って今は京町で化粧品屋をしているのだと云う。道理で何やらむずかしい話ばかりする、と妙子は合点し、何故かそのとき光子という歯止めをなくして落ちてゆくばかりだった心に、ふっと小さな息抜きの風穴があいたように思った。それは多分、他の客のように幹雄が女の尻《しり》を撫でたりはせず、まるで憑《つ》かれたように酒浸りになる胸のうちに、何処《どこ》か自分と相似たものがあるのを感じ取ったせいなのかも知れなかった。

自分が無理酒を飲むのは世のなかに拗《す》ねている為だけれど、あのひとの酒もどこか

淋《さび》しい影がつき纏《まと》う、と見ている妙子の気持は相手にも伝わったのか、幹雄は初対面以後、妙子ばかり指名するようになった。指名はしても手を握るでなし口説くでなし相変らず酒一辺倒の不器用な遊びかたで、店へは一人の夜もあれば客を招待することもあり、まわりには照れ隠しに、

「この子は酒が強いから、飲み手をつれて来ても任せられる」

などと云っていたが、ほんとうは向うも妙子のやけ酒の淋しさをそれとなく嗅《か》ぎ知ったらしく、武骨者だけに李白の詩は怒鳴っても甘い言葉は口にできないらしかった。

妙子への誘いはこのひとらしく、

「昼間手が空いているなら、うちの仕事手伝ってくれんかね」

などと理由をこしらえ、その慰労にと初めて二人だけで桂浜《かつらはま》へ遊びに行き、そのあと自然のなりゆきで市内の旅館で一夜を明かした。迂闊《うかつ》なことに妙子はこのときのことをよく憶えておらず、春風にレースのショールをなぶらせながら二人並んで呆《ぼ》んやりと波を見ていたようにも思うしまた、遠い水平線から昇った仲秋の満月が波を金いろに砕きつつ天心にかかるまで波打際《ぎわ》を行きつ戻りつしていたようにも思うけれど、どちらもごく微《かす》かな記憶でしかない。舞妓《まいこ》のときの最初の客との夜はいまも鮮やかなのに、初めて触れた幹雄の躰《からだ》の感覚をほとんど憶えていないのは、妙子の躰もそうな

るものと前々から望んでいたためだったろうか。その代り、そのとき聞いた身の上話だけは一語一語痛いほどに心に沁みとおり、言葉の裏まで妙子にはよく判る、と思った。

というのも、幹雄は姉、兄、姉、本人、妹の五人兄妹《きょうだい》で、四つのときに母親を結核で失ってからは高知市の東、久枝《ひさえだ》の浜で網元をやっている父親一人の手で育てられたといい、母親の顔を憶えていない、という言葉を聞いたとき、妙子は思わず枕に突っ伏したまま声を挙げて泣いた。その一言を聞いただけで、幹雄が師範学校でももて余し者の硬派の不良だったことや、兄妹が均等に教育を受けておらず、長姉と兄が高等小学校だけなら次姉は東京の大妻女専を出ており、妹は女学校在学中というちぐはぐな状況も我が身に較《くら》べてよく理解できるのであった。この山崎の兄妹は妙子の家と同様、男盛りで妻を失った父親は子供の世話にまで手が廻らず、兄妹それぞれ自分で発奮するものはして学校へ行き、躰の弱い兄や主婦代りの長姉なぞは、あるがままに過して誰からも何の世話も受けなかったに違いなかった。

母親が早く死んだ為に世の裏道を歩かねばならなかった、と固く思い込んでいた妙子は、ここにも同じような境遇の人間がいた、という事実を見てどれほど気持が救われたことだったろうか。小さい頃から長女代理の責任感ばかりで人に甘える術《すべ》を知らない妙子が、肝腎《かんじん》の父親も留守勝ちな家と、てんでばらばらな兄妹のあいだで淋しく育った幹雄に対し、不愍《ふびん》を通り越した思いを抱くようになったのは当然のことかも知れなかった。自分以外頼れるものはこの世に何にもありはしない、と心を閉じていた妙子が、幹雄の境涯を知ってからは急速に胸も和み、先《ま》ずあののめり込むような酒の飲みかたからして慎しむようになったのは自分でも大きな変りようであった。

後年、幹雄は笑いながら、

「どうも女性は苦手や。めんどくさくて」

と本心を話していたが、それだけに出会って暫《しばら》くののちには自分の暮しに妙子のような人間が必要であるのを簡単に決めていたらしく、しかし、さて結婚となると妙子にはなお躊躇《ためら》うものがあった。それは単に学歴の差というだけでなく、店の客と一緒になった仲間たちがあとですぐ騙《だま》されたり捨てられたりした例も見ているし、またよく見定めもせず急いで運んだ結婚は、身近には八重子の暮しぶりという悪い手本もある。その上に当時幹雄の評判はどこでも香《かん》ばしいものではなく、地道な教師稼業《かぎょう》を蹴《け》った彼を評して、

「あれは将来大物になる。見どころがある」

と望みをかけているのはかつての級友などほんの僅かな人ばかり、大部分は、

「あの男は山師じゃ。手《て》ん黒《くろ》じゃ。いつも大きな話ばかりして」

と敬遠し勝ちで、店のマスターなどまっ先に、

「妙ちゃん悪いことは云わんよ。山さんと一緒になるのだけは止《や》めた方がええ。それこそあんたの着物も何も根こそぎ無くなってしまうのがおちや」

と親身な口ぶりで忠告してくれたりした。マスターはきっと、幹雄のこの店での金の使いぶりの、派手に札を撒《ま》き散らすかと思えば長いあいだつけを滞らせたりする、むらのある状態からしてそう推測したに違いないが、妙子は正直のところ確かにこの忠告の懸念《けねん》はある、と思った。それに年齢も妙子より二つ下でまだ行末見極めるにはあまりに若かったし、父親から資金を出して貰ってやっているいまの化粧品屋も、ちゃんと軌道に乗っているとは云い難いふしがあった。

マスターの云うように、この店の汚れた貸衣裳が嫌でやりくり算段して作った妙子の僅かな衣裳も、このひとのために将来手離さなければならないかも知れないし、またそれ以上の苦労が待っているかも判らないが、実を云えば妙子はもう酒場勤めの生活にくたびれ切っており、ここから逃れるためには、一か八かの賭《か》けに自分を投げ出してみるしかないとそのとき思った。もうひとつ云えばやっぱり芯《しん》は幹雄に惚《ほ》れていたかも知れず、あの殺風景な化粧品屋の二階で朝晩てんやものを食べ、夜は夜で酒浸

りになる男をこのままにして別れるほうが、かえって勇気の要ることかも知れないと自分で自分の気を引いてみたりしているのであった。とは云っても、結婚が生やさしいものではないのが判っているだけに、幹雄が初めて親代りの長姉に妙子を引き合わせたとき、ずっと独身で家を守ってきたこのひとは反対どころか極くあけすけに、

「あんたのようなしっかりした人に幹雄の守《も》りを替って貰うと、あたしゃほんとに助かる、頼みますよ」

と云い、ああやれやれ、といった感じを隠そうともしなかったことは、やはりちょっと妙子をたじろがせたものであった。

幹雄は兄妹のなかでもこの姉と一番気が合い、何も彼《か》も隠し立てせず金もせびったり失敗《しくじ》りの尻拭《しりぬぐ》いもして貰ったりしていたから、この言葉は姉の、嘘《うそ》も隠しもない安《あん》堵《ど》の溜息《ためいき》でもあったのだろう。それでも妙子は幹雄の口止めもあって、どんなに打解けても過去の職業はこの姉にさえ打明けず、

「一時ちょっと頼まれて、食堂の手伝いをしたことはありますが」

ぐらいなところでずっと逃げ切ったつもりだったが、狭い高知の町だから或《あ》るいはその後、妙子の経歴はどこかで家族の耳には入っていたのかも知れないという覚悟はあった。妙子は今では、あのときは自分でもつり合わぬ縁、と後めたい思いもないでは

なかったけれど、では妙子でなかったら果して誰がこの人とその後の運命をともにできたろう、と思えば、幹雄の同級生がいずれも女教師や女学校出の女性と結婚していることが大して羨《うらや》ましくもなくなってくる。

正式に籍も入れて夫婦になったのは昭和二十五年の春で、結婚式の代りに幹雄は記念としてこのとき妙子に金のかまぼこ指輪を買ってくれた。買ったのは貴金属店ではなく、土佐には古くからよくある珊瑚《さんご》の店で、妙子は幹雄につれられて店に入った途端、店中の珊瑚がかもし出すうす紅の雲にふんわりと全身を包まれた心地がし、いい酒に酔っているようなしあわせな気分を感じたものであった。幹雄も、始終持ち歩いていた日付入りの手帳に、

「今日よりの妻妙子のために指輪買う」

と書きとめてあるのを妙子はこっそり盗み見し、「今日よりの妻」といく度も呟《つぶや》いては顔を綻《ほころ》ばせたのを思い出す。

が、現実の新婚生活は忙しくまた慌《あわただ》しい毎日で、雇っていた女の子を辞めさせ、妙子がまだバラック建ての店で昼は店番もすれば夜は二階で帳簿も手伝わねばならず、小学校卒業以来、読み書き算盤《そろばん》とは無縁だった世界から、一挙に売子兼、事務員兼、幹雄の秘書という役割を背負わねばならなくなった。

水商売の道で人の裏を読む世智《せち》は身につけていても、素人《しろうと》の世渡りでは全く無知なのが妙子は身に沁《し》みて判《わか》り、それでも何とか一人前になろうと必死の姿に対し、昼は外交夜は付合い酒と忙しい幹雄はときどき癇癪玉《かんしゃくだま》を破裂させ、

「これくらいの事が判らんか。やる気がないのか」

と頭から見舞い、妙子は叱《しか》られると口惜《くや》しくていっそう頑張ろうとする。この頃の気持をあっさり云《い》えば、化粧して夜の店に出、酔っ払い相手におだおだ云っていれば金の貰えた以前に較べると何というしんどさ、とふっと溜息の出ないこともなく、覚悟はしていても昔の楽な勤めだけをなつかしむ思いもあった。妙子がもし苦労知らずで、あたたかい肉親のいるちゃんとした実家があったとしたら、いつも自分を駆り立て踏ん張り続けねばならないこの生活には、とうに顋《あご》を出して逃げ帰っていたことであろう。この生活はただじっと辛抱するというだけでは足らず、幹雄の能力のせめて十分の一のところまでも追いつこうと、爪先立《つまさきだ》ちして背伸びしていなければならぬ苦しさがある。手形の決済、伝票の整理、商品の知識、得意客のあしらい、と目が廻る上に、仕事が終ったあとの男の素顔には妙子を母親とも姉ともみて甘えるものがあり、そこを見込まれた女の役としては「仕様のないひと」と苦笑しながらもまめまめしく世話を引受けてやるのであった。

長年水商売をした女が世帯を持ったとき、辛抱の水がすぐ切れてもとの世界に舞い戻る型と、ただじっと歯を嚙《か》んで耐え通す型があるようだが、妙子は後者の上に自分を高めるための励みをたっぷり持ち合わせている気の確かなところがあった。いま高知の旧知の人たちに会うと、

「妙ちゃんは子供の頃から賢かったからねえ。出世するのも当り前よ」

と褒められるが、頭のよさから云えば澄子のほうがずっと学校の出来もよく、妙子の場合はそこに幹雄という目標があったからこそ、叱られたくない負けたくないの、いわば闘志に似たもので自分を駆り立てて来たのだと云えようか。

いま思えば新世帯の皮切りからしてこんな生活だったためにその後の山坂にも何とか立ち向えたのかも知れず、この満六年のあいだに妙子は自分でも知らず知らず、玄人《くろうと》の垢《あか》を落してしまったらしかった。一人店番のとき、ふと店の鏡に映る自分をみれば、化粧品屋の女あるじのくせして顔は素のまま、紺の事務服、という、素人よりももっと地味な雰囲気に思わず笑ってしまうこともあるが、そうなった自分に対し妙子は何の悔いも持たないばかりでなく、むしろ望むところと安堵する気持があった。

しかし化粧品屋は店舗をバラックからブロックに建て替えただけが取り柄でみごとにつぶれ、それを日頃からあの若造が、とみていた側では、

「あの大賭博打《おおばくち》ちが、図に乗って飲みつぶしたのよ」

と情容赦もないが、幹雄に云わせると、

「戦後の素人商売はもうここが限界」

と見、事実、ヤミ物資の横流しなどで俄《にわ》か成金になっていた素人商人も、相次いで消え去り、京町帯屋町に生き残って商いを続けているのは、もう古い戦前の筋金入りの老舗《しにせ》だけになっているのであった。確かに図に乗って飲み続けたふしはあるものの、商売に未経験の学校出たての若い衆には、むしろここまで保《も》ちこたえたのが奇跡というくらいのものだったが、現実には山のような借金に追われ、店も商品も身のまわりの品までも売払って親許《おやもと》の久枝の浜へ引揚げるときの気持ときたら、幹雄のみならず妙子さえ気持はすっかり濡《ぬ》れそぼち、目の先は真暗であった。

こうなるまでには以前マスターの予言したとおり、働いていた頃の妙子の衣裳《いしょう》はいく度か質種《しちぐさ》となった挙句、最後にはとうとう流してしまったけれど、妙子はもう黙って、息の続く限りこのひとについて行こうと思った。ほんとうは、破産が判っていた頃から漁師村の久枝などへ引っ込むより、貰うものを貰っていっそ一人になろうかという迷いがまるきりなかったわけではないが、そのときよく当ると云われた易者をひそかに訪ねてみてもらった卦《け》が「離為火」というもので、

「譬《たと》えて云うなら、あんたは嵐《あらし》の大海へ小舟ひとつで漕《こ》ぎ出たところじゃ。陸は大火事、進めば大波、と云うなら運を天に任せて漕ぎ抜けるより他仕方あるまい」

というもので、その一言で決心が固まったというのは、離為火は今回の卦だけでなく、ひょっとすると生れたその瞬間からこんな苦難を背負っている運命なのかも知れぬ、と思った為であった。

それに、何といっても二人にはまだ縁があり、無一文に近い有様で親の許へ帰る幹雄の身もたまらなくむごくて、所詮《しょせん》このひとには自分がついていてあげなくては何もできぬ、という妙子なりの思い込みもあった。これが昭和三十一年で、このあと久枝の浜で夫婦して、網を引きながら東京へ出るまでの四年間はなりふりも構わず、幹雄は自分で「鯨の背中」と綽名《あだな》をつけるほど真黒に灼《や》けた漁師になり切り、妙子もただの漁師の女房であった。

幹雄が久枝へ帰るのを渋ったのは、ここにはやもめの父親の他に長姉以外の兄妹が全部集っていて、その夫婦たちと子供それぞれ二人から五人までを悉《ことごと》く動員して二基の大敷網を敷いており、いわば他人を一人も入れない同族企業だからであった。母屋《おもや》には父親と妹夫婦に子供三人、隣は次姉夫婦に子供五人、少し離れた家に兄夫婦と子供二人、という濃い血ばかりの密集世帯の真《ま》っ只《ただ》中へ、大きな口を叩《たた》いて父親から資金を捲《ま》き上げたはみだし者が嫁を連れ、尾羽《おは》打ち枯らして戻ればどうなるか、それはとうに幹雄には判っていただけに、母屋へ舞い戻ってからは万事につけ頭を低くして過さねばならず、却《かえ》って他人同士の仲よりももっときついものがあった。

久枝の浜は物部《ものべ》川の河口近くにあり魚族も豊富で、それに長い海岸線から受ける心ののびやかさは下町育ちの妙子にとっては譬えようもないものだったが、実生活ときたらとても景色どころではなく、遠慮勝ちな幹雄を庇《かば》おうとして朝は誰よりも早く起きて台所に立ち、長い着物を脱いでもんぺに藁草履《わらぞうり》の一点張り、汗の手拭《てぬぐ》いの端を口にくわえ躰を倒すほどに力を込めて一心に網を引く。妙子はあの頃の、便所でも蹲《しゃが》めないほどの重労働もさることながら、名前も憶え切れないほどたくさんの甥《おい》や姪《めい》たちに立ち混って働くあいだ次姉に兄嫁、妹という、この浜生え抜きの女たちの詮索がましい針の目がどれほど耐え難いことだったか。浜の暮しは人の気性まであらあらしく大ざっぱで他所者《よそもの》にはとくに冷たく、女たちは何かにつけて、

「町から来たひとは違う」

ことと、

「子供を養ったことのない人は違う」

のふたつを毒矢のように妙子に射かけたが、なかでも鬼千匹の妹はとりわけ言葉が

露骨で、大きな地声でつけつけと妙子に向い、

「義姉《ねえ》さん、あんた金の指輪嵌《は》めて平気で浜へ出よるが、ここら辺りではそんな真似《まね》は誰ひとりしてないからね。気をつけて頂戴《ちょうだい》」

とか、

「自分の用事にうちの子供たちを勝手に使わんといてね。皆この家の大事な働き手じゃきに」

など誤解だらけの抗議をしたりする。

よく面と向ってはっきりものを云う人間は蔭口《かげぐち》はきかないものと云うけれど、ここの女たちは表ばかりか裏でも互いに頭くっつけてはひそひそと囁《ささや》き合い、それを唯一《ゆいいつ》の楽しみにしているらしいふしも感じられる。この家の居づらさは他人の妙子にも増して幹雄にもこたえたらしく、町の合理的な暮しに馴《な》れた幹雄が旧態依然たるここの習慣について口を出せば、兄に姉婿《あねむこ》、妹婿、父親まで加わっての総攻撃に遭うことも多い。

長い水平線の向うに陽が沈んでゆくとき、網の始末のために二人だけで浜に残っていると、幹雄の沖をみつめている表情の驚くほどの真顔を見て妙子のほうがハッとすることもあった。仲間たちと同じように、学校を終えて教師の道を辿《たど》っていれば何も

今さら網引きをすることもないのに、独立して大きな事業をやり遂げたいと念願している男の、それは時に遇《あ》わずいる為の如何《いか》にもさびしげな横顔ではあった。陽の入った浜を、とりわけ背の高い幹雄と小柄な妙子が濡れた網を引きずって帰るとき、その重量は妙子が自分で工夫して作った肩蒲団《かたぶとん》に深くめり込み、草履はビタビタに潮を吸って一足一足が泥田を漕ぐほどの体力を消耗する。二人とも明らさまに話しこそしないものの、心のうちではこんなところに長く居てはならぬ思いが沸《たぎ》っており、とくに幹雄は日夜脱出の目あてを探っていらいらしている様子ははたからでもよく判った。

そのうち、潮流や公害の要因もあって次第に魚が獲《と》れなくなり、他に目を向けるようになってから、幹雄は刑務所の囚人を使って浜の砂利を採り、それを建設業者に売る仕事にやっと取りつき、大家族のなかから幹雄夫婦だけこちらのほうへ移って行った。といっても、毎日浜に出るのは今までと同じことで、網を引くのと囚人の監督をするだけの違いだから、妙子のような女の身ではかえって荒くれ男の相手のほうが恐《こわ》くもある。看守の目を盗んでは、

「煙草《たばこ》くれ」

の哀願や凄《すご》みは毎度のことで、もう一枚うわ手なのは、外の家族や知人に連絡を頼んだり、禁じられている品物の差入れを強要したりする。

妙子が今日まで幹雄についてこられたのは、そのときどきの状況によって次第に気の持ちかたを鍛えられたためだろうが、そのなかでもこの囚人あしらいによって、僅《わず》かながらも一種の図太さを身につけたのではなかったろうか。囚人とのやりとりは、細かなことまでいちいち幹雄には云えなかったから、自分で判断して嘘《うそ》は嘘と見破り、哀れな様子には手を貸しているうち、東京へ出てのちに使用人たちの面倒をよくみる奥さん、という評判を取った素地ができたものかも知れなかった。

囚人たちは、竹畚《たけふご》に砂利を担《にな》い、松原の入口に止めてあるトラックまでそれを運んでゆくのだが、砂利は重くて一人が担える量は僅かであり、一日追い立てて使ってもトラック一杯の荷ができない事が多い。囚人の荷役は安いといってもこんな非能率な作業では割が合わず、幹雄はさまざまに工夫した挙句、梃子《てこ》の理を使い板をサンドイッチに敷いてトラックを波打際《ぎわ》まで乗入れることに成功した。こうすれば、砂利はいきなりトラックにすくい上げられ、畚などで運ぶ幾十倍ものスピードで採取は捗《はかど》る。幹雄はこの方法で特許を取ったが、当時の業者は誰もこの問題で頭を抱えていただけに全国から引合いが相つぎ、そのなかでもしっかりしている東京の業者に重役として迎えられ、妙子ともども、長くつらかった久枝の生活を引払って上京したのが昭和三十五年であった。

妙子の半生のなかで、何と云ってもこの浜の四年間はひときわ鮮やかに胸に刻み込まれているが、肉親とは不思議なもので、幹雄が東京で力をつけるに従い兄妹《きょうだい》間の地位は逆転し、向うから寄添うように何のかのと相談ごとを持ちかけてくる。とくに、幹雄の上京後交通事故で夫を亡《な》くした気の強い妹は、昔「はみだしもの！」と兄夫婦を罵《ののし》った口も忘れ、一時は三人の子供全部、東京へ寄越していたこともあった。妙子は女だけに以前のいきさつを忘れたわけではないけれど、こちらが優位に立てば自然心もひろくなり、妹の子供たちを次々学校へ上げ、親身な世話をしてやったものであった。

思い出のなかの嫌な点を篩《ふるい》にかければ、久枝の浜の水平線の向う、よく晴れた日には群青《ぐんじょう》の乳房のように盛上った遥《はる》かな室戸岬や、舟を出せば透き通った海底に夢のようにゆらゆら揺れていた海藻や、それに何よりも新鮮だった魚の味など、自分の故郷の山村の記憶がほとんどない妙子にとって、とても懐《なつか》しくあたたかいものとして心に残る。考えてみれば、あの網引きの重労働に耐え通せたのも、まだ跳ねている生きのいい魚を、これだけは食べ放題に食べられたためかも知れず、それで培《つちか》われた舌だからいまこの河口湖の寮でも客に喜ばれる料理を吟味できるのかも知れなかった。妙子は云うまでもないが幹雄にしても、確かに世評通りのあばれ者だった部分が目に見えてうすらいだのは、久枝の暮しから得たものが風物だけでなく、東京生活で必要な忍耐をここで身につけたとも云えようか。

が、二人で上京してから今日まで十五年余りのあいだ、ずっと順調だったかといえば決してそうではなく、とくに前半には大小さまざまの浮き沈みがあった。住居もたびたび変り、上京直後の代官山から三島に落着くまで、憶《おぼ》えているだけでも蒲田、赤坂、六本木、田園調布、早稲田、鶴見、六本木、と転々し、そのたびに持物を増やしたり減らしたりしながらここに至っている。というのも、特許を持って意気揚々と乗込んだ会社も、世が進み別の新案なども出たりすると次第に幹雄は要らないものとなり、そうなれば財も閥も持たないぽっと出の田舎者は、ほんの僅かな縁故をさえ頼って修羅のような働きぶりを見せねばならないのであった。

幹雄の性格として、人の下につくかたちは長続きせず、資金調達の苦労を承知で事業をおこすから、しくじればその大波はもろに被《かぶ》る。妙子は幹雄のそばにいてずっとその仕事ぶりを見てきたが、こちらの商売は昔、京町で小さな化粧品屋をしていたのとは規模も違いまた複雑で、妙子が手伝う隙間《すきま》さえないほどむずかしいように思った。田舎なら知合いも多くて、情実もどきで押し通せるが、こちらは一度信用を落したが最後、取引きの縒《よ》りをもどすことはなかなかにきびしい。妙子が幹雄のためにしてやれることと云《い》えば、年々肥《ふと》りがちな躰の食事調整か身のまわりの世話、一つ踏み込んで取引先への節季の挨拶《あいさつ》くらいのものだったけれど、それでもそのときどきの仕事の好調不調は聞かなくてもいつもぴったりこちらに伝わってくる。

上京直後から昭和四十三、四年頃まで、幹雄は取りつき掻《か》きつき手当り次第試みたがどれも長続きはせず、結局現在の不動産業が定着のかたちになったのは、二つの苦い経験を土台にしてからであった。忘れもしないのは鶴見で洗剤の製造工場をやっていたとき、漏電から火事になり一物も残らず焼けてしまったことと、湯河原に建てたマンションをある大手の会社に乗っ取られ、ホテルにされてしまったことの二つの衝撃的な事件がある。いまはこの大波をやっと笑って話せるほどの余裕もできたものの、当時の二人の打撃は言葉につくせぬほど大きく、幹雄は全く張りを失い夫婦のあいだで禁句だったはずの、

「高知へ帰ろうか」

をしばしば口にする夜もあったし、妙子は妙子でまだ四十を過ぎたばかりだというのに、生え際から五センチほどの髪が真っ白になったばかりでなく、月のものもぴったりとなくなってしまった。火事のときは夫婦とも建設中の湯河原の工事現場に出向いていたが、そのとき留守番に居た甥の高校生の男の子が、赤電話から、

「おばちゃん、家が燃えよる。どんどん燃えよる」

とうわずった土佐言葉で知らせて来て、

「ええ？」

と聞き返すまもなく電話はふっつりと切れた、あの恐怖を妙子はいまもまざまざと思い出す。

湯河原から車を飛ばしに飛ばし戻ってみれば、粒々辛苦の工場も社員寮も製品の一切も消防車の放水のなかに黒い残骸《ざんがい》となって余燼《よじん》をくすぼらせており、馳《は》せ参じてきた社員も呆然《ぼうぜん》とただ突っ立っているばかりであった。こういうとき社長夫婦は、休日で社員に怪我《けが》のないのが何よりだったことと、近所へ延焼しなかった幸運を先《ま》ず喜ばねばならず、自分の持物の全部を焼いた愚痴など間違っても口にしてはならぬ、と幹雄に教えられ、妙子はそれを守ることの苦痛と戦いながらも、これでひとつ利巧になったとは思った。工場へ保険はかけていたろうが、焼跡の土間で、真白になった頭を染める暇もなく着たきりで暮した頃の気分の暗かったこと。頼みの幹雄も苛立《いらだ》っては些細《ささい》な問題で妙子を怒鳴りつけ、また深酒に酔い痴《し》れ、預っている甥の家出もあったりして正気でいるのがつらいような毎日であった。

続いて起った湯河原の乗っ取られ事件は、火事のような不可抗力とは違い、明らかにこちら側の知識不足につけ込まれたものであっただけに、幹雄はもう萎《しお》れてばかりもいられず猛然と不動産に関する勉強を始め、この事業一本に絞ったいまでは、付合い上自分も出資している小さな出版社から二冊の不動産入門書を出しているほどになった。二度続けての大波のあと、この河口湖の開発に取りかかるまでの夫婦ふたりの奮闘ときたらまるで仇討ちの決心のようなもので、幹雄が昼は金策から外交で走り廻って帰れば夜は夜で本を読んだり原稿紙に向ったりするわきで、妙子は馴れぬ辞書を引いてやったり原稿紙を揃《そろ》えてやったりする。生身《なまみ》の人間だからときにはまたやけ酒浸りになろうとするのを脇《わき》で止めねばならないし、そういう折にはいささか姉女房らしく、

「今さらもう高知へは帰れんでしょう。ここでやり遂げなくてどうするの？」

と強意見《こわいけん》めいた励ましも必要なのであった。

別荘地分譲の目的で始めたこの河口湖も決して成功とは云えなかったが、甲府の市街地に手をつけ始めた頃から見通しも明るくなり、幹雄の会社はやっと業界でも少しは名の通るほどになった。電話ひとつあれば誰でもその日から仕事が始められる、と云われた不動産ブームが去ったあと、よりきびしくなった規制と基準を心得て業界を漕ぎ渡ってゆくには、大手会社の資金をバックに持つ業者か、さもなくば七転び八起

きの根性と度胸を持つものしか生き残れない現状が却って幹雄のために幸いしたものかも知れなかった。

妙子は今まで、自分の辿ってきた道を沁々《しみじみ》ふり返る機会も余裕もなかったように思うけれど、考えてみれば特許ひとつ持っただけの冒険的な上京から今日まで、よくぞやってこられたものだと思う。何よりも幹雄が仕事熱心で田舎者のひたむきさを憚《はばか》りもせず、それが却って信用を呼び、実力ある融資者を得たことがここまで来られた大きな要因だろうが、もうひとつ云うなら旧師範卒という学歴も確かにものを云ったところがあった。一般に土佐人はあまり同県人の手引きはしないが、師範という組織に絡《から》む人たちは結構東京にも居て、その人たちの伝手《つて》で力を得たという面は大いにある。もし幹雄が妙子なみの小学校卒だけだったら、どれだけ根性はあってもさらに苦労は深かったに違いなく、妙子に与える影響もいまとは全く違ったものではなかったろうか。

それだけに妙子の自分をふり返る思いもまたきびしいもので、上京直後から無理してもずっとお花とお茶の稽古《けいこ》は続けてきたし、もともと家事向きな性格もあって、料理や掃除やアイロンは今でも誰にも負けないだけの自信は持っている。苦しい時代、クリーニング代がもったいなくて自分でかけていたワイシャツのアイロンは玄人《くろうと》はだ

しの腕前で、取引先から、

「山崎さんの服装はいつもピシッとしている。あれを見ただけでいい加減な人でないことが判《わか》る」

とたびたび褒められ、それはそのまま妙子の妻としての自信を重ねて行くようであった。

考えてみれば、小学校もろくに行ってない芸妓《げいぎ》上りの身が、今日こうして、都会育ちで出のよい取引先の夫人たちと誘い誘われして芝居見物に行ったり、或《あるい》は温泉旅行にも行ったりしておさまっているその元はいったい何であろうかとときには不思議なことのようにも思える。こうなる運命、と云えばそれまでのことだが、草の根を分けるようにして自分の心を覗《のぞ》き込んでみれば、これはやはり一種の意地ではないか、と妙子は思った。その意地も通りいっぺんのものではなくて、あの夜な夜な枕《まくら》の変る、男に媚《こび》を売らねばならぬ芸妓稼業《かぎよう》を憎む故《ゆえ》の、ここから出て二度と再びここへは戻らぬというきつい意地なのだと思った。人は妙子を指してしっかりした奥さんと云うけれど、妙子の躰から意地を抜いたらこれで案外、裏町の酌婦よりもっとだらしない女になっていたかも知れぬ怖さがあり、その対比が鞭《むち》となって、今日まで単に耐えるだけでなく一足でも進むことを心掛けてきたのだと云えようか。

幹雄はここへ辿《たど》りつくまで脇目も振らず働き続けたが、自分もまたがむしゃらに頑張った、と妙子は思った。毎日熱心にテレビを見るのは料理を覚えるためで、新聞も念入りに読んでいれば字も知り時局もほぼ判り、ときには辞書を引いて不動産関係の本にも目を通す。それが辛いかと云えば楽しみもあり、辞書のなかから未知だった一語を得たときなど、一足ずつ一足ずつ元芸妓の境涯から遠ざかってゆく自分のしあわせを感じることもあった。

それにいま、こんな心の落着きを得ているのもこの二十六年間、ほとんど夫婦のあいだに危機のなかったためもあり、それというのも幹雄の酒は女絡みの色酒ではなく、今はもう李白の詩は怒鳴らなくなったもののやはり酔えば師範の校歌に応援歌、妥協してもよさこいという、武骨淡白が取柄の、妙子には都合のよいところがあった。

それでも妙子は女だけに、上京以来ずっと子供の欲しい思いに捉《とら》われつづけていて、それは周期的にせつないほど強く心を揺すぶりにやってくる。これまでの住込みの使用人のなかには子連れの女もいく人かおり、それらの子供はいつも妙子にはよくなついてはママと呼んだりすることもあったが、結局退職のときには母親について妙子からは離れてゆく。つゆの晴れ間、庭に干してあるお襁褓《むつ》の乾き具合を確かめるために、若い母親はそれを自分の頬にちょっと当ててから取り込む、そんな何気ない、しかしいかにも母親らしい動作を見ているとふいに涙が溢《あふ》れてくることがあった。二人とも医者へ行ったことはないからどちらに不妊の原因があるのか未《いま》だに判らないが、躰《からだ》の伸び盛りに客を取らされた過去のある妙子は、それを幹雄に対して大きなひけ目としており、幹雄が一度もそれを云い出さないのは、却《かえ》ってこだわっていることの証拠なのだと内心さまざまに責めたてられる。編物の好きな妙子は毎年秋になると膝《ひざ》の上でその玉を転ばせては楽しみ、幹雄のチョッキ、自分の胴掛け、また幹雄のセーター、自分のヴェスト、など編み進んでいると突然発作的に、

「ああ嫌。一度くらい自分の子供のものを編んでみたい」

と弾力のあるその玉を畳の上に思いっきり投げつけてみたりする。その頃のこと、飼っていた猫が爪《つめ》を磨《と》ぐために畳が荒れ、それが原因で幹雄とのあいだに小いさかいがあったとき、妙子はふっと昔の松崎のお母さんの言葉を思い出し、子が授かれるものなら好きな猫もあきらめよう、と畳替えを機に猫はふっつりと断った。が、その兆《きざ》しもみえぬうち四十一歳で異常な閉経を迎えてからあきらめが心の隅々まで浸《し》みひろがり、もう子供を生む期待はいっさいなくなってしまった。それでいて二人とも養子の話をしないのは、入れ替り立ち替り引取って面倒をみている兄妹《きょうだい》たちの子の、一人として思うように育ってゆかぬむずかしさが判っているせいで、この頃

では妙子は、もし幹雄をさきにあの世に送ったとしたら、あとは自分一人有料の老人ホームに入り、好きな編物やときには三味線なども弾いたりする老後の生活を思い描いたりしているのであった。

こちらに引取った子は幹雄の身内ばかりでなく、八重子の子も一人連れてきて高校へ通わせたが、これも卒業と同時に、云いたい放題の言葉をこちらへ投げつけては他の子なみに早々に高知へと帰ってゆく。子供たちが根を下さない原因を妙子はあれこれ考え、

「きっとこちらは魚が新しくないからそれが嫌なのよねえ」

と云っては幹雄に笑われたが、それほどこちらに落度はないという思いが強かっただけに、その都度暫《しばら》くは口惜《くや》しさに塗《まみ》れ、やりきれない日を送ることになる。

八重子も長いあいだの、地を這《は》う暮しにやっとふんぎりをつけて夫と別れることになり、五人の子のうち一人をよそへやって、残る四人を二人ずつ分け、もとの芸妓に返り咲いて子を育てようとするところだっただけに、手職もつけずまた母親の許《もと》へ返すのは残念でならなかった。八重子がもう四十すぎた年で再び左褄《ひだりづま》取ることについては、妙子は我が身を切られるほどの思いがし、長い電話をかけてそれだけは思い止どまるよう説得したが、八重子は意外に明るい声で、

「心配要らんよ姉ちゃん。昔取った杵柄《きねづか》やし今はもう日給制で自由な勤めや。山海楼の社長もうちの下の子を中学出たら板場の見習いに入れてくれるというから、先々安心やしねえ」

とすっかり臍《ほぞ》を固めたおもむきであった。

姉妹ともあれほど芸妓を嫌っていて、それから逃れるために慌《あわ》てて見定めもつかぬ結婚を選んだ八重子だったのに、今また客の前に昔の顔を曝《さら》すとはよくよく性根のない子、とは思うものの、暮しの苦労では妙子と較《くら》べものにならぬほどの思いをした八重子はあべこべに妙子に向って、

「姉ちゃん、女は男次第よね。あんたは大当りでうちは外れやったのよ。また出直しや」

と妙子の果報を云い、

「幹雄さんを大事にせないかんよ」

と説教されたりすると、五十の坂を目の前にしてこれから男商売を始めようという八重子の一種の気魄《きはく》に打たれ、妙子は一瞬押し黙ってしまう。

それでも、女は男次第というのは同意できるものの、相手の男にも三分の理があるとすれば、昔から何事もなりゆき任せの八重子の気質にも考えるふしがあったのでは

ないかと、これは自分の幹雄に尽してきた気持に較べて妙子はそんなふうに思う。幹雄が仕事一筋に打ち込むことができたのも脇で懸命に支えていた自分の細腕があったからで、それを思えば食べる心配はなかったものの苦労の丈は八重子とたいして違わぬ、と妙子はときどき自分をいとおしみ、うぬぼれを許したりするのであった。それは同じように澄子や民江たちにも云《い》えることであり、二人とも妙子が最初から社長夫人の座に迎えられたとばかり思っているかもしれないが、そんな僥倖《ぎょうこう》などめったにあるはずはなく、もしあっても今の妙子の気持からすれば努力なしで得た座はごく脆《もろ》いもの、という肚《はら》の据えかたがある。

民江は一人で生きることのしんどさから、寝ていて貯金のできる澄子の身を羨《うらや》んだけれど、妙子はやっぱり安楽さを願うより、より困難なものを乗り越してゆくほうに魅力を感じる。世の人たちが水商売の女を蔑《さげす》むのは、楽して着飾り、面白可笑《おか》しく世渡りしようとするところを忌《い》むからであって、民江も澄子も口では嫌がりながらも心底この仕事を憎み切っていないところにいまの境涯があるのではないかと妙子は思った。考えてみれば十四の年から足かけ七年の芸妓生活、二十一から結婚までこれも六年のホステス生活は、長い一生のなかではさして多くの比重を占めているとは云えないが、一度この道に踏み込んだが最後、一生玄人あがりと後指差されることを思えばそこにこの職業の恐《こわ》さが潜んでいるように思える。

悦子がやってくる日はまたいちめんに濃い霧が視界を閉ざし、うすら寒くて妙子はやはり朝からそわそわして落着かなかった。悦子に泊って貰《もら》う部屋には自分で歩いて摘んできた木苺《きいちご》の花を竹籠《たけかご》にたっぷり生け、いく度も矯《た》めたり直したり、新しくカバーを取替えた座蒲団《ざぶとん》の歪《ゆが》みさえ気になって絶えずいじり廻したりしている。

「ここへくれば富士山が何よりのご馳走《ちそう》」

と客は喜ぶが、真冬でもない限り富士が機嫌よく冴《さ》えている日は少ないからその望みはないものの、遠来の客にせめて心をこめた美味などすすめたい気がする。日頃から妙子は客に新鮮なものを出したいために家の下に池を掘り、そこに鱒《ます》を飼っているが、今日はその他に行きつけの富士吉田の町の魚屋に懇《ねんご》ろに頼んであり、さっき電話したところ目の下一尺のよい鯛《たい》が入ったということであった。ふだん献立は板前任せで妙子は一切口を出さないが、今日だけは調理場に下りて行って自分から指図し、

「鯛は生造り、鱒はレモン蒸し、他にえびといかの天ぷら少し。あら炊《だ》きと山菜の和《あ》えもの、お吸物、これでどうかしら。ワインは白を冷やして、あ、あのひと果物好きだから、あとでバレンシアかネーブルをガラス鉢にどっさり盛って出してね」

と器まで選んでいるうちには少しずつ時間も経《た》ち、気分も落着いて嬉《うれ》しさだけが胸に溢れてくる。

松崎がどんなに居心地がよかったとしても、今日やってくる悦子の生家に、いま社長夫人の自分が昔、金で買われていたという事実を、妙子はさして気に留めてもいないが、最近こんなにいそいそと客を迎える喜びがなかっただけに、これはやはりただの懐《なつか》しさだけでなく、今のこの暮しぶりを悦子に見て貰いたい気持があるせい、と妙子は素直にそう思った。悦子だって、子供の頃から半人前と笑われていた民江が、いま芸妓ながらも人に迷惑のひとつかけず、ちゃんと貯金までして暮しているのを、目頭を熱くさせて喜んでいたのだから、まして玄人の匂《にお》いも落し、暮しにも困らなくなった自分のこの歓待ぶりを嫌うわけがないという確たる思いがある。妙子も芸妓に落ちた運命をずいぶん怨《うら》みもしたけれど、その四人の仕込みっ子の稼ぎも込めて成立っていた松崎の娘に生れた悦子は、さぞ天を呪《のろ》ったであろうことはこの頃妙子にもほぼ理解のできることで、それだからこそ腰の重い悦子が澄子の見舞にも行き民江の家も訪れ、死んだ貞子の跡も辿り、こうしてわざわざ河口湖までやってくるのだと推察もできる。悦子は一人一人にきっと、

「ごめんね」

を云いたさにそれをしているのだと思うと、昔羨んだ悦子の身にもふっと哀れが湧《わ》き、今夜は愚痴など聞かすまいと思った。

河口湖の駅についたら電話してね、うちの車で迎えにゆくから、と云ってあった悦子からのベルは、もう陽も傾いた夕方四時前に鳴った。受話器の向うの声はやや旅疲れの気配で、

「夏と違ってこの駅前ずい分静かねえ。しんかんとしていて誰もいないの。駅舎の軒に燕《つばめ》が巣をしているわ。子燕が三羽いてとてもかわいい」

迎えはね、ゆっくりでいいわ、今どき燕の巣なんて見られないから、と珍しがっている悦子の声を耳に残して電話を切り、妙子は慌てて着物の褄を踏んでよろけながら、すぐ車を出すように運転手に云いつけた。

霧の流れる坂を妙子を乗せて徐行してゆくとき、電話を聞いてさっそく下の池へ鱒をとりに行く板前の、腰の魚籠《びく》すれすれに車は追い越して行った。

小説の肝心

伊集院　静

ひとりの少女が、小窓から外界をのぞいている。微熱でもあったのか、じっと窓際《まどぎわ》にたたずんだまま、移り行く時間を眺めている。

少女の目に映るものは、手の届きそうなまでに伸びた欅《けやき》の葉色や、庭の飛石と並んで植えられた椿《つばき》、百日紅《さるすべり》の花模様であったり、古い家並の甍《いらか》や、そこを飛び跳ねる雀《すずめ》、燕《つばめ》の子であったりする。少し目を遠くにやれば、ゆるやかに流れる川や白波の立つ沖合いや浜の水景である。それらのひとつひとつの風景が少女の瞼《まぶた》の裏にはあざやかに焼き付いている。なぜそこまで少女の目に、四季折々のこまやかな風景が記憶されているのだろうか。

――そこに人が、群像があったからではなかろうか。少女の目は捉《とら》えていたからだろう。ひとつひとつの風景の中に、人が生きる姿を、少女の目は捉えていたからだろう。人の生と重ね合わせられた瞬間から、風景は情景となる。

宮尾登美子の『寒椿』を読んで、私の胸に浮かんだものは、窓辺にたたずんで、目に映る情景にこころときめかす少女の姿であった。

人一倍感受性の強い少女の目が見つめた四人の女性の、生きてきた時間が見事に紡《つむ》がれている。私はそこに、この作品のあざやかさが生まれていると思う。四章の、どの作品にも、少女の目が持つ繊細さとあやうさが、ちいさいながらたしかな光のようにきらめいている。だがそれだけではなく、少女の持ち合わせている残忍さと無頓着《むとんちゃく》（どんなことでも平然としていられる）が鋲《びょう》のように打ち止められていることに、作家の目の鋭さを感じる。

私たち男の作家と、女性作家の根本的差異を感じるのは、この少女の目である。人間（男と女）をいかに見つめても、少なくとも私には少女の目を持つことはできないし、養えない。それは逆も言えることではあろうが、少女の目で捉えた群像が、素直に描かれた小説であれば、女性読者のみならず男性読者が、その世界に入って行っても、頷《うなず》けるものが多く、そうかもしれない、いや、そういうものかもしれない……、という気持ちにさせられるのはたしかだ。

『寒椿』は作品の性質上、特に、この少女の目に映った情景の浮きたたせ方が、小説の肝心なところになっている。作家の、この目のたしかさが、澄子、民江、貞子、妙子の生きてきた時間を魅力あるものにしている。澄子の目、民江の目、貞子の目（悦子の目）、妙子の目……、それぞれの女性の、少女期の目が見つめる時代、季節、そして男と女たちの群像に読者は引き込まれるのだろう。

少女から大人の女への分岐点がいったいどこにあるのか、私にはわからない。おそらく誰にも、こうだと答えは出せないものであろう。しかしたしかに少女は大人の女へと変容して行く。そのことが、この作品を読み進めるうちに肯定できる。どうもこのあやふやな少女の闇を、平然と突破させるあたりに、作家の骨太な小説作りがあるように思う。

骨太な点は置いて、私が感心したのは描写のこまやかさである。

小説の冒頭、一章の初めに、芸妓子方屋《げいぎこかたや》の表格子《おもてごうし》から玄関までの五間のあいだに植えられた椿の描写がある（これが表題『寒椿』の由縁となっている）。

……椿は肉厚の白や斑《まだら》の八重や素っ気ない一重の藪椿《やぶつばき》などそれぞれ種類が違っていて、寒の入りから春先まで長い期間替り合っては咲き、ひと頃、松崎に住込んでいた澄子以下四人の仕込みっ子とこの家の娘悦子との、楽しい遊び道具のひとつになっていた……。

この一節に、四人の女性が、それぞれ違う生き方をすることが、椿にたとえて暗示してある。美しい、物語の導入部だ。この一節はそのまま、無邪気に椿の枝の中に首を突っ込んで花をもぎ取る少女のしたたかさにつながり、病床の澄子の述懐、物語の本文へ移る。

一章の「小奴《こやっこ》の澄子」は、四章の構成の中で分量も一番多く、彼女たちが生きた時代と、当時の芸妓のあり方が濃密に描いてある。

この章で私の印象に残ったシーンがある。澄子が満州に芸妓として渡って行き、五年の年季があけ自由の身になった頃、客の中の一人の古谷という元警察署長からネクタイ売場の売子の職を斡旋《あっせん》して貰《もら》う。澄子を素人に戻してやろうというのである。その折、澄子は古谷から、家計簿や日記をつけ、いい結婚相手を探せ、とエボナイトの万年筆をプレゼントされる。やがて男があらわれ結婚話が進むのだが、相手の男の母がやって来て、澄子との縁を切らせる。澄子は男の下を離れ、ハルピンへ行く。そのハルピンの鉄橋から流氷の音がきしめく河に澄子は、その万年筆を投げる。

……バッグから以前古谷に貰った黒い万年筆を取り出すと腕を振って思いっきり遠くへ投げた。小さな万年筆が水に落ちる音など岸にいて聞えるはずもないのに、胸のなかにぽとん、とひとしずく、何かが落ちて無くなったような気がしたのはどう云うわけだったろうか……。

この一節が私は印象深かった。実際、澄子の生き方も、ここから変わるのだが、私には、直接描かれてはいない極寒のハルピンの濃灰色の空、黒い川面《かわも》、鉄橋の上にしゃがみ込む女の防寒コートからのぞく紅色の着物までが目に浮かんだ。人にはそれぞれ入りこめない領域があった時代が、ささやかな夢との決別であざやかに描かれている。

さまざまな小説があるが、私は描写、すなわち作品のリアリズムと小説の芯《しん》のようなものが調和しているものを好む。小説の情景とは、そのようなものだと思っている。その点、この一節は、読むものを情景の中に音もなく引き入れている。

同じ章の中に、久保という男と出逢《であ》うシーンで、二人が吹雪の中で抱き合う折の、距離を語った描写がある。これも興味深いが、この段落は読んでいただきたい。

二章の「久千代の民江」では、土佐の〝八流《やながれ》〟という土地の海景があざやかである。主人公の民江の父、伝吉の六尺近い偉丈夫の漁夫が印象に残る。先に少女の目について触れたが、民江の目に映った最初の男のかたちが、彼女の生涯にずっとついて回る。ここに少女から大人の女へと変容する折の、なんとも奇妙なあやうさが感じられる。

今の若い読者から見ると、民江の身に起こる辛苦はすべて、伝吉の身勝手さのせいに思えるかもしれないが、読み進んで行くうちに、受難も悲哀も、そしてささやかではあるが安らぎ、幸福も、すべて民江の中に、そうならざるを得ない性《さが》があったことがわかる。ものごころついた頃に見つめた情景は、その人の生きる標《しる》べを決定する上で大きな選択要素になる。諭《さと》されたり教え込まれたものよりも、その人らしさを形成するものは、初めて認識した情景の周辺にあるのかもしれない。

三章の「花勇《はなゆう》の貞子」では、四人の少女たちが仕込みとして入った子方屋の娘、悦子の目を通して、四人の中で一番美しい芸妓であった貞子の二十八年の生涯が描いてある。

私は連作『寒椿』は、この三章が作品の発案ではないかと思った。一章、二章と比べて、この章は文章に違った趣きが感じられる。文章の印象としては、落着いた清冽《せいれつ》なものがあるのだが、その清冽の中に、贖罪《しよくざい》に似た、或《あ》る匂《にお》いが漂っている。おそらく作家の出自から推測し、貞子にはたしかなモデルがあったのだろう。上田秋成の〝雨月物語〟ではないが、物語の語り部には三代まで禍《わざわい》が及ぶ、という一節は大袈裟《おおげさ》ではあっても、語り部に何か少なからぬ罪を負わせることは、あってしかるべきかもしれない。だからこそ、この三章は、悦子の目、すなわち作家自身の目で語られねばならない章であったのだろう。ここに、この作品の価値があるのではないか。その価値とは、作家の身を削ってあらわれたものと言ってもいいだろう。

四章の「染弥《そめや》の妙子」は、次に紹介する一節に女たちの生が語られていると思う。

……妙子はやっぱり安楽さを願うより、より困難なものを乗り越してゆくほうに魅力を感じる。世の人たちが水商売の女を蔑《さげす》むのは、楽して着飾り、面白可笑《おか》しく世渡りしようとするところを忌《い》むからであって、民江も澄子も口では嫌がりながらも心底この仕事を憎み切っていないところにいまの境涯があるのではないか……。

この一節が『寒椿』で作家が語りたかったことであろうか。そうではあるまい。この一節にはややもすると、芸妓という境涯の哀れを語っている物語と表層だけで捉えられてはかなわない、と思う作家の心情が念押しのように綴《つづ》られている気がする。そこに骨太い、小説の芯がうかがえる。

最初に、少女の目を感じると書いた。

一章の最後に、澄子の病室を見舞って、女たちが語らい合うシーンがある。女たちの歩んできた道程の険しさとは好対照に、おだやかな時間が描かれている。その女たちが、年齢はすでに老境にあっても、少女の時代の目を失なっていないところに、この小説の肝心がある。

余談であるが、この作品が芝居として上演された折、作家は四人の女性を土佐の浜辺に立たせ、別離を惜しむシーンをあらたに仕立てている。

――それからの、澄子、民江、妙子、悦子はいかに生きたのだろうか。

と想像させるのもまた作品の力なのであろう。


（平成十四年十二月、作家）

本書は一九七七年四月、中央公論社より刊行され、
一九七九年一月に中公文庫として刊行された。

新潮文庫最新刊

西村京太郎著
暗号名は「金沢」
—十津川警部「幻の歴史」に挑む—
謎の暗号が歴史を変えた！　七十年の時を経て、十津川警部が日本の運命を左右する謀略に挑む、新機軸の歴史トラベルミステリー。

大沢在昌著
ライアー
美しき妻、優しい母、そして彼女は超一流の暗殺者。夫の怪死の謎を追ううちに神村奈々は想像を絶する死闘に飲み込まれてゆく。

乃南アサ著
それは秘密の
これは愛なのか、恋なのか、憎しみなのか。人生の酸いも甘いも嚙み分けた、大人のためのミステリアスなナイン・ストーリーズ。

長江俊和著
出版禁止
女はなぜ〝心中〟から生還したのか。封印された謎の「ルポ」とは。おぞましい展開と、息を呑むどんでん返し。戦慄のミステリー。

早見和真著
イノセント・デイズ
日本推理作家協会賞受賞
放火殺人で死刑を宣告された田中幸乃。彼女が抱え続けた、あまりにも哀しい真実——極限の孤独を描き抜いた慟哭の長篇ミステリー。

坂口恭平著
徘徊タクシー
認知症老人の徘徊をエスコートします！　奇妙なタクシー会社を故郷・熊本で始めた僕が見た生命の光とは。異才が放つ共生の物語。

新潮文庫最新刊

知念実希人著
天久鷹央の推理カルテV
―神秘のセラピスト―
白血病の娘の骨髄移植を拒否し、教会の預言者に縋る母親。少女を救うべく、天医会総合病院の天久鷹央は〝奇蹟〟の解明に挑む。

維羽裕介著
女王のポーカー
―ダイヤのエースはそこにあるのか―
ポーカー絶対王者へ寄せ集めチームが挑戦状を叩きつけた! 王座戦に向け地獄の夏合宿に突入し……白熱の頭脳スポーツ青春小説!

秋月達郎著
京奉行 長谷川平蔵
―八坂の天狗―
盗みの場に花札を残していく、謎の盗賊「八坂天狗」。京の町を舞台に、初代長谷川平蔵とその息子銕三郎の活躍を描く時代活劇。

江戸川乱歩著
妖怪博士
―私立探偵 明智小五郎―
不気味な老人の行く手に佇む一軒の洋館に、縛られた美少女。その屋敷に足を踏み入れたとき、世にも美しき復讐劇の幕が上がる!

城山三郎著
よみがえる力は、どこに
「負けない人間」の姿を語り、人がよみがえる力を語る。困難な時代を生きてきた著者が語る「人生の真実」とは。感銘の講演録他。

押川剛著
子供の死を祈る親たち
刃物を振り回し親を支配下におく息子、薬と性具に狂う娘……。親の一言が子の心を潰す。現代日本の抱える闇を鋭く抉る衝撃の一冊。

寒《かん》　椿《つばき》

新潮文庫　み - 11 - 15

平成十五年一月一日発行
平成二十九年三月十日十五刷

著者　宮《みや》尾《お》登《と》美《み》子《こ》

発行者　佐藤隆信

発行所　株式会社 新潮社

郵便番号　一六二―八七一一
東京都新宿区矢来町七一
電話 編集部(〇三)三二六六―五四四〇
読者係(〇三)三二六六―五一一一
http://www.shinchosha.co.jp

価格はカバーに表示してあります。

乱丁・落丁本は、ご面倒ですが小社読者係宛ご送付ください。送料小社負担にてお取替えいたします。

印刷・二光印刷株式会社　製本・株式会社植木製本所

ISBN978-4-10-129316-5 C0193